誰是葛里歐

方梓——著

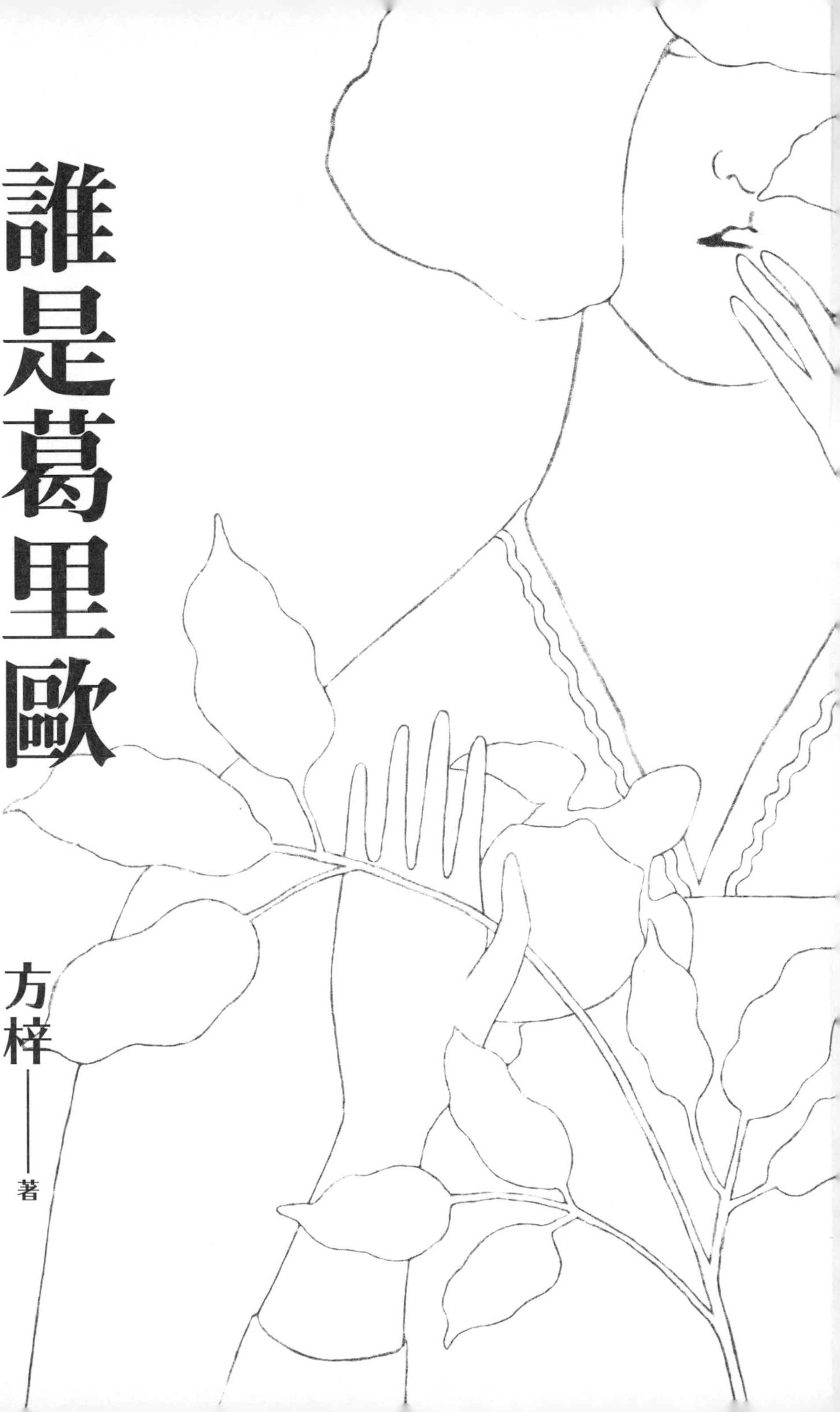

出版緣起

長篇小說創作發表專案

——作品出版（二〇二〇年）

（國家文化藝術基金會董事長）

國藝會長期關注藝文生態發展及需求，營造有利文化藝術工作者的展演環境，每年辦理常態補助，支持文學、視覺藝術、舞蹈……等藝術領域創作，並期待將資源用在刀口上、推動具前瞻性、倡議性、符合時代發展的補助方向，另開立專案補助。

二〇〇三年，我在擔任國藝會董事長任內，於各界專家學者積極倡議下，推動「長篇小說創作發表專案」。專案設立之初，經過專業諮詢、討論、資源盤點及充分了解生態需求後，從創作、出版到推廣「一條龍」的概念進行補助，以「支持創作、穩固藝文生態，擴大作品影響力」為核心。如今欣見專案發展，卓然有成。截至二〇一九年，已舉辦十七屆徵選，補助六十三部原創計畫，出版三十六部著作，其中不乏臺灣文學重要作品，甚至獲得國內外獎項肯定，外譯發行海外版權。

國藝會的使命是創造價值並擴大作品影響力，閱聽者的「共鳴」是對藝術家最大的回饋。長篇小說專案從二〇一三年至今，由「和碩聯合科技股份有限公司」贊助，鼓勵企業參與藝文、挹注資源，擴大有限資源，支持臺灣原創作品。也從「協作」的思考出發，讓作品創造更好的產值、價值。二〇一七年推動「小說青年培養皿」，讓長篇小說在高中校園深耕，培養讀者，也培養未來的創作者；二〇一八年至二〇一九年，建置「長篇小說專題資料庫」，提供研究及運用；二〇一九年十一月在臺大舉辦「長篇小說跨領域論壇」，邀請專家學者及業界各方專業人士對話，促進跨領域協作。

本書作者方梓的第一部長篇小說《來去花蓮港》，二〇一二年在本專案支持下出版，並改編電視劇《新丁花開》，獲得金鐘獎肯定。睽違八年，本書《誰是葛里歐》付梓出版，以花蓮為背景，書寫五個不同世代的女性成長故事。國藝會期待能提供更豐富與多元的助力，讓好作品能被發掘創新價值、開發產值，並透過整體環境的活絡，讓土壤肥沃，滋育藝文產業。未來專案推動，也將在既有的基礎上持續擴大與深化。

一本書的出版製作，需要集合眾人之力，才能呈現最精采的一面。最後，要向本書的編輯製作團隊及所有參與者，表達最誠摯的謝意！

目次

自序：她在小說的世界挑釁我

方梓

法國評論家狄伯德把小說讀者分為普通讀者與精讀者；精讀者，可謂小說的生活者，是在小說世界如真實世界般行走坐臥。

我不知道我是不是精讀者，然而，讀閱或不閱讀時，腦海裡或現實生活中常出現小說的場景、人物，有時是某些物品；在從大樓走出的婦人中，我想她是不是那個優雅的刺蝟？在河津搭上公車往天城山的沿途，想像著八十多年前川島跟著踊子阿薰和我相錯的路線。有時，在郊區的平交道等火車通過，轟轟的火車經過，腦子竟然浮現安娜．卡列妮娜，心頭不免一驚；搭火車經過羅東，偶爾還是會想到阿蒼說：「我真的買魚回來了。」

在寫小說時，腦海裡全是真實或虛構的人物、情節、場地，就連吃飯、睡覺、工作頭上彷彿頂個電影院，這些情節人物也如影隨形般跟在我的前後，小說寫完了這些人事物全都付印在紙上，各就各位，放映結束，連電影院也消失無蹤。

不寫小說的三、四年，頭上沒有電影院，也不必拖著一群人，覺得身心很輕盈。雖然有時會看到小說人物走在街頭，或在書房，我知道那是一種「殘影」，是我不經意想起那些我虛構的人物。

準備寫第二部長篇小說，在書桌前列大綱、人物，我隱隱約約聽到：「我呢？」我聽到我心裡的聲音，一個很熟悉的聲音，我確信是我不是她。我的這部小說不會有她！

這部小說一開始就不順遂。才寫一萬字，母親大病入院，我每週二一下課便搭火車回花蓮，週六日才再回台北。爾後，母親的身體不斷出現各種併發症，過了七、八個月才好轉。在照顧母親，在買菜的市場我又聽到熟悉的聲音：「我呢？」雖然小說停頓了，但我確定小說裡不會有她。

母親的狀況好轉，我恢復往常每個月回花蓮一趟，也開始續寫小說，偶爾母親有狀況，我又得常回花蓮。寫寫停停小說就以拼圖的方式一小塊一小塊的寫。當然「那個聲音」出現得更頻繁，意圖更明顯「我呢？你不能把我丟在那個沒結局的地方。」我看到她經常圍繞在我身邊。她，我在上一部小說《來去花蓮港》中的闕沛盈，她說她不要四十歲就關在一個沒有結局的小說裡。

於是，闕沛盈跑到我正在寫的小說中呼朋引伴挑釁我，告訴我「誰才是說故事的人」。

其實，這是一群女人的故事，不同的世代，不同的命運，寫著寫著有了叉路，有時停滯，有時不甚滿意，三年來不斷受著這幾個女人的圍繞，她們彷彿看穿我，她們是我的朋友也是我的敵人，她們「演」久了，以「夢中所為者實，覺之所見者妄。」像神怪似的拓展她們的能力或者法術，去完成我貧乏的想像。

這是以神話或神怪方式曝寫小說的創作過程的雛型，以未完成的形式留給角色們鋪成。當然，這仍是女人們的遷徙尋找桃花源的故事。

葛里歐（Griot），非洲一個以傳頌各家族歷史，書寫各朝代戰爭的故事為生的人。寫作，其實就是葛里歐，只是在神話的國度，角色們才是葛里歐，不是作者。最終，葛里歐飯店矗立在花蓮東海岸，面對著太平洋。一定得在花蓮，她是我的故鄉。

序曲

海外自東南陬至東北陬者。

【髟差】丘，爰有遺玉、青馬、視肉、楊柳、甘華。甘果所生，在東海。兩山夾丘，上有樹木。一曰嗟丘。一曰百果所在，在堯葬東。

大人國在其北，為人大，坐而削船。一曰在【髟差】丘北。

奢比屍國在其北，獸身、人面、大耳，珥兩青蛇。一曰肝榆之屍在大人北。

君子國在其北，衣冠帶劍，食獸，使二大虎在旁，其人好讓不爭。有熏華草，朝生夕死。一曰在肝榆之屍北。

——《山海經》之〈海外東經〉

海浪不斷拍打著礁岸，激起一叢又一叢的浪花，海面上一艘漁船緩緩移動，夕陽從山巔迤邐灑下，石榴色的霞光漫漶在海面，灰藍的海面鋪上一層薄薄的橙紗，使得冬日嚴峻的海溫柔許多。

老母龜阿綠伸出頭來，深深的吸口氣，一整日的冬陽曬得龜殼暖烘烘的，洞穴也乾爽許多。老母龜阿綠望著眼前遼闊的海，幾百年來的海浪洶湧，嚎吼的東北風似乎也被日頭暖化許多，海風習習吹著。阿綠轉頭回看山崖上的林樹和山土，嘆了口氣。這幾十年來，山土不斷流失，不管根淺根深的樹一棵棵倒掉，連起碼二、三百年的樹都不見，想找個說話對象也沒有。那個老樹精胖茄冬，也有二、三年沒來了。

老樹精胖茄冬知道阿綠道行淺，只有幾百年，得再一百年才能真正脫殼神遊遠處，現在就在鄰近上上下下的。這一百年來，都是胖茄冬來找阿綠。阿綠只知道胖茄冬遠從深山裡過來，胖茄冬說那個地方車子到不了，人也很難到達，否則她們這些老樹精早就被砍光了。

阿綠正想著，一陣陣咻咻咻的聲音從遠處飄來，阿綠知道胖茄冬來了，這個聲音得道行三百年以上才聽得到看得到。二千年的胖茄冬見多識廣，很多趣事、稀奇的人和動植物她都見過，說起故事來又生動，讓阿綠聽得入神，巴不得胖茄冬日日來。胖茄冬一年遊歷台灣一圈，這數十年卻不敢橫越太平洋或黑水溝到其他地方。胖茄冬說海洋太遼闊了沒得歇腳，跟山裡的土地不一樣很不踏實，現在竟有心理障礙試過幾次都無法到海的另一端，索性放棄，就在島的山上山下四處遊歷。

而且每遊一日得養精神兩三日，所以胖茄冬每次脫樹幹殼神遊一百天得回到樹身養神二百日，每年就遊這麼一次。

「老東西，好久不見了。」胖茄冬學人類老婦女稱呼鄰居或朋友叫老東西（妯娌），有年歲漸去，情誼瀝存的感覺。

「這二年妳去了哪裡？這麼久沒來？」阿綠看看胖茄冬有些疲憊的臉色。

「前幾年神遊太久了，傷了精神，這兩年就養著精神不敢四處跑。又看到樹仔僅存的那截根頭完全腐爛了，有些難過也就愈發不愛出門。」胖茄冬眼神迷濛看著海。

樹仔也是一棵茄冬，是胖茄冬的丈大，年齡相當，兩棵樹並肩而立，日日耳鬢廝磨，是樹群中一對恩愛的夫妻。一千年前來了一株含苞阿娜柔弱的藤蔓蘭，沒多久藤蔓蘭就纏繞在樹仔的身上，完全不顧胖茄冬的制止與警告，樹仔耽溺在藤蔓蘭溫柔的撫觸、纏繞，胖茄冬氣得神遊出遠門，眼不見為淨。

三個月後，胖茄冬回來，只見樹仔的枝葉全都枯乾掉落滿地，被藤蔓蘭纏繞只露出一點點天靈蓋，無力悲悽的看著胖茄冬，胖茄冬得養神無力幫他，眼睜睜的望著他斷氣，藤蔓蘭卻益發得豐茂潤澤，正蠢蠢欲動去勾引其他的樹精。一日大雷噼叭響，一道火光直劈向枯死的樹仔。轟的一聲全樹著火，連藤蔓蘭也燒得一乾二淨，只剩樹仔一截根頭焦黑的立著。

儘管怨樹仔移情，然而連焦黑的根頭都沒了對胖茄冬彷彿是僅存的一點記憶都要抹去了。

阿綠沒有回話，她知道胖茄冬表面看來無所謂，這一千多年來可是一直記著樹仔的好。

「有歲啊，我都兩千歲啊，真正老囉。」胖茄冬經常穿梭在人群市廛，講話的語氣和樣貌愈來愈像老婦人。

「那我算年輕的，才三百多歲。」阿綠想轉換胖茄冬沉悶的心情，刻意裝活潑。

胖茄冬望了一眼阿綠，仍是望著海。

「最近有什麼有趣的事？」阿綠想挑起胖茄冬說話的興致。

「哪有什麼有趣的事，都是一群愚蠢的人，害我的親朋好友一批批的變成漂流木。啊有啦，剛剛過來時經過立在東海岸的『人定勝天』那塊碑被大浪打到不見蹤影。」

「啊，人勝不了天的，怎麼拿走就怎麼還。我記得妳說過好像叫什麼火山女神的。」

「是啊，那是夏威夷的基拉韋厄火山女神佩蕾的傳說。這塊『人定勝天』碑不見了，整座山的林樹、石土和動物都高興，立碑在那裡是跟天挑釁，哪天惹天發怒，遭殃的可是我們啊。」胖茄冬半瞇著眼，阿綠很清楚胖茄冬近二千歲的修行，到過一些國家、城市，看過很多山林、河海。

「是啊，有一次颱風大量土石流，淹沒一些房子，人類說是天災，其實有些過度開墾，把一切推給上天了。」阿綠記得那次強大土石流的狀況，她早在幾年前看過人類不斷讓挖土機開腸破肚的挖山砍樹田，種了高冷蔬菜，沒有一點著力的土壤遇大風雨當然要崩。

「我喜歡台灣的地圖是橫躺著的樣子，傳說中的台灣是一隻大鯨魚，中央山脈是脊椎，肥沃的嘉南平原是肚腹。」胖茄冬望著海面上的暈紅的霞光。

「說到鯨魚，妳知道嗎？虎鯨呢是喜歡飆髒話，就像人類不爽時也會說的一樣。還有，下午我打算上岸時，在海面聽到海豚聊八卦，很好玩。」提起有趣的事，阿綠想起今天下午在海面上看到的聽到趣事。

「海豚會聊八卦？都說些什麼？」胖茄冬知道花草樹木也會聊天傳情，不知海裡的魚蝦蟹會說些什麼。

「說誰勾引誰，誰又太瘦、太醜的，交頭接耳的說。海豚一向很享受說是非聊八卦。」阿綠年輕時遇到挑釁的烏賊，還噴她墨汁，她也飆了一連串的髒話，只有烏賊才聽得懂。

「真有趣，植物也會但沒有聲音，只有我們同類才看得懂。對了，大半人類都認為植物沒有感覺更沒有感知，其實植物有記憶的，也知道痛和害怕。」胖茄冬想起樹仔最後的眼神，也想起許許多多被砍倒的大樹最後的顫抖。

「其實植物跟動物都一樣，只是動物可以發出聲音。聽說大象的記憶是最久的，可以二十多年還記得當時照顧過牠們的主人。」阿綠知道龜和鮭魚都會「返鄉」產卵，這也是一種記憶吧。

「對，人類還未必記得起來，動物只是迫於生存即使明知是陷阱也會重蹈覆轍。植物則是無法動彈，只能靠所謂的命運。我呢就屬於人類所說的『大而無用』才能活這麼久。慶幸我活過千年才能免於害怕雖然有可能被砍或被雷劈。」胖茄冬搖頭像要甩掉不好的念頭似的。

「一千多年前的台灣是什麼樣子？」阿綠很早就想問胖茄冬在她出現前的台灣。

「都是樹，只有一些矮小黝黑的人住著，我看過幾次，都是男的，腰下綁著樹皮或獸皮，裸著上身，手上拿著石刀和木棍，大都一個人。都是夏天才經過，大概冬天太冷有霜雪阻擋了。我住的森林裡有不少很奇怪的動物，狗頭豬身的動物，有人類惋惜已經消失的雲豹，還有一種四不像的鹿、草原猛獁……有的被獵殺，有的因為天災逐漸滅種了。」胖茄冬閉著眼睛回想她剛發芽長葉及茁壯的年代。

「海底也是，這幾百年來也有很多海底動植物絕種了。」阿綠想起她剛跑進海底及長大後在海底的狀況。

「台灣早在幾萬年前就有人居住，有一次我不是帶妳去瑞穗舞鶴看掃叭石柱，那也有三千年了，是Sakiraya族的時代，那麼大那麼重的石柱，怎麼想都不可能是當時的人類能投運過來。早期我在森林裡看到人類的機會不多，但我看到的再大的力氣，再多的人都不可能做到。我倒是常看到奇怪的動物，只是太久了有些都忘記了。我印象最深刻的是大概我才十多歲，不算矮小枝葉也茂盛，那時有一隻三頭的蟒蛇很愛在我樹幹上纏繞，壓得我很不舒服。牠們很愛吵架，每吵就互相咬啄，卻常啄在我身上，那時我的樹皮還嫩，經常是布滿三頭蛇的牙洞。後來就不見了，我想大概被人類捕捉或被其他獸類吃了。」胖茄冬看著阿綠，這個她相識十年的朋友。

「為什麼三千年的巨石沒有變成精或什麼石頭公的？」阿綠突想起她和胖茄冬都因為年歲關係而成「精」。

「誰知道呢？也許道行比我們高不讓我們看或知道吧？」胖茄冬也不過只看過掃叭巨石二次，也許也跟她一樣剛好出遊呢？

「也許有一天我族類也會消失吧？不過也都要經過幾百幾千年吧？」阿綠望著愈來愈暗黑的海面。

「有可能幾十年或幾百年，有些物種會消失的，像花蓮光復鄉拉索埃湧泉還不是被土石流給填埋了。誰知道一千年，或數百年後這塊土地會變什麼樣，一千年前的人類看到現今台灣的樣子大概會嚇死吧。」胖茄冬回望山上的叢樹群，那個她生長的地方。

「我記得那個湧泉，妳說過有很美麗的傳說，也是千年以上的泉水，不過三、四十年就可以被消失。」阿綠想起拉索埃湧泉和阿美族人美麗的傳說。

阿綠和胖茄冬靜靜的望著海面上一點點的浪光沒再說話。

胖茄冬想起她滿千歲，可以出竅初始歷遊台灣西部的情形。她看到有一群人住在一起，用茅草、竹子搭蓋的小屋，女人用麻織編成衣服和裙子。她還看到綠色的石塊被做成戴在手上的玉玦，男人手上有鐵做的刀。有些小路兩旁樹很多，有些小路卻乾涸全是沙石。那是胖茄冬第一次見到人類的「家」。後來胖茄冬才知道，這就是台灣人類的鐵器時代，她就是從那時開始遊歷台灣。

黑色如一匹布整個蓋住了海，也蓋住了山林。胖茄冬和阿綠走入山洞，沒有月亮的海邊，兩個巨大的黑影移動著。

拉候回到 Makotaay

洗了頭也沖完澡，終於把一身的汗和汙泥沖乾淨，拉候站在落地窗前用大毛巾擦著頭髮，望著前方的海面。颱風後沖上岸大量的漂流木在村落族人三天的合力下，終於清出海邊的道路。屋前三塊地依高低伸延到海邊的道路，一個月前割完稻，稻頭還留在田裡，長出青翠的幼苗，再過幾天就要犁田插秧了吧。三、四十年來這三塊田租給附近的族人，幾乎以種稻為主。

拉候心想這裡變化算大了吧房子，從木、草屋變成水泥房子或別墅，馬路拓寬鋪了柏油，大馬路邊有車站、有小吃店，去年有了便利商店，這在拉候的童年都沒有的。回到這裡八年了，拉候也看著這八年來的大小變化。這八年來，她幾乎日日來回花蓮市和Makotaay兩邊奔波；丈夫和兒女都在花蓮市工作、讀書，當初她答應丈夫，要回到家鄉做點事，也不能棄子女不顧，那時女兒莎瑪讀小五，兒子立信讀小二，每天送小孩上學後，拉候開著車直奔Makotaay，父母親也早在幾年前從花蓮市搬回來，讓她有個落腳處，下午四點拉候又驅車一個多小時急速趕回花蓮市，到安親班接小孩，然後回家做晚飯。

白天部落裡有巴奈和達魯安有志一同，初期三人挨家沿戶的說明，開說明會，從處處吃閉門羹，到現在大多數人的認同，現在她輕鬆許多，有更多年輕的族人去投入。

拉候還記得離開 Makotaay 是讀小二那年暑假，父親在半年前離開教職選上縣議員，很多時間是待在花蓮市，無法每日回到 Makotaay，於是全家搬到花蓮市，Kaka（兄姊）芳札賴小學剛畢業，考上花蓮女中初中部，Safa（弟妹）四歲，小 Safa（妹妹）才剛學會走路。父親跟銀行貸款在臨近市區買了一棟兩層樓的水泥房子，學校就在附近，走路幾分鐘就到了，不像 Makotaay 要走一個多小時才能到學校，Kaka 坐公車上學。房子很大，拉候和芳札賴一間房在樓上，還空出一間空房，樓上還有小客廳，父母親和 Safa 住樓下的一個大房間，父親的祕書拉籃則睡另一小房間。這是拉候第一次看到水泥房，也不用再跟 Safa 擠一間小小的通鋪，她跟芳札賴睡在一張大床上，有一張長書桌兩人共用，還有一個小塑膠衣櫥可以掛衣服。她和芳札賴都有一雙新的上學用的皮鞋，第一天兩人整天穿著鞋子在屋子裡上上下下走來走去，新鞋咬腳，兩人的後腳跟都磨破皮。

樓下的客廳很大，放了一組五人座的籐椅，還有一張辦公桌，上面擱著黑色的電話。對拉候來說，這一切都非常新奇，鄰居們講的話她都聽不懂，母親說那是河洛話。還有一個星期才要開學，拉候很擔心聽不懂這裡同學的話。父親要她放心，學校都是講國語不會聽不懂。在大港口的小學，雖然老師說的是國語，但同學間絕大多數講的都是講族語。但是父母親兩人經常用日語交談，和芳札賴、拉候才用族語或國語。

拉候擦乾頭髮，手機鈴響是玉如打來的，這個客家女了嫁給奇美部落的男人，比拉候更早更積極投入原住民文化及「還我土地運動」。

和玉如約了明天下午見面，討論部落文化營活動的事情。

拉候想起大概就是搬到花蓮市後，逐漸忘記阿美族文化，或者是刻意忘記，最後幾乎切斷，就像芳札賴。搬到花蓮沒多久，姊姊開始不喜歡族名，要家人叫她漢名：陳雨琴；芳札賴（Fancalay）在阿美族語是美麗的意思，拉候姊妹中，姊姊的確最漂亮，白皙瘦高，大而黑亮的眼眸，拉候是阿美族中少有的單眼皮，怎麼看都不像阿美族。

拉候是在芳札賴和日本人結婚時才知道自己有四分之一的日本血統；母親的母親也就是她從未見的外婆是日本人，和外公兩人相愛結婚，生了母親和舅舅，在母親六歲，舅舅二歲時生病過世，二次戰後，日本撤退外婆的家人帶舅舅回日本。拉候才明白，原來外婆就是灣生，自己和母親可能遺傳自外婆比較像日本人，Kaka 擁有阿美族和日本人容貌上的優點，才會這麼美麗。拉候也才清楚，「拉候」（Lahok）這個名字是中午出生的意思，她只知道 Kaka 和自己的漢名由來，母親懷 Kaka 時一日雨天經過教堂，教堂內有人彈風琴，所以芳札賴的漢名是陳雨琴。而母親懷拉候臨盆前下了一場大雷雨，海面上一彎清晰的彩虹，所以叫陳雨虹。其實族名和漢名拉候都喜歡，都是依大自然而取名，十分符合阿美族人的文化。

阿美族文化拉候轉折了好些年才想要找回。

開學了，父親騎機車送芳札賴到市區的女中，母親帶拉候到附近的小學，因為不是一年級新生入學，母親和老師打過招呼後便離開。老師對拉候很殷勤，除了介紹她是轉學生外，還刻意說她是議員的女兒。父親之前是小學老師，家裡的生活並沒有比部落的族人好多少，依然窮極吃不飽餓不死。其實拉候並不清楚議員是什麼，但自父親選上議員，家裡生活改變很多，雖然父親經常回部落，然而幾乎每天都有來自部落的族人到家裡，帶了部落的水果蔬菜或果子狸、山羌還有山豬肉，拉籃說他們是來拜託父親處理事情。

拉候很快融入新的小學，芳札賴自開學後，除了要家人叫她的漢名外，回到家立即大聲朗讀國文課本，她跟拉候說要矯正自己的國語，因為有同學問她是不是番仔，也有人問她是山地同胞嗎？拉候不清楚芳札賴為什麼這麼在意，一直到自己讀國中才明白時芳札賴的心情。

母親從廚房喊拉候吃飯。不知是不是因為父親是小學老師，拉候和芳札賴都叫父母親「爸爸、媽媽」，從沒有叫過族語 Ama、Ina，倒是芳札賴她會叫 Kaka。

桌上四菜一湯，尋常的菜色。自搬到花蓮市後，母親和鄰居、其他縣議員太太交流頻繁，做的飯菜逐漸漢化，連乾煸四季豆的外省菜都會。這些年回到部落買菜買魚肉很方便，母親並沒有刻意回到阿美族的食物。

「媽，妳記不記得有一道刺蔥魚湯？」剛回到部落，拉候看到鄰居種的一株刺蔥，想起小時候常喝的湯，到了花蓮市找不到刺蔥，母親從此沒再做這道湯了。

「當然記得，妳和芳札賴最愛了，偶爾妳爸爸到海邊捉到一條魚，我拿來煮刺蔥魚湯，妳們連碗裡的一滴湯都舔乾。妳想吃是不是？」

從此，餐桌上經常有刺蔥魚湯或刺蔥雞湯。

芳札賴雖然和原住民文化切割最清楚，卻是最愛原住民食物，尤其這幾年，每次從日本回來，一定直奔大港口，說是要一解食物鄉愁。

「拉候，妳還記不記得小時候我們常吃小土芭樂配辣椒？」去年，芳札賴回來兩人坐在面海有一大片落地窗的起居室，吃著父親烤的山豬肉。

「記得啊，又小又硬又澀的土芭樂，我們配著辣椒，咬到牙齒都快斷掉，辣呼呼的根本沒有芭樂的味道。」

搬到花蓮市，也有土芭樂，芳札賴不再辣椒配小青芭樂，拉候也不愛，她知道有更好吃的水果和食物，那種永遠處於飢餓的感覺隨著經濟愈來愈好不見了。上了國中，拉候也像芳札賴絕口不提原住民的事，她長得不像，也沒人問起。就是在徹底跟原住民文化切斷根離後，才讓拉候回來尋找那個六歲時就根植在內心深處，一輩子也抹滅不去的印記。

經常有人問拉候為什麼要回來，拉候總是說害怕失去自己，所以回來。過去很多人不知道「港口部落」，連拉候也不知道，那是在多年前達魯安給她一份資料，達魯安小拉候好幾歲，讀大學時開始關心部落文化及發展，在一個活動認識拉候就給她一疊資料。拉候一頁一頁翻著。

港口部落（Makotaay）位於花蓮秀姑巒溪河口北岸，是東海岸阿美族重要的發祥地之一。港口部落至今還保存著嚴謹的年齡階級制度與豐富的「海祭」、「年祭」等傳統祭儀樂舞。港口部落在行政區域上轄屬花蓮縣豐濱鄉港口村，位於花東海岸線中段，秀姑巒溪出海口北端，西倚海岸山脈，東鄰太平洋，由大港口（Laeno）、港口（Makotaay）、石梯坪（Tidaan）、石梯灣（Morito）四個聚落所組成。

目前部落存在的重要祭典為海祭及豐年祭，皆由年齡階級組織規劃及執行，祭典時，年齡階級組織就必須遵守嚴格的規範，聽從上級、分層負責任務執行。尤其是七月下旬或八月初舉行的豐年祭，族人無論身在何處，都會盡量排除萬難回鄉參加，甚至有人會因老闆不准假，不惜放棄工作。

拉候不清楚是什麼樣的使命，讓這些族人堅持守護著部落文化？雖然這些年父母親會回到部落參加豐年祭，也許因為離開了，年紀也大了，多半是以觀看的角色居多，很少真正參與。

拉侯翻到另一頁：港口部落Ilisin祭典中，至今不使用麥克風，由一名或數名領唱者現場清唱，讓觀者直接感受傳統祭典歌謠天籟般的音色，堪稱在地傳統文化的一大特色。

相傳數千年前阿美族的祖先所登陸地點，便是今日港口部落所處的秀姑巒溪出海口北岸，在一百多年前這裡原本有個大部落Cepo'，由於當年發生了大港口Cepo'事件（於清朝光緒三年，為了開發台灣東部及征討番族，便對各地來進行討伐。Cepo'部落自古以來，皆是以驍勇善戰但愛好和平聞。清軍為了駐紮於此，便與部落裡的頭目和長老進行協商，並決定以和平相處及保護其部落之安全，同時不可欺壓部落人民作為條件。但其和平並無維持多久便引發了Cepo'事件，其中所遭到屠殺的部落族人數量眾多，因此對於Cepo'事件的發生可謂對其部落族人來講，是一件非常慘痛的回憶。然而使得四散逃亡的族人直到多年後才又回到舊部落遺址附近定居，並改名為Makudaai，也就是現今港口部落。至今於此，港口部落仍舊保有相當完整的阿美族部落文化與祭典，也是保留最多阿美族文化傳統的部落之一……。

那一天回家，拉侯一口氣看完。父親當了三任縣議員後沒再參選，留在花蓮市做大理石生意。那時也是拉侯完全把自己當漢人生活，但不知為什麼，總有一點點虛空不踏實，像頂了別人的名字活著似的。其實，留在花蓮市太久了，連父親也幾乎回不去了。

是達魯安幫她一點一點找回自己，然後花了兩年，漢人的身形逐漸退卻，有股力量拉著她，拉候決定回到部落，她知道有很多東西要找回來，很多事要做，再不做就來不及了。

氣味

寂靜的午後，整個屋子完全沒有聲音。屋裡靜悄悄得有點詭異，彷彿將電視或電影調成靜音，整個屋子像一部默片。

純麗從廚房走到客廳，她豎著耳朵專心聽著，沒有任何聲響，她故意跺跺腳，連拖鞋拍擊著地板都沒有發出聲響。她打開電視，沒有任何畫面，螢幕全布滿黑白細細的粒子，應該要有沙沙的聲音，但還是沒有。她走到兒子的臥房，早上整理過了，兩張床都很乾淨整潔，兩張書桌上除了小兒子桌上有參考書，都沒有雜物。她跺到主臥房，早上擦過地板，橡木的地板閃著亮光，床上放著睡衣，她的睡衣。她到浴室，打開水龍頭，水無聲無息的流出來，她看著鏡子，她的臉泛著微微的油光，擠出洗面乳和著水搓出泡沫，抹在臉上然後沖乾淨，還是沒有一丁點兒聲音。

坐在床上，她想起曾看過的一部電影《把愛找回來》那個音樂小神童，走到哪兒，聽到什麼都是聲音，風鈴聲，煙囪排出濃厚灰煙的聲音，地下鐵捷運經過的聲音，樹葉的聲音。

純麗想她的世界是無聲的，靜得連一根針掉在地上，也不會有聲音。她好害怕，不斷用食指挖耳朵，拉耳垂，希望能聽到一點點的聲音。剛洗過的臉不斷冒著汗水。她看著床頭櫃上的電話，來電燈閃著好像很急促，有人打電話來。顯示號碼盤上她看到是陌生的號碼，她接起電話，她聽不到任何聲音，也發不出聲音。她慌亂的扔了電話，跑到陽台，打開紗窗想大聲的吼叫，可是，不管怎麼用力就是發不出聲音，彷彿被人堵塞或是掐住喉嚨。她拚命的吼，拚命的想發出聲音。

突然一陣刺耳的電話鈴響。純麗汗涔涔從睡夢中驚醒，她接起床頭櫃上的電話。

「晚上跟廠商吃飯，會晚點回去，不用準備我的晚餐。」電話裡丈夫溫溫的說著。

純麗想這是這週第四個晚上不回家吃飯，今天是周五。

窗外公園的暮蟬嘶叫著，有小孩子的嘻笑聲。望了梳妝台的鬧鐘五點半，今天的午睡睡過頭了。她打開電視，一個料理的節目，主持人和做菜的人不知為什麼笑個不停，她聽得到聲音，幸好是做夢。

今晚又是一個人晚餐，應該說是一個人午、晚餐。純麗嘆了一口氣，到廚房把要煮湯的白蘿蔔，要炒的空心菜放入冰箱，擱在冷藏層四天的絞肉和黃魚放到冷凍層裡。然後，拿出一碗泡麵放在餐桌上，這是她的晚餐，中午是餛飩湯，昨天是從市場買了炒米粉。

純麗很懷念兒子還小時，廚房裡充滿著味道；很少有空間像廚房那樣充滿著複雜與多樣性氣味；臥室充滿著香水、保養品和衣櫃內防潮、薰衣劑交混的氣味；書房新書的墨香和舊書的霉味；衛浴是各種洗潔品的味道。

純麗最喜歡廚房不同時間不同食物飄散的各種味道，是生活、飲食，散發出生命真實厚重的氣息；早上烤吐司、麵包、奶油、荷包蛋、火腿、牛奶、咖啡，看著丈夫和兩個兒子在餐桌上匯集了一天能量的開始；中午，讀小二的大兒子和讀幼稚園半天班的小兒子會回來，十一點她洗米先煮飯，電鍋裡一陣陣炊飯的米食香氣迴盪著。然後，魯肉、炒蔬菜、辛香料在熱鍋裡煎逼出的濃烈嗆味；有時是一鍋湯麵，大兒子靈敏的嗅覺偶爾能分辨出幾種食材；晚餐總是較豐盛，中式或西式的，增加了煎、蒸或紅燒的魚類、湯品、甜點、水果。

純麗喜歡在用餐結束後，抹乾最後一滴水漬，流理台泛著洗潔劑淡淡的檸檬香。茶湯初沸，彷彿完結的儀式，然在香碟上點上一根檀香，濃郁的檀香收攏所有的氣味，脾胃塵世的需求暫時告一段落。

自從兩個兒子讀國、高中，丈夫應酬愈來愈多後，廚房的味道愈來愈淡，或者愈來愈單一，最後他們連早餐都不吃了，說是睡過頭趕時間。一個人吃飯，純麗不想費事，不是外買，就是簡單的麵食，她最喜歡餛飩，是台灣式的扁食，她到市場買包好的，煮熟了加個青菜及油蔥酥和芹菜末。純麗喜歡煮餛飩的味道，她想應該就是油蔥酥的味道，這個味道讓她想起小時候父親偶爾帶她到小麵攤吃麵的情形。不管是陽春麵、雜菜麵或扁食，煮麵的婦人都會加一匙的油蔥酥到湯裡，整碗麵，不，是整個麵攤都充滿著油蔥酥的香氣。

父親說，沒有油蔥酥氣味的麵，就不是麵。純麗記得她剛讀大學時，父親帶她到台北的學校註冊，幫她買些日用品搬進宿舍後，他們到學校旁的小吃街吃午餐，兩家小小的自助餐店擠滿了人，賣陽春麵、餛飩的麵館門口一長排的人等著吃麵。最後他們來到小街的最尾端一家小麵館，賣水餃、酢醬麵、打魯麵等。父親不喜歡吃沒有油蔥酥的麵，所以點了三十個水餃，她偏愛打魯麵再加點醋。她喜歡外省麵食，父親說還是切仔麵最好吃。

純麗出社會的第一個工作上班快一年，父母親來台北看她，她帶他們去當時很流行的台菜餐廳，除了台菜還幫父親點了切仔麵。他們吃得很高興，可是當他們知道這一餐花了純麗好幾天的薪水，從此來台北只吃麵攤，直到純麗結婚。

十多年前父母親相繼過世，一個人的午餐，純麗開始買餛飩或是陽春麵，她懷念那股濃郁的油蔥酥味道。現在廚房最常有的氣味就是油蔥酥。

純麗看過電影《香水》，她沒有葛奴乙過人靈敏的嗅覺，但她也喜歡氣味，且多數是在廚房，這些氣味可以很塵俗，像食物的氣味；也可以空靈，像剛沖泡的綠茶，難怪廚房多半屬於女人的空間，只有女人對氣味特別敏感吧。

真的是敏感嗎？純麗最近老是聞到一股腥味，這股腥味宛如一尾蛇四處流竄，有時在客廳，有時在浴室、在臥房、在廚房。兩個兒子都說沒有聞到，丈夫也沒有，這股腥只有她聞到？後來純麗更確定，這股腥味像水腥，陰陰濕濕的，或者，真是一尾蛇，一尾濕濕腥腥的蛇？純麗害怕得四處找尋，櫥櫃下、沙發下、床下，所有陰暗見不得光，還有潮濕的地方，她都尋遍了，為此她還在這些地方塞了木炭、撒了石灰。

腥味消失了幾天，又再回來，周而復始，後來純麗竟然習慣了，雖然不喜歡卻也習慣了那股腥味的存在。其實，純麗很清楚，那腥來自哪裡，她從來都不問，不想問也不敢問。因為腥味，純麗開始聞自已身上的氣味。純麗想起讀大學時和初戀情人並肩走在校園，初戀情人總是說她身上有一股淡淡的香味，她想應該是香皂、洗髮精吧，後來她才知道那是青春少女特有的香氣。

純麗從腋下聞起，流過汗的腋下有一點汗酸味，再久一點是酸腐味，那股酸腐味有些熟悉，她想起好像是阿嬤的味道，或者說是老女人的味道。她老了嗎？再一年就五十歲算老了嗎？她已有更年期的輕微症狀，怕熱多汗，經期的量不是很多就是很少。她不喜歡做完家事的汗臭，夏天她經常一天沖好幾次澡。

純麗想起母親，那是她婚後第二年，帶著剛滿月的大兒子回娘家，母親為了歡迎女兒和女婿，整治了一桌菜，要他們上桌吃飯，自己卻躲進浴室洗澡。母親說，一身汗不舒服。那時母親五十四歲，正值更年期，老嚷著身子不舒服，父親說母親一天洗好幾次澡，因為覺得身上有味道。一向不化妝也不保養的母親竟然囁嚅的問她可不可以幫她買一瓶香水。爾後，每次回娘家純麗就帶一瓶香水給母親。

現在她終於了解了，那是邁入老年的味道，就好像食物從最新鮮逐漸要腐壞的味道。後來，母親生病了，純麗週週抽空回家。父親跟她抱怨母親很虛弱，連走路都不穩，卻是一天三、四次嚷著要洗澡。她俯身幫母親擦拭額上因疼痛不斷冒出的汗水，確實聞到因癌末引起的腐臭味。純麗想一向愛乾淨的母親一定也聞到自己身上散出的味道。母親過世前還問自己身上是不是很臭？純麗搖搖頭，然後跑到廁所大哭。入殮時，純麗灑了些香水在母親的壽衣上，還將這瓶香水放在母親的身旁。純麗想母親應該會喜歡香香的出門。

純麗終於體會到什麼是空巢期，大兒子在南部讀大一，一兩個月才回來一次，小兒子高三不是學校就是補習班。早上兒上學、補習，丈夫上班、永遠開不完的會、加班和應酬，從早上八點到晚上八點後，純麗幾乎都是一個人，她發現一天中竟然是和市場的攤販講最多話。就像電影畫面一樣，原是一群人走動、生活的家，一個一個消逝身影，原本顯得擁擠的空間，逐漸清空，突然她覺得房子好空曠，說話都有回音。那個永遠被玩具占滿、老是踩到積木、機器人、小汽車的客廳，現在暢通得可以溜冰，那兩個仰著頭和她說話的小男孩，現在比她高出一個頭。老是纏著她，拉她裙裾的小男孩都不見了。

純麗坐在客廳的沙發上，全家唯一會發出聲音的只有電視，她日日看電視，和電視對話。純麗很喜歡看電影頻道，有時她覺得電影裡有她生活的影子，電影播映了她部分過去的生活，也預告了她未來的人生。《豐富之旅》裡的華特太太有個故鄉可以思念，有個初戀情人可以緬懷，純麗想她的故鄉呢？十四年前父母親相繼過世，哥哥賣了田產跑到大陸消息全無，她就沒有故鄉可以回去了。

純麗聽大堂姊說老宅和田園，全成了一排透天厝。電影裡華特太太雖然沒見著初戀情人的最後一面，至少還看到破舊的故居。純麗是連一片磚瓦也看不到。大三那年初戀情人因癌症過世，她有十年走不出來，直到遇見當時還是同事的丈夫。

純麗很羨慕別人有遇見舊情人的機會和情況，她的舊情人走了。記得蒙古人說人死了靈魂會寄託在某一隻駱駝的毛上，她記得初戀情人送她一個萬年青的小盆栽，有好長一段時間，她相信初戀情人的靈魂是附在萬年青的葉子上面的。那盆萬年青純麗養了五年，從大學到上班工作，夜夜和它講話，說說一天的讀書和工作情形，即使回家過年過節她都帶著它。萬年青的葉子純麗日日擦得晶亮，早上葉尖常沾著水珠，她想是初戀情人的淚水嗎？是憐惜她的孤單嗎？萬年青長得很好，從只有書本的高度，從書桌上的小盆栽一直攀爬到頂著天花板的書架上。

有一次回家過年七天，純麗忘了帶著，回到寓居，萬年青竟然枯黃，葉子全掉在書桌上，她澆了水也回天乏術，幾天後整株枯黃。她想，初戀情人的靈魂走了，他去投胎了。

其實，純麗很少夢見初戀情人，只有在他剛過世時夢過幾次，初戀情人總是站在很遠或很暗的地方，身影面貌都模糊不清楚。純麗想他大概不想讓她看到他病得皮包骨的模樣吧。初戀情人發現得癌症，初始還上課，到了寒假就休學住院化療，然後回家休養，開學後純麗去探望幾次，頭髮都掉光，本來就清瘦的身軀更顯得單薄，純麗輕輕柔柔的擁抱他，小心的握他的手，深怕一用力就碰碎他的胸骨，或是折斷他的手腕。暑假，初戀情人告訴純麗家人要送他去美國，他的姑媽在美國幫他找到權威的醫生。開學沒多久，初戀情人回到台灣，兩天後就過世了。純麗沒有見到初戀情人最後一面。

年輕時上班、結婚、照顧兒子，太累了經常睡眠不足，純麗很少做夢，或許有夢醒來她都不記得了。最近卻常常做夢，午睡做夢，晚上也做夢，而且老是夢些光怪陸離的景象或事情。就像昨夜，純麗又夢見自己繞著一間大屋子，四處找尋廁所。

近來，純麗經常做這樣的夢，有時是在小學學校，有時是在公共場所。明明有很多間廁所，多半找尋的結果是一無所獲，即使找到了，不是有人，就是一間髒噁無比的廁所，或是一個不能使用的馬桶。

夢見尋找廁所，是一種壓力，或者就如佛洛依德說的，回到口腔或肛門期？純麗想或者最有可能的是女性生理期的焦慮，是因為生育功能即將結束的潛藏憂慮？還是，尋覓一個真正隱祕、安全、乾淨的感情、婚姻？她很不喜歡這樣的夢，醒來總是胸口鬱悶或莫名的難過、低潮。純麗望著梳妝台鏡中的自己，白皙卻不光滑的皮膚，眼尾有點下垂，嘴角也不像年輕時上揚，淺淺的木偶線。這張日日看的臉，仔細端詳竟有些陌生，轉頭時從眼角餘光中她好像看到母親的臉，純麗覺得她愈來愈像母親了。從小到大，純麗都覺得自己像父親，母親也這麼認為，大哥像母親，她的五官連身材都比較像父親。

現在，純麗覺得自己愈來愈像母親了，動作和神情都像過世前的母親。純麗想這是不是就要老了，就要慢慢變成老女人了？

有時無夢，一夜難眠，純麗靜靜躺著，所的光影都被黑暗吞沒了，留下細碎的聲音，在暗烏中，她聽著身旁丈夫的打呼聲，從打呼聲的高低和頻率，她可以猜測丈夫今天是不是太累了；丈夫的打呼聲有高有低，有時很急促，有時低緩。偶爾丈夫會磨牙，聽說那是白天的壓力和焦慮造成。純麗也聽過丈夫睡夢中的囈語，含糊不清像叫一個人的名字，也像和某人說話，但她都沒聽清楚是什麼。

有時睡不著，純麗乾脆坐在客廳沙發上看電視，或是什麼都不做，燈也不開等天亮。深夜裡，純麗聽見過樓上有人走動的細微拖鞋擊著木質地板的聲音，是不是和她一樣睡不著的女人？樓上的太太純麗在電梯裡見過幾次，比自己大一點吧，五官很細緻，整個人看起來很優雅，笑時嘴角有梨渦，眼尾細細長長的皺紋，聽說她的丈夫在政府機關當個小官。純麗想樓上的太太也跟自己一樣無法入眠嗎？

坐在客廳裡，陽台的窗戶沒關，純麗可以清楚聽到巷弄外大馬路急奔而過汽車聲，或是緊急要去救人的救護車聲。有時是巷弄內夜歸人走過咳嗽聲。最教人不舒服的是公園裡野貓的叫春聲，像嬰兒淒厲的哭聲，讓人毛骨悚然。天將亮，聲音愈來愈多。最早的是公園樹上的鳥叫聲，滾珠似的吱吱嘰嘰，從一棵樹跳到另一棵樹，然後是早起在公園走動的人，機車駛過，腳踏車煞車……各種聲音像煮開水，沸水泡由細到粗，聲音愈來愈多，愈來愈密集。

純麗看著陽台外的天色，從濃黑逐漸變成灰黑、青灰，然後是淺青灰。純麗開始覺得眼皮有些沉重，有一點睡意了，她走進臥房，丈夫仍熟睡著，打呼聲變小了。她躺下來，身和心都疲憊極了。

孤獨的白天，或漫漫的長夜，純麗總是以看電視電影來打發時間，很多電影她都看了好幾遍。不想看電視，純麗會想寫字，就是單純的寫字，不是寫書法，也不是寫信或寫什麼作品，就是拿著筆寫字，看著一個字一個字、一行一行字被寫出來。

最初，純麗到兒子的臥房，在書桌上的筆筒挑了幾枝筆在不用的紙張上試寫，最後她挑了標示著◯．三八的筆，她覺得粗細剛好。她到主臥房在梳妝台上找了一本記事本，然後她在餐桌旁坐下來，攤開記事本，想了很久卻不知寫什麼，想寫字卻沒有字可寫。

她張望著，看到櫥櫃上的食譜，她挑了一本，抄了一道食譜，望著一排排的字，像軍士列隊般。這不是她想寫的字，應該是那種一大段一大段，可以把一頁紙抄得滿滿。她又從櫃子拿出一位女作家寫的書，她記得當時看到報紙介紹是飲食文學，她買這本書是因為有食物的料理方式。

純麗開始從序文抄寫，像小學時寫課文，她一個字一個字很認真的抄，筆尖在紙上發出沙沙的聲音，一個字一個字的呈現，然後是一行一行的排滿，她很喜歡這種感覺，她總想起小時候跟父母親到田裡，父親用木盆盛著母親剷起一塊塊的秧苗，大拇指套著播秧筒仔，將一撮撮的秧苗插進水田裡，父親插秧的方式是橫的插五株秧苗，完成直的五行後再到秧田頭到田尾仍是橫五株直五行，然後秧苗就填滿了一塊田。寫完一頁紙，真的很像父親插完一塊田的秧苗。父親手上那只黃銅製的播田筒仔就像一枝筆，而且很像一枝鋼筆。

手上這支筆讓她想起高中時，放學和嫻雅逛市街，看到一家門面窄窄的鋼筆店。她有原子筆、毛筆、鉛筆和水彩筆，就是沒有鋼筆，她知道鋼筆很貴，一支鋼筆，父親要做好幾天的工才買得起。嫻雅拉著她走進入店裡，店門旁一張玻璃櫃，隔成兩層，全都擺滿了一盒盒打開盒蓋的鋼筆，有暗紅色、深藍色、黑色、銀灰色。嫻雅指一支暗紅色的鋼筆說她爸媽各有一支。嫻雅的父親是小學校長，母親是老師，他們家裡有兩支鋼筆一點也不稀奇，她的父親只有黃銅或白鐵製的播田筒，她知道家裡要有一筆鋼筆是很困難的。這是她第一次這麼清楚看著鋼筆，往後她總有莫名的想寫字，和鋼筆有關，和父親插秧有關。

純麗已經抄完一整本的筆記本，又開始抄第二本，她開始抄小說《帕洛瑪先生》，這是她在大兒子的書架上看到。純麗雖然不知道寫什麼，只是覺得這本小說名字很有趣，而且很薄，比較容易抄完。

這次純麗不是從頭開始，而是隨便挑一頁，並且，在橫式筆記本以父親插秧五字一橫行的方式抄寫，她將筆記本一頁頁的紙當成一塊塊的田：

身為一個住在顛狂　，為保護自己不淪　點上舉起峰頂比別　距離處發生，泡沫
又擁擠的世界裡的　為神經衰弱者，他　處都高，就是在這　就有時間翻較折回
人，帕洛瑪先生傾　試圖盡可能地控制　一點上，它鑲上了　浪身，然後再度消
向於簡約他和外在　他的感覺。向前推　白色的邊。如果這　失，好像被吞吃了
世界的關係；而且　進的海浪，在某個　種變化在離岸一段　一樣，同時又襲捲

純麗發現她抄下每五橫字與五橫字間會多留一點點空格，好像深怕擠到旁邊的字。她看著自己抄寫一頁的字，每一個字都像一株秧苗，標點符號看來卻像稗草，虛空的站在那裡。

純麗抄著抄著，竟然哭了起來，淚水一滴一滴掉在紙上，字暈染開了，糊了。純麗好像看到父親那汪水田，和著田泥的水灰濛濛漫過秧苗。

百日關的女孩

舊曆年剛過，清晨冷颼颼的空氣結成冰似的，一陣嬰兒的啼哭聲制止住吵雜聲。

「生啊生啊，查某囝。」產婆俐落剪斷連著母體的臍帶，嬰兒一臉赤紅大聲的啼哭。阿玉黝黑的臉看不出喜悅或失望。這是她第二個孫子，大媳婦去年生了兒子，二媳婦剛產落女嬰，孫子孫女都有了，沒什麼不好。

「喔，產婆勞力，等一下留來吃一碗雞酒。」阿玉從閣樓下來朝廚房正在燒水的大媳婦雪子喊著煮雞酒，然後走到客廳。

金銅閉眼靠著籐椅似乎睡著了。

雪子在小姑秀琴衝去一里外的產婆家時，快手快腳先燒一大鍋水，然後到後院雞塒捉了一隻小母雞，這是幾個月前買了小雞養的，說好是給英蘭做月子的。放血、拔毛、清洗、剁塊，從櫥櫃翻出麻油，拍了好幾塊老薑……聽到嬰兒哭聲時，麻油雞已差不多可以盛碗了。

雪子先盛一小碗公的麻油雞，特地放了一隻雞腿、雞胗幾塊翅膀和雞胸肉，端到客廳時，產婆剛下閣樓。阿玉趕緊招呼產婆在大圓桌旁坐下。

「這個查某囡仔，真好生，嘸乎伊母仔艱苦。阿玉嫂汝好命呢，有查甫孫亦有查某孫。」產婆一面呼嚕嚕喝著麻油雞湯，一面和阿玉聊天。

「孫是恁母仔的囝，我這做阿嬤有啥好命。」阿玉面無表情回產婆。

「多桑咁要吃雞酒」雪子又端了一碗麻油雞放到婆婆的面前，小聲的問阿玉。

「免啦，我中晝即吃。」金銅依舊閉著眼睛。

「二嫂都啊睏去，紅嬰仔嘛嘸哭。」秀琴從閣樓下來，一臉興奮吱吱喳喳說著。「中晝時會記得叫恁二嫂乎嬰仔吃奶。」阿玉推了碗到秀琴前，示意秀琴吃掉碗裡的麻油雞。

坤木見了妻子平安生產，戴上斗笠回到田裡工作，這是他第一個小孩，雖然是女孩，他還是很高興，剛剛他偷偷上樓看了一下，女兒臉好小，很紅，閉著眼睛，不知是不是知道他來，睜開眼睛好像看了他一下。坤木想一定是的，女兒知道爸爸來看她。

坤木今年二十五歲，結婚十個月，母親說英蘭是入門喜。坤木一邊鋤草一邊想著這幾天要想想女兒的名字，早一點報出生，免得被罰錢。

都立春幾天了，田裡像結凍結霜似的，坤木知道再一個多月天氣才會慢慢暖和。他想女兒真替英蘭著想，冬天坐月子很舒服，喝著熱騰騰的麻油雞，也不覺燥熱。小閣樓的夏天很熱，總是要過了大半夜熱氣才散去。冬天雖冷，蓋著棉被和英蘭擠著倒也不冷。他想起去年夏天，大嫂生富祥坐月子，聽說母子都長了一身痱子。坤木覺得女兒真的很貼心。

中午吃過飯，坤木到閣上午睡，英蘭正在餵奶，女兒哼哼唧唧的哭著，英蘭說她沒有奶水，女兒大概是肚子餓了。

坤木下樓問正要去午睡的母親。

「可能亦未行奶……」話還沒說完，人就跑到對面阿貴嫂家，不一會兒臉上喜孜孜的回來。

「阿雪啊，等一下去樓頂抱嬰仔去阿貴厝內，阿貴的兩粒奶洪洪流，講會當分乎嬰仔。」阿玉對著正在洗碗的大媳婦喊著。

坤木知道對面阿貴嫂兩個月前生了第三個女兒，奶水很多，多到都要擠掉。這個新生的女嬰，第一頓飽餐的奶水是對面鄰居的女人，不是來自她的母親。即使往後，母親也無法提供她足夠的奶水，英蘭是先天沒有奶水。

第三天，坤木在田裡，突然想到給女兒的名字。「安蓮」花蓮吉安，下一胎如果是兒子就叫安吉。顧不得還不到中午，坤木興沖沖的跑回家告訴英蘭。

坤木跟父親拿了戶口名簿到戶政所報出生。

「雞酒呷這濟按怎嘸奶，呷到叨位去？」阿玉對於嬰兒天天到阿貴家吃奶很不以為然。她更在意的是英蘭不知輕重。

阿玉想起去年夏天雪子坐月子，她要大女兒秀金端一鍋麻油雞給雪子。雪子要秀金拿一只碗公，然後夾了雞腿和雞翅，端給阿玉，說是孝敬公婆。英蘭就不懂，一小鍋的麻油雞，她不到二天就吃光了，一隻腿或翅都沒留下來。阿玉想過兩天親家母再來看英蘭，她一定要說說，親家母是怎麼教女兒的，怎麼這麼不知輕重。

坐完月子，英蘭和雪子都得到田裡幫忙，趖草、種菜，農事多如牛毛，一歲多的富祥和剛滿月的安蓮就由阿玉照顧。富祥會吃稀飯帶起來很省事，安蓮就得送到阿貴那兒吃奶，阿玉覺得很麻煩。

「明仔早磨米仔麩給安蓮吃，呷阿貴的奶真歹勢嘛真麻煩。」阿玉在晚餐上對著英蘭和坤木說。

英蘭捨不得女兒才一個多月就吃米麩，趁著一早或中午回來煮飯時，抱著安蓮到阿貴嫂那裡吃奶。一天至少有一次是吃貴嫂的奶，一直到安蓮三個月生病後才完全用米麩。

那是，安蓮三個月大的某一天，中午午睡後，英蘭抱著女兒到阿貴嫂那兒吃奶後包好尿布，交給婆婆後就到田裡工作。才下田一個多小時，就看到讀小學三年級上半天課的小姑秀琴慌慌張張跑來。

「二嫂，緊返去厝，安蓮發燒，卡將叫汝緊返厝。」

英蘭和坤木放下鋤頭用跑的奔回家裡。安蓮渾身燒燙哭個不停。英蘭用布巾包著女兒直奔村裡唯一的小診所。老醫生聽診後說是寒到，取了針筒準備打針。坤木心疼女兒才三個月就要打針，老醫生說安蓮燒得太高，打針比較快退燒。

回到家裡，安蓮高燒降了不少，終於安穩的睡著了。過了晚餐，安蓮又再次高燒。一向嗜睡不太哭鬧的安蓮半天來哭得兇，英蘭知道女兒一定很不舒服。餵了藥好一些，深夜又燒了起來。就這樣燒燒退退，三個月大的安蓮進出小診所無數次，甚至到花蓮市街較大間的診所，結果也是燒了退，退了燒。

三個月來吃了阿貴充沛的奶水，安蓮養得有些白胖，這一病就是兩個多月，整個人瘦得皮包骨。

「咁會是去煞著啥？」阿玉覺得安蓮吃藥打針都未見痊癒，心疼孫女更心疼花出去的錢。

坤木一向很鐵齒，不相信神怪之說，但安蓮病了兩個多月，看了好幾個醫生都沒有用，難不成真的遇到什麼不乾淨的。

「去看伊的命狀，是不是有什麼劫數。」一向寡言的金銅，終於開口了。

坤木想起父親的朋友春秋叔很會算命，祥富出生時替他寫了一張命狀。坤木鐵齒不信，安蓮滿月春秋叔到家裡走走，並沒有替安蓮批命狀。

金銅去找春秋到家裡來替安蓮批命狀。

春秋問完了安蓮的出生月日時辰，用毛筆在一張紅紙上寫了起來。等墨汁乾了，他拿給坤木看。

「這個查某囝以後真好命，不過伊有兩個關卡，百日關，還有千日關。」春秋一邊指著命狀上的字，一邊解釋給坤木聽。坤木看著安蓮的命狀，每個字他都看懂，但不知道是什麼意思。他確實看到命狀上有百日關，旁邊就是千日關，他也看到文昌。

「春秋叔，什麼是百關、千日關？」英蘭急得插嘴問春秋。

「就是出世第一百工彼一日，毋通抱出門，歸工攏愛在厝內，也都是膾當踏出門腳口。哪嘸就會破病。千日關一工嘛是同款。」

英蘭想起來，安蓮發燒那天正是出生一百天。中午她抱著女兒到阿貴嫂那兒吃奶。

「春秋叔，今嘛要按怎？」英蘭很自責，總算知道什麼原因。

「我嘛不知，我會曉批命，膾曉祭改。那嘸去廟裡拜拜，嬰仔的衫帶著。」

折騰了父母兩個多月的安蓮，在坤木和英蘭到廟裡燒香祈求後，漸漸的復原，卻是到兩歲多才長肉。

坤木和英蘭心裡牢牢的盤算著一千那天絕對不能讓安蓮踏出家門一步。

安蓮終於平平安安的渡過了一歲、兩歲、三歲、四歲。安蓮五歲時父親為了奉養終生未娶的叔叔，分了家搬到隔壁。安蓮六歲時，有一天，跟著母親在阿嬤家客廳準備祭祖。安蓮看著牆上一大幀相框，裡面貼了伯父、父親、叔叔當兵的照片，還有堂哥富祥、堂弟富裕、弟弟安吉、安興出生四個月大的裸照，但是沒有安蓮的四個月照片。

「媽，為什麼相框內嘸貼我的相片？」安蓮指著牆上的大相框。

「彼時陣汝百日關瘦到哪一隻猴猻，嘸去攝相啦。」英蘭和雪子在客廳公媽桌上準備拜公媽。

安蓮知道這是家裡的習俗，不管是男孩或女孩出生四個月大時會去隔壁村的相館拍照，男生是裸體，女生穿和服式的嬰兒衫，然後貼在大相框裡。母親告訴她，出生的嬰兒到了四個月，拍照比較好看，而且過了四個月也比較確定會存活下來。裸體照是要證明是男生，女生當然就要穿衣服了。

安蓮很好奇什麼是百日關。晚餐時父親仔細的解釋，也說明了安蓮百日關的情形。安蓮更好奇，什麼是命狀。父親說等長大再她給看。

安蓮知道，命狀鎖在母親的衣櫥裡，她想，總有一天她一定要看到命狀，那張註定她一生命運的紅紙。

小學三年級，她終於看到那張命狀，不只一張，還有弟弟安吉和安興的，她都看到了。

英蘭將三個小孩的命狀放在一只小皮包裡，再藏進衣櫥最裡層，用衣服包著。那一日英蘭要到農會家政班開會，是關於家政班婦女跳舞的事。換好衣服，英蘭忘了鎖衣櫥，急急忙忙騎著腳踏車到農會。

安蓮一向好奇母親衣櫥裡的衣服還有她一直想看的命狀。趁著母親忘了上鎖，安蓮打開衣櫥，淡淡的樟腦丸味道泌出來，她看到母親到市街或喝喜酒才會穿的淡青色花洋裝，還有棕色的羊毛大衣，一件母親結婚時穿的暗紅色旗袍，其它幾件都是母親平常穿的衣服。

安蓮並沒有看到放命狀的皮包，她拉開長抽屜，看到疊得整齊的她的毛衣、弟弟的冬衣。突然，安蓮看到安吉的毛衣特別的蓬鬆，她用手壓了一下，是硬的不是一般毛衣的鬆軟。安蓮像當小偷般的緊張，手抖得厲害，心臟彷彿要從嘴裡跳出來。她小心的拿出毛衣，打開折疊，果然米色的小皮包藏在裡面。皮包是兩個小金屬交叉扣，很容易打開。

安蓮打開皮包，紅色的命狀摺成小長條形被綢布皮包裡夾著。安蓮展開紅色命狀紙，是三張，不是一張，還有安吉和安興的。三張的命狀，她只看得懂百日關和千日關，其它的她都不知道是什麼意思。她還看到安興有水關，她知道關就是不好，但水關又是什麼？

安蓮有些失望，這麼神祕的命狀，她竟然看不懂。這時，稻埕外父親回來的聲音，她趕緊將皮包塞回衣服，胡亂包上毛衣，關上衣櫥。

那一晚就寢前，英蘭問女兒是不是打開衣櫥偷看命狀？安蓮低著頭不敢看母親，也不敢說沒有。英蘭交待女兒以後不可以偷偷看命狀，因為小孩子不可以知道未來的命運。

「媽，啥麼是水關？安興有水關呢。」

「我知，已經過去啊，阿興三歲時站椅頭仔頂玩水缸的水，差一點都淹死，好加在恁阿姆來灶腳拿物件看到，才將伊抱起來，吃著一點仔水，嘸安怎。這都是阿興的水關。」

原來命狀寫了這麼多未來的事，安蓮更加決定，將來一定要看懂命狀，她很好奇未來她會怎樣？

英蘭知道女兒好奇心強，一定會再偷看命狀，她想要換個地方藏了。古人說天機不可洩露，春秋叔也說儘量不要知道未來的命運。英蘭想既然不可知，為什麼又要批命狀呢。就像自己，也是母親去算命，她才會遠離父母故鄉翻山越嶺迢迢千里到花蓮來。

人生真薄，薄得就只有一張紅紙。英蘭嘆了口氣，收好命狀、皮包，鎖進衣櫥。她想明天要找新的地方來藏了。

有點忙的女人

C在一張從筆記本撕下來的紙張上畫正字，三個正字少一橫。C想應該就這麼多了，望著紙上的正字，她細細的想著幾張男人的面孔，可是她幾乎都不記得他們的面孔了，除了S。C只記得幾個勃起的陽具，而男人做愛的臉孔都一樣，一張泛著油光猙獰的臉。

十四個人，C想原來她是屬於「有點忙」的女人，比夠本還要多。

中國上海女人列出睡過男人數字的標準是：「0白活了、1有些虧、2到3算傳統、3到5才正常、5到10夠本、10到15有點忙、15到20有點亂、20到30有點累、30到50過於開放，要是50以上，完全瞎掰！」

C記得幾年前在英國有位前衛女性將她與上百位男性性愛的數字當成裝置藝術，展示了臥房的一切擺設。這樣的性愛裝置藝術，不知「藝術」在哪裡？如果照上述的數據，她睡過男人的數字是「瞎掰」？

C不記得在哪裡看到的，也許是美容院的雜誌「二〇一〇年全球性調查，發現性伴侶數目全球平均數是九位，土耳其以十四．五位居冠，最少的是印度，只有三位，亞洲國家拔得頭籌的是日本，有一〇．二位，台灣則是六．六位，高過香港的三．七位與大陸的三．一位。」

看來台灣的六．六位是屬於「正常」，不過雜誌上沒有說清楚是男是女，C想如果是女性的話，那麼表示台灣的女性在睡過男人的標準上是「夠本」了。那麼她的數字也不算多了，她只是貪戀色欲而已。

望著紙上三個缺一橫的正字，C想什麼是色欲？是想像力的雜耍表演，還是生理作祟，或是想被愛的動力？

近來，C覺得自己像賣火柴的女孩般，點燃一根根小火柴棒，迷眩於那短暫的火花亮燦，火柴總有用光，火花也會失去溫度，亮燦就成了一種亮度而已。也許就會再度回到荒蕪的年歲，日復一日。然後，人就老了，老到連回憶都厭煩。

C記得有一次在公園旁長椅子等S，雨絲如棉絮般飄了下來。阿勃勒樹上竟蹦出一隻棕栗色的松鼠，滑落到樹根和她對峙著，帶著狐疑的神色。

C掛起上弦月的嘴型，眼光展露柔光，移進一步，為了更親近牠。松鼠一骨碌碌跳上樹枝，仍舊質疑著她的動機，對牠，C知道她是不被信任的人類。她不再趨前，定定看著牠，深怕一個莫名的眼神，嚇壞了牠。

只是短暫的停留，從圍牆跳到樹枝，躍上回樹梢。栗色松鼠，終究是不信任人類，逃得無蹤無影。

雨線粗了些，C等待的心情有些紊亂，就像松鼠，她也質疑著這樣的等待和人生。

C記得和S談論著愛情與婚姻，這兩個既相容又相背離的議題，永遠沒有定論，也無是與非的答案。

C告訴S「多數人把婚姻當成，需要時可以返回的安全基地，而愛情是一種冒險，受傷了、倦了再返回安全基地。婚姻和愛情都是人類不斷的依附。」

S對C說，中年後的男人要的未必是愛情，情人不過是抽象的欲望目標，主要還是生理上的冒險，因為冒險的過程而獲得狂喜；狂喜或許並不會賦予生命意義，但沒有它，生命似乎平淡無奇。不是有人說，男人的愛情像夏日的雷雨，人到中年總要下幾場雷雨。

C當然理解「不斷的依附」其實是一種慣性，一條不歸路，因為所謂愛情，乃是退化到童年時期的需要、不安和縈繞於心的欲望，需要立即獲得紓解及不斷的填滿。愛情選擇婚姻，婚姻埋藏愛情，這是個定律，但總得親自進城、出城才能體驗箇中滋味。

S是C三個正字少一橫中唯一跟她有話聊的男人，不過他們兩人的關係也只維持一年多，但那卻是她這幾年來最長的戀情，或是情欲。

有一次C和S在摩鐵，S對C說：「我喜歡看妳的眼睛，撫觸妳的乳房、妳的肌膚、妳的敏感⋯⋯」從頭到腳，C想S說的是她的裸身嗎？那個她仍陌生的身體。

C告訴S她不記得自己青春的模樣，總得在舊照片裡尋回；青澀、含蓄、安靜、謹慎，這是她從照片中看到自己的青春。

歷經少婦步入中年，身體始終被她忽視。

終於，C端視著鏡前談不上豐腴的身軀，白皙的肌膚仍細緻但不夠緊實。C從頸項往下輕觸，這是她的身體嗎？她重視過她的需求嗎？或只是滿足她的被需求？S是開啟C情欲之門的男人。

C想起讀大學時，某個女教授提到吳爾芙告訴女人要有「自己的房間」，那才是完整而獨立的女人。現今女人不僅可以有房間，可以有事業，更可以有自己的公司，但是否真正擁有自己的身體？

C覺得她還是不記得青春的模樣，青春的胴體似乎是遙遠而模糊的影像；青少時期似乎未曾在鏡中端視自己的裸身，含苞蓓蕾的少女之身幾乎沒有印象；戀愛得早，青春也彷彿消逝得早，在還未知曉欲望，身體已是別人的欲求，而且認定欲求就是愛戀；情欲的身軀是屬於枕邊人觀看撫觸，偶爾在鏡中一瞥，陌生帶情欲的眼神仍不敢正視被情挑的身體；膚觸、需求、反應。總是枕邊人告知，他比C更了解她的身體。

那麼什麼是色欲？是想像力的雜耍表演，C想，是我們泅泳其中的記憶之海，是我們用眼睛愛撫和崇拜事物的方式，是我們願意因情欲景觀而動的意願。色欲乃是我們針對人生的活潑生動而有的熱情。

是從什麼時候開始，闇夜裡，我是三十五歲的Nemesis，在黑漆的網路追尋。成人聊天室彷彿烏黑的洞穴，群集了一隻隻的蝙蝠，互相嚙咬。我用聲納尋索；如果你也在夜晚成了一隻蝙蝠，你當會知道，我已成了復仇女神；如果你還記得那座迷宮，你當不會忘了Minotaur。

是的，我似Minotaur困在情欲的迷宮，自從你背叛離去。我走了十年，終於懂得裝上翅膀低低飛出，你卻回來了帶著妻兒。電子信箱竄出如荊棘般的一行字：我回來了。刺痛的荊棘揭撕開疤傷，讓我折翼再度困居在迷宮，於是我只能是一隻蝙蝠，以聲納尋你。

我以二十五歲的Nemesis解放我的情欲。在網愛的世界我掩去真正的身分，沒有寫作者的氣質，刻意使用注音符號當詞尾，故意錯別字連篇。在陰暗的空間我相信我就是二十五歲的Nemesis。是的，我堅持停留在二十五歲，那年你離去卻把我困留在迷宮。

在虛擬的情欲裡我是Nemesis，這個我們共同熟悉的名字；你說如果你負情，我可以化身為Nemesis復仇，讓你不得善終，我說我寧願是那被困在迷宮的Menotaur，一輩子也不要出來。我真的把自己困繭了十年。

你不該回來的。

你不會知道每個週末我攀爬在編織的網愛裡，嗅聞和你相似的聲氣味道，溫柔的語句，挑逗的話語，宛如情人的激情，耳鬢廝磨，乾淨、安全、暢快。最暢快的竟是情欲的流轉，每個週末周旋在麦克、丹尼爾、寂寞男子、温柔情人、小劉，一個個化身情人的温柔慰語，一個小時的催化成就了速成的欲望；蜜蜜、甜甜、百合、玫瑰柔化了Nemesis復仇的悍恨。我以為我在這個蝙蝠洞裡背叛你，其實是解構我自己，原來背叛是如此的容易。在漆黑的洞裡我構築一個隨時可以遷移、更替的幻化世界，我可以是個護士，可以是個女學生，可以是個偷情的少婦，一個永遠不必面對現實的虛擬情欲世界，藏身在這裡十分的安全，終究我還是Minotaur，被困在迷宮的半人半牛獸，只能在黑夜低飛成Nemesis，在蝙蝠洞裡以背叛作為復仇，以虛構的情欲滿足真實的需要。

你説時空的距離像把鋸刀，終於把我們鋸裂成兩段，遠遠隔著太平洋，十年來我仍跨越不了的大鴻溝。那鋸裂的傷口真痛，比小刀劃在手腕上還令人椎心難忍。兩道褐色的傷痕如鐲環著，有時如蛇箍緊疼痛難耐。我蜷曲在迷宮舔慰傷口直到結痂成疤。痂蛇飛旋流轉成銀環，玲瓏的清脆聲響在黑黝黝的蝙蝠洞，我是清秀佳人，我是豔色少婦，最佳比例的三圍，永遠的二十五歲。然而，我用聲納呼喚你，你會是誰？將戴什麼面具來尋我？

我會是玫瑰，我會是百合，我在蝙蝠洞等你，等你來赴約，等你的另一次背叛。

幾年前，C在部落格看到這篇文章，於是她學Nemesis，學蝙蝠在暗黑的網路狩獵，C不是要復仇，她要填滿空虛的情欲。

第一隻向她飛來的蝙蝠就是S。

那是C第四天進聊天室，她還是生手，前三天不知怎麼應付那麼多跳出來快速滑動的視窗，還有露骨的字眼，嚇得她落荒而逃。那一次C用的暱稱是「軌道之外」，很多人問她這個暱稱是什麼意思，人太多她眼花撩亂不知要回誰，C不知有密談的方式，也就是在大廳聊，誰都看得到，雖然問她的人都是用密談。

這時一個暱稱「經過不下車」的人告訴C去點密談，這樣就不會有那麼多人知道她的年齡、三圍和暱稱的意思了。最後C就只和他聊。半個小時後，他問C有沒有即時通或Msn，他說在聊天室聊太費眼力了，也會不斷被打擾。C給了他即時，不敢給Msn那是她跟朋友聊天的。

他即時上的名字是Sam，她是Circe，他們彼此就用S和C來稱呼對方。C從沒跟人聊得那麼愉快。他沒問C幾歲、多高多重，三圍多少。

「妳最近看了什麼電影？」這是S問C的第一個問題。

「班傑明的奇幻旅程。」C是很喜歡看電影的，她回答一部下片好一陣子的電影，她前些天剛好在HBO看的。

「妳喜歡 Brad Pitt 的電影？妳看過他的大河戀嗎？」

「喜歡，看過。」他打字很快，C才學會打字沒多久，速度總是趕不上他，因此，她回答總是很簡短。

那個丈夫出差的夜晚，C在房間用筆電和S在即時聊了三個多小時。他們大半在聊電影和Jazz音樂，C對音樂不是那麼懂，於是他教C先去買一些人的作品，從入門開始。然後他們聊童年，C約略知道他們都是五年級，只是不知誰大誰小。

以前C老是抱怨丈夫一天到晚加班出差，和S聊天後她很希望丈夫最好天天出差。他們彼此都沒提到家庭婚姻，S幾乎天天出現在即時通，但有時很晚，後來S告訴C有時要應酬會晚點上線，周五六日晚上是不會上即通，因為要回家。C猜測S和妻子分住兩個城市。

和S在即時通聊天是C天天的期待，然而丈夫沒出差應酬C就無法上網，丈夫還不知她會用電腦。於是，他們約好，等不到對方就留言或寫信。他們的留言都沒有想念對方或表達什麼愛意。他們卻非常渴望天天可以交談，可以讀到對方的留言。

「今天我在車上聽 Nat King Cole，我喜歡他渾淳沙啞的歌聲，那種愛是很溫柔、纏綿，妳聽了嗎？」

每當看到S這樣的留言，C就像小學生要完成老師交待的作業，趕緊找出CD認真的聽。就這樣，C購買一張張音樂、歌曲的CD，一首首的聽，還作筆記。

兩個半月後，S問C要不要見面。C很期待，卻也很害怕，萬一見了面彼此失望呢，C更擔心的是S對她的失望。

C從未想過，是S開啟她的情欲之門，讓她後來變成有點忙的女人。

其實，一開始C就知道和S不會長久，他們不是相見恨晚，而是他們的相遇就該在那個暗黑的蝙蝠洞，如果沒有這個又黑又深的蝙蝠棲息地，他們永遠不會遇到。即使遇到，也只是路人甲路人乙。

那一日下午，天色很暗，厚厚的一層雲，還有悶悶的雷聲，應該會有一場雷陣雨。S在咖啡館的最裡面，C從門口望進去，只隱約看到一個男人坐在那裡，但C知道就是他，那個人就是S。

兩個月前，C就在心裡描摹S的模樣，身高體形，聲音，臉上的五官、表情，也許笑起來有一點點酒窩，頭髮微微的曲鬈，應該沒有戴眼鏡，聲音低沉。C還想過S的手指很長，因為他喜歡音樂，他的指甲修剪得很乾淨，他不抽菸，會喝點紅酒。像誰呢？C努力的想著一些明星的臉，或是熟悉男人的臉。不，C想S有一張獨特的臉才對，不是英俊，不是特別好看，但很特別讓人會多想看一眼。

進了咖啡廳，C沒有打S留給她的手機，她一定會找到他的。

C確定那個側面的男人就是S。她坐到他的面前。

「你是S嗎？我是C。」C毫不遲疑的對著眼前的男人確認。
「是，我是S，好厲害，妳竟然知道是我。」
C看著眼前這個戴著眼鏡，笑起來沒有酒窩，理著小平頭的男人。雖然和自己的想像不太一樣，至少S的手指真的算修長，聲音也還算低沉。
「妳長得跟我的想像差不多，好像年輕一點。」S看著C好像多年不見的朋友。
C想，原來這就是網友見面，比她預想的簡單，也輕鬆多了。C點了一杯曼特寧，很自在的看著S。
「你今天下午請假？」C想今天不是假日，S能空出一個下午，必然是請假。
「嗯，我不想見面很匆忙，也不想第一次見面就邊吃飯邊聊天。」
C沒有回答，S果然是了解她，或者他了解和女人初次見面的忌諱。
「等一下喝完咖啡，我們去走走，妳可以待到幾點？」
「五、六點。」C本來想說到晚餐都可以，想到是初次見面，還是含蓄一點。
「知道了，我們到山上走走。」
C始終記得S說話時似笑非笑的眼神，後來她才知道，他那時情欲盎然。不管男人跟女人談什麼，愈談得來，腦子裡的欲望愈強烈。

她是葛里歐 (Griot)

闕沛盈領養了一隻小狗，初長牙齒時，經常拿她的手磨牙。怎麼玩，總是在可以接受的微疼之內，她想，小狗懂得分寸、遊戲規則。約翰．赫伊津哈(John Huizinga)的《遊戲的人》，認為遊戲是先於文化，沒有遊戲就不可能產生今天的文化。他所舉的例子，正是小狗和人類玩耍的情況；人類社會的偉大原創活動自始都滲透著遊戲。

一隻剛滿月的小流浪狗怎麼懂得「遊戲規則」？的確，任何動物都不需要人類來教牠們如何玩。闕沛盈看著小狗從小心翼翼一個房間一個房間探索，到後來堂而皇之遊走在各房間；闕沛盈也在短短的三十天，見識小狗理解人類和牠之間的語言。當然，也有誤解的時候；對著正在掃地的掃把狂吠，情形宛似唐吉訶德對著風車的揮劍；在小狗的眼裡，掃把是自己行走，不懂人的手揮動。掃把和小狗形成一組失敗的符意。

一種語言就是一種文化。小狗和人類之間所建立的是什麼樣的文化？透過手勢、語言／聲音、眼色，這些全成了小狗辨識人類心情的符碼；經由慣性和律制，小狗也開始遵守沒有文字、沒條例，甚至沒有圍牆限制的遊戲規則。

然而，人與狗的遊戲，狗始終恪守規則，即使是一隻流浪狗。

但是人和人的遊戲呢？闕沛盈認為自己曾經是一個遊戲犯規的人，誤入禁區，她視為人性，認為是感性的許可，是可以原諒或接受的範圍，一直到她遇見那個人，那張沒有笑臉的人，她終於知道成人遊戲犯規是可以傷人，也可以殺人。於是，像減重一樣，闕沛盈一一減去生活中的種種牽掛；她花了三個半月的時間退出遊戲，選擇新的生活，遷居到郊區的大樓，樓下有一個小小的院子，大樓後是別人靠山的小田園，這是一個極適合獨居生活的地方。

第一天開始不必上班，沒有情人，闕沛盈一切都自己來。她還不習慣早起，睡到近午，簡單的午餐，於是她放了Louis Armstrong的紀念專輯，做為第一天新生活的序曲。

〈Hello, Dolly!〉

下了十二個水餃，喜歡十二這個數字，有飽滿的意思，因為貪心，十二比十全十美多那麼一點。

煮了一壺開水準備沖泡花茶，冰涼了很適合夏日燥熱的身心。

〈A Lot of Livin to Do〉

空檔間削了芒果皮，果肉切塊，是餐後的水果。

煮水餃像洗三溫暖；三水三沸，才會呈現晶瑩剔透（這是一個她常去吃麵和水餃的老闆娘教她的）。樹林裡蟬聲嘶喊劃破寧靜的村落。

到了第五首〈Is Still Get Jealous〉水餃好了，煮了咖啡，花茶也沖了一次。不沾醬汁吃水餃的原味，手工水餃有生活的氣息。

管理員按了對講機，說有她的掛號信。

〈Summertime〉唱完，十二個水餃吃完。〈Summertime〉夏日慵懶的歌聲，翻唱成中文，卻成了哀傷的靈歌。

剩下的歌曲用來喝咖啡或是冰茶。

有時午餐是酢醬麵，很適合毛利人的《ULURU》大竹管吹出山林和草原風吹草木拂動的濤聲，混合著屋外林樹上彎嘴鳥、紅頭鶇的鳴囀。

幾日下來習慣了不同午餐搭著不同的音樂，原始的、民俗的更適合這個村落。

午後得工作，闕沛盈成了蒐集故事的人，她的願望是成為葛里歐（Griot），非洲一個以傳頌各家族歷史，書寫各朝代戰爭的故事為生的人。於是，寫故事和旅遊成了生活最重要的兩件事。浮現她腦海裡的第一個故事，是那個打撲克牌的女人。

人生的勝算只有47％，不管妳多麼成功，或多麼失敗，加加減減，人生的勝算就只有47％這麼多。

一開始她就這麼說。她看來很特別，有一種逸散的神情，跟她的工作很不一樣。闕沛盈遇到她是在幾年前一家專給中年人落腳的Jazz Bar，在這裡沒有重金屬的音樂，沒有打扮入時的年輕人，都是中壯年。以前闕沛盈一個月至少會跟J來一次，喝點酒，聽聽音樂，闕沛盈喜歡這裡的氛圍。客人不多。老闆大約五十來歲的男人，連駐唱的歌手也絕對有四、五十歲了。

老闆除了點酒點下酒菜都在櫃台後，他擅於聊天但並不主動和客人攀談，這樣的地方很適合他們，不必要和不想說話的人打交道。

她大約六十多歲，雖然這是中年人的Jazz Bar但六十歲的女人來這裡還真少。她是一個人，一頭蓬蓬鬈髮，大眼睛的眼角有細細的笑紋。

她舉杯對著闕沛盈微笑，眼神似乎尋問可不可以坐在一起。反正今天J不能來，有人聊天也不錯，何況她看起來很特別。

「我第一次來Bar，不好意思找妳壯膽。」她用手攏攏蓬鬆的鬈髮，臉上帶著一點點羞澀的表情，柔黃的燈光下，突然覺得她年輕了二十歲。

「今天，我也是第一次一個人來，我約的人沒能赴約。」

接著她就告訴闕沛盈人生的勝算只有47％。她說這是她的人生經驗，卻是在她玩「傷心小棧」領悟到的。看闕沛盈一臉霧水，她開始為闕沛盈解說什麼是傷心小棧。她說就是拱豬，闕沛盈更是不懂了，她細心的說明拱豬的玩法，闕沛盈更加迷惘了，不知道為什麼會「豬羊變色」，也開始沒耐心再聽下去了。她說如果有興趣的話上網去玩傷心小棧就知道了。

她留了一張名片給闞沛盈，說有空可以去找她。喝了兩杯瑪格麗特，她先走了。半年後，雜誌社要做女性創業的故事，闞沛盈想到她，翻了名片簿，聯絡到她，並沒有告訴她曾在Bar見過，隔天到她辦公室。

「我還記得妳，妳玩傷心小棧了嗎？」她一見面就問闞沛盈。

「沒有。」闞沛盈壓根兒就忘了這件事。

闞沛盈事先已查尋她的基本資料，知道她是從女工變成國際知名化妝品的創辦人之一，然後開一家知名的餐館，二十年前離婚，至今單身。闞沛盈擬了幾個問題都跟她的婚姻及創業有關，但她竟然從童年說起。

我出生民國三十八年，那是花蓮和台東交界的山腳下。我是第一個小孩，父親和母親天天都到山上工作，那時種最多的是橘子，兩個人都不識字，家裡還有阿公阿嬤、四個姑姑、兩個叔叔，其中兩個姑姑已經嫁出去了，一個叔叔去當兵，除了阿公阿嬤，家裡的男人的都要到山裡種作、砍材，小姑姑還在讀小學，三姑和母親在屋後一小塊田種地瓜、種菜，也有養豬。早上四點多天還沒亮父母親挑著昨晚摘的蔬菜、地瓜走一個多小時的路到小鎮菜市場賣菜，七、八點收攤回家。可是，不管他們多麼努力工作，就像日本電視劇《阿信》的童年老家，連吃飽都不容易，只要有人生病，家裡就要舉債了。阿公在我父母親結婚的前一年中風行動不便，我父母結婚後沒多久臥床不起。阿嬤有嚴重的氣喘，兩個人都是藥罐子。三姑姑乾脆留在家裡幫阿公翻身，注意咳得嚴重的阿嬤是不是可以喘過氣來。

我的出生家裡都沒有人高興，因為是女生，母親坐月子、餵奶，到田裡的時間少了很多。不知是不是因為察覺自己不受歡迎，我從出生後就很少哭，尿濕了不哭，餓了也不哭，三姑姑要照顧阿公阿嬤，又要照顧我，只要我沒哭她就不理會我。母親說我的屁股長時間泡在尿屎中，天天都起疹子。當然不是天天都需要種作，有時母親會去小鎮上的農田做雜工。我只有在天黑才看得到母親。

母親說的，窮人家的小孩自己會長大，我什麼時候會說話，什麼時候會走路，母親都不記得了。

我是出生在八月金針花開的時候，所以，父親幫我取金花的名字。我好像不到三歲會走路，母親就帶我到田裡，所以我曬得很黑，小姑姑都叫我黑金花。後來大弟、二妹、三妹陸續報到，賣菜就父親一個人了。讀小學時我跟著父親一起出門，到了鎮上父親去賣菜，我到學校。因為太早了，我都是第一個到學校的人。

同學都叫我番仔，因為我很黑，眼睛大大的，住在山下，又姓潘。後來我才知道，我的阿祖的阿嬤是平埔族。不過，那時我很不喜歡被叫做番仔，我刻意講閩南話，可是一不小心就要在脖子上掛「不可以說方言」的狗牌。

小學五年級，父親終於買了一輛腳踏車，早上可以晚半個小時出門。腳踏車後座橫放一根扁擔，兩邊垂掛兩大籃的蔬菜和地瓜，我坐在後座，揹著書包胸前還要抱著一籃的青菜。雖然坐起來並不是很舒服，但比起走路，好太多了。

闕沛盈寫了九百多字，算是完成一半了。雜誌社規定的字數是一個人的故事二千字。人生真是很難計算，有人的人生是幾頁的作品，一本書，一部電影，一部連續劇，也有人的人生是幾百字幾行字就可以結束，然後更多是最後訃文那一頁。而那頁訃文最真實的只有一行，就是出生年月、姓名和過世的日期。

潘金花的人生是二千字，小學還沒讀完闕沛盈已經寫了九百多字，剩下的只能快速進入她成家立業的階段。可是，闕沛盈最喜歡的是每個人的童年，不管多麼辛苦，多數人都喜愛回憶童年，也許那是人生最純真的階段。

闕沛盈一周交一篇二千字稿子給雜誌，一篇一千字給地方報社，城裡有套房出租，收入勉強可以過，這裡的房子是買的，沒有貸款，沒有電視沒有奢侈的物品，生活突然變得很簡單。闕沛盈一天只寫一千字，其餘時間吃飯睡覺散步閱讀聽音樂，每天三到四個晚上去健身房，有時或是什麼都不做。

闕沛盈記得有一位小說家一天只寫三十字，也有小說家一天寫三千字或五千字，聽說那位寫三、五千字的作家賺很多錢，但主要的收入是從主持節目、拍電影來的。不管是三十字或三、五千字，她都做不來，所以只能住在郊區簡單的過日子。

整個小學，我的成績幾乎都是第一名（除了一兩次掉到二、三名外），可是，我不能上初中，連報名費都沒有，小學畢業的一星期後就離家工作。阿公在幾年前過世了，兩個姑姑都嫁人，家裡負擔並沒有減少，弟弟妹妹讀小學，母親又生了最小的弟弟。父親太高興了，摔落小山谷，腳斷了，醫生說至少一年無法走路工作。

弟妹像鳥巢裡一隻隻黃口小鳥張著嘴要吃飯，餐餐要吃，天天要用錢，哪能等到父親一年後的痊癒。我這個做大姊的只好出去賺錢。大舅媽親戚的親戚介紹到花蓮市溝仔尾茶店仔打掃清洗，本來是希望我長大後留下來當茶店查某，也就是酒家女，老闆娘大概看我太黑太乾瘦直搖頭，她付一年的童工工資給母親，說好若我表現不錯再繼續工作。我做了兩年，日日洗衣打掃、清理還幫忙做飯跑腿。後來三姑姑來帶我到桃園工廠。她和姑丈都在那裡工作。

我從領童工的薪資做起，一直到十七歲才給我成人的薪水。那是一個錄音機、收音機工廠，成品都是美國公司訂的，一條輸送帶，我是負責加入一塊薄薄的他們叫晶片在還沒成型的收音機裡，然後拴緊兩個螺絲，每天工作九個小時，住在八人一間的宿舍。雖然工作很累，八人擠在在一間小小的宿舍，但比起在家裡及茶店仔，我有自己的床，不用擔心沒飯吃，又可以寄錢回家，這裡對我已是天堂了。

日日待在工廠，我逐漸變白，因為月信來我也長高變得較豐腴。十八歲就完全像個小姐，母親笑著說可以嫁人了。

十八歲我換了一個工廠，因為想要讀夜間部。我在工廠鄰近的中學，從初一開始，這時已是八年國民義務教育，就是國中不是初中，不用入學考試，我從國一開始讀，一直讀到高商夜間部畢業。

我就是在這個工廠認識我先生的，他初中畢業當了二年半的土木學徒沒有出師，然後當兵，退伍就來這間工廠。後來，他去建材行工作。我二十一歲結婚，在生小孩之前我都在工廠。我先生三十多歲那年和朋友合資成立一家小建材行，後來建材行很賺錢，我的先生有了外遇，而且還堅持要跟那個女人一起，我拿到一間房子和還算可觀的贍養費，我們離婚了。那年我三十六歲，當了十五年的家庭主婦，帶著一雙讀國中的兒女，我不知道怎麼辦？除了會煮飯什麼都不會，有朋友找我投資美容事業，於是我投入美容業，現在我六十五歲，有兩個小孫子。

寫完潘金花的故事，闕沛盈猜想雜誌社的主編一定會抱怨她寫太少潘金花的奮鬥故事。從幾年前認識潘金花後，有時她會約闕沛盈吃飯，她說她很不喜歡回想剛離婚後那段生活還有，她又強調人生如牌，輸贏就是47%，她說，不信妳去玩玩看。闕沛盈還是沒去玩牌，但很她清楚潘金花的人生豈是兩千字可以寫完，豈是47％那麼簡單說清楚。她是台灣很多阿信中的一個阿信，她們的故事拿來拍電影電視劇都綽綽有餘。

一年後，闕沛盈離開J，雜誌社轉來一個電話要她去訪問一個女人。很有趣的是這個女人和潘金花十分相似。闕沛盈還記得潘金花說，因為八七水災，花蓮靠近台東地區，有數百甚至千個像潘金花那樣命運的女人，蘇玉映也是其中之一，一個在花蓮一個在台東，很巧都在金針花的山上。可惜潘金花後來移民，若讓兩個人認識會成為好朋友的。

蘇玉映第一次來Pub是闕沛盈帶她來的，因為她說這是她人生清單中想完成的一件事。這是Pub正沒落的階段，那是年輕人跑夜店，中老年人無處去的年代。那年她即將六十歲，到Pub嫌老的年齡。去了一定會令人側目，蘇玉映才不想管那麼多，年輕沒有機會來，現在她要把年輕時失去的，沒得到的全都要回來。她在筆本上寫了一長串想做的事：

一、讀研究所
二、交男朋友
三、一個人去看午夜場的電影
四、一個人去Pub喝酒
五、去跳佛朗明哥舞

六、　去阿姆斯特丹抽大麻
七、　去東京或巴黎吃三星級以上的餐廳
八、　去北極看極光
九、　一個人旅行

蘇玉映總共列了二、三十條，每一頁一條，做到的她就用紅筆劃掉，並寫下經過。為了交男友，蘇玉映去健身房控制飲食，去游泳半年下來她減掉十公斤，整個人變年輕且容光煥發，還真的有幾個男人追求，一個是去看極光時同行的人，大概六十歲，某企業的主管，聽說妻子過世了，一個是在Pub認識的，不到五十歲，那個男人以為她四十多歲。一個是EMB研究所同學，年齡跟她差不多。可是這些人蘇玉映都不太喜歡，有的太矮，有的太胖，四十多歲那個男人什麼都好，就是菸抽得太兇，滿嘴菸味。

改變了自己後，蘇玉映反覺得交不交男朋友也無所謂（她也是在五十多歲才體會沒有情欲的清爽狀況），因為她已有許多朋友，各行各業，生活中大大的打開視野，每日忙碌得很，連兒子都覺得媽媽變了很多。

闕沛盈想起第一次約訪蘇玉映的情形，那是她朋友阿敏開的店。

蘇玉映提早半小時到這家咖啡館，在巷弄裡面，很安靜看來是熟客才會來的地方。大約二十個人的坐位，都是用木頭裝潢，有一牆的書和雜誌，很雅致有書香味。

「第一次來？有訂位嗎？」招呼蘇玉映的是一位約四十歲左右的女子，素雅秀麗盤著頭髮露出細長的脖子和肩膀。

「闕小姐訂位。」蘇玉映很喜歡這裡，這就像時下說的文青的地方，不是假日下午，咖啡館裡只有一對男女。

「請往裡面。她要兩點半才會到喔。」

「我知道我提早到了。」

這是一間小小的包廂，圓木桌和鋪了坐墊的木椅子，角落陶瓶插著香水百合，牆上貼著一張黑人看起來像歌手的海報。蘇玉映猜是個爵士歌手吧，那種聲音沙啞似有點慵懶的歌吧，這些年旅遊、讀書，交往各種不同的男友大大打開她的眼界。

「我們這裡只賣單品咖啡和烏龍茶，您要點什麼？還是等沛盈來再點。」

「我等她來再點，先給我一杯開水。」蘇玉映想果然又是闕沛盈認識的人開的咖啡館。她也是這幾年才知道生活中要有熟悉的咖啡館、餐館、美容沙龍之類的。蘇玉映想從三十九歲先生過世，四十一歲創業五十歲將會計事務所交給才工作兩年的大兒子，去年才真正放手給兒子。她發現自己的人生很奇特，一邊放掉一邊增加。這會是很好的Slogan。

「妳這麼早來，喝咖啡還是茶？」闕沛盈坐下來將包包擱在旁邊空的椅子上。

「咖啡。」蘇玉映知道單品咖啡，但還沒喝過，她的朋友都是喝美式或拿鐵之類的。

「妳有想喝的嗎？」闕沛盈將 Menu 遞給蘇玉映。

「我不太懂單品，妳幫我點，我都可以。」蘇玉映將 Menu 合上，這時那位雅致的女人進來。

「阿敏，給我藝妓，給她花神。兩款不一樣的蛋糕。」

「要手工餅乾嗎？」

「不用，需要再跟妳說。」

「妳待會訪問結束留下來，有事要跟妳說。」阿敏在 Menu 寫著輕聲跟闕沛盈說。

「好。謝了。」

闕沛盈從包包裡拿出錄音筆、筆記本、筆。蘇玉映看到黑色皮包上兩個C的標誌，這個牌子她也曾追求過，這三年她不再購買名牌，應說連服飾也很少添購。

「先談妳的過去，簡單的說，重點是要妳的改變。」

訪談完，蘇玉映先離開，闕沛盈吃著蛋糕等阿敏。

阿敏是闕沛盈以前報社的同事，未婚懷孕，覺得男友不可靠分手，獨自生下孩子，幾個要好的同事和阿敏的家人出資讓她開這家咖啡館，竟然也讓她做起來，十多年阿敏就靠這家咖啡館養活兒子。

「有什麼事？」闕沛盈看到阿敏進來，嘴裡還含著蛋糕。

「我談戀愛了。」

「談戀愛？這對妳不是什麼大事啊，一、二年就談一次。」

「這次是認真的。想結婚。」

「不會吧，妳不是說戀愛就像感冒，一年總要來一次。真想定下來？」

「嗯，他都四十五歲了，我也三十九了，他想要小孩。」

「妳是為了誰要結婚？生小孩？」

「都有。這十多年有些倦了。」

闕沛盈知道阿敏現在的男友是工程師，離過一次婚有一個女兒跟著前妻住在加拿大。跟阿敏交往了兩年。

「那就結啊。小皮球怎麼說？」小皮球是阿敏的兒子現在小六，也是闕沛盈的乾兒子。

「我還是有些猶豫。小皮球沒說什麼，說結婚的人是我，我自己決定。我媽媽倒是一直催我結婚。」

「那就結啊。有什麼問題嗎？」

「可是阿杰說若生了小孩，希望我能自己帶，他覺得小皮球給阿嬤帶太可憐，沒爸爸了連媽媽都沒照顧他。我沒自信當一個專職媽媽。」

「每個人都有潛能的，等結了婚、生了孩子再來煩惱吧。阿杰看來是很不錯的丈夫跟爸爸。」

「那咖啡店怎麼辦？誰要來接？」

「妳都還沒結婚，也還沒懷孕生孩子，緊張什麼？」

「說的也是，說不定都沒辦法懷孕。」

「亂講，都有小皮球怎會沒辦法懷孕。」

「妳真的不想生個小孩嗎？四十二歲了最後的機會了。妳不是有凍卵嗎？」

「目前還是不想，我很難當一個妻子，更難當一個媽媽。有小皮球這個乾兒子就好了。好歹我也從他出生抱到現在。」

「好啦，最近有新戀情嗎？」

「沒，整天都窩在家裡，哪裡可以遇到男人。我要走了，決定好跟我說。」

「好，對了，小皮球說下周五晚上他在學校有表演，邀請妳去看。」

「好，LINE 給我時間地點。」

闞沛盈想到小皮球都十二歲，就要讀國中了。從他出生她們幾個閨密輪流抱他、餵他，看他學走路、學說話，這樣十二年過去了。阿敏有開明的父母接納她未婚生子，還幫她帶小孩，雖然小皮球沒有爸爸，但有外公、舅舅，或多或少補了一些父親缺席的遺憾。

闕沛盈從沒想過結婚或生小孩，四十歲聽說是女人生小孩的最後期限。但是她一點想生小孩的欲望都沒有，她想不是每個人都要結婚或生小孩。

究竟有沒有神？

老母龜阿綠遙望著海面，黃昏了沒看到什麼漁船，幾艘遠洋的貨輪緩緩經過，風平浪靜，不像幾天前颱風襲來，浪捲起好幾公尺，呼嘯聲彷彿要把海給炸開來，任憑再大的貨輪也要翻的。

阿綠記得年輕時有一次好奇想看看滔天大浪的樣子，從海裡浮上來趴坐在岸上，阿綠知道大颱風沒有人也沒魚會在想靠近沙岸。那個颱風把阿綠吹滾了兩圈，才坐定一個大浪又將牠拋向天空，幸好是掉入海水，不是拋向石岸，若拋向石岸，阿綠的殼應該會碎裂吧。阿綠終於知道她熟知的海翻起臉來，誰也別想活。

阿綠看過太多浮沉在海面的屍體，腫脹泛白的身軀，還有被大小魚啃食殘缺的屍塊發出惡臭，人死了，在海裡和任何魚的屍塊沒什麼兩樣，是其他大小魚的食物。這些人在上船、下海前都虔誠的祭拜，向各種神，但神好像沒聽見，一個大浪，一艘海盜船，十幾個人就翻落海底。阿綠沒看過神，但見過不少的鬼魂。都是在葬身的海域附近徘徊，阿綠也無法幫他們，她不知道他們住哪裡，也不知他們是什麼人，阿綠很想告訴他們去問神吧，但聽說人死了之後是怕神的。這些鬼魂久了也就不見了，就像風一樣消失的無影無蹤。

有一次阿綠和胖茄冬聊天，阿綠把心中的疑惑問了胖茄冬。

「真的有神嗎？」

「人類希望有神，神就出現了。」

「怎麼證明有神？」

「奇蹟、靈驗。」

「可是，我看過太多可憐人太需要救助，可是沒有任何一丁點奧援，他們絕望死了，他們不是壞人也沒做過什麼大壞事。」

「人類說那是神的旨意，或者說是命運，也有人說是前世因果。」

阿綠知道前世因果的說法，可是他不是那麼喜歡，她總覺得「現世報」比較能勸服人類。

「妳見過神嗎？」

「我沒見過，但我看過不少的奇蹟，有些奇蹟是人向神求來的。」

「可是人類都相信有神，是神實現他們的願望。」

「也許真有神，這些神比鬼更進化，他們進化到無影無跡。也有人說神會化做各種動物或樣貌，隨時存在。」

「人死後，也包括我們吧，死了就沒有了嗎？還是有個地方可以收容我們？」

「阿綠啊死去的人，包括我那死去的風流鬼，都沒回來告訴我們他們去哪兒？人活著是一條道路只要往前走就好，人死了呢是一段奈何橋、一條忘川，或是一碗孟婆湯呢？不管這是傳說還是真的有，人死了就和活人無瓜葛，他們有他們的去處，或是就此隨骨肉腐毀，誰知道呢？」

阿綠從胖茄冬還有遊魂那兒知道有關陰間的種種說法；奈何橋，是陰間的出入口。傳說生前罪惡深重的死者是過不了奈何橋的，要被兩旁的牛頭馬面推入「血河池」遭受蟲蟻毒蛇的折磨，而行善之死者過橋，卻非常簡單。奈何橋是鬼魂歷經十殿閻羅的旅途後準備投胎的必經之地，有位孟婆的女性神祇，給每個鬼魂一碗孟婆湯好遺忘前世記憶，輪迴到下一世。奈何橋也是傳說通向地獄的第一道關卡。左邊為金橋，右邊為銀橋，傳說走金橋的人能陞官發財，過銀橋的人可健康平安。不過在通往陰曹地府的時候，必須先過中間的奈何橋，金橋、銀橋只能在投胎時才能走。

「為什麼人類的歲數逢九便說是凶，過了九又可活上十歲？」阿綠在海岸時曾聽兩個中年人如此說。而且人類還真是很多在三九、四九、五九……在尾數是九的年歲過世的。

「也不一定，因為有九這樣的說法，對九就特別注意，印象深刻就以為都是九了，也有很多不是九的。」胖茄冬想大多數的樹有在逢九就枯死的嗎？

「那九的傳說是怎麼來的？」阿綠自從遇見胖茄冬後成了好學之士，凡事問到底。

「在中國應該有好幾種說法，說『原始物質的元氣發展終極，最終殞滅，又歸於太極。』也就是『九變者，究也。』意思是從一到九，九是極至，最高了，可能就要毀滅，沒有毀壞，從零開始修養。」胖茄冬記得這是在一百多年前在金門一個舉人家，看他教兒子〈列子〉學來的。

「原來如此，好像爬山，從底下爬，過了最高峰便要往下走，然後再往上爬，是這樣吧。」阿綠很得意自己能用這樣的比喻。

「沒錯，人生就是這樣，一座又一座的高峰。」胖茄冬覺得阿綠領悟力愈來愈好了。

這二、三百年來，阿綠看過一些有權有錢人，但看更多的窮人，死後所有的鬼魂一樣徘徊在路上。身為烏龜阿綠從沒享受過榮華富貴，對她而言吃飽就能活下去，而且她活了幾百歲。不過阿綠有時會覺得孤獨，能像她這樣活下來的烏龜，這個海域大概只有她，她見過活過一百歲的阿石，是一隻柴棺龜。一般來說烏龜壽命大概都是幾十歲，能夠活上一百歲的真的不是很多，像阿綠到三百歲大概是奇蹟了。

遇到阿石是在陸地上，夜裡阿綠漫爬到田野，看到阿石臥在一棵樹下，他沒有任何表情的望了阿綠一眼，又閉目如睡。阿綠知道阿石很老了，壽命將近，她不知道說什麼，這個和自己壽命相仿，但阿綠覺得自己正年輕。她輕輕走過阿石的身邊彷彿送行般，心裡默默道別，她想阿石知道的。脫去厚重如大石頭的殼，阿石會去哪裡？像人類說的去投胎？來世成為什麼呢？

阿綠想自然死亡總比被人類捉走好吧，她看過大量的蛇龜毫無抵抗力的被捕捉，人類拿來做中藥的「龜板」。

然而，身為海龜並沒有比陸龜來得安全，海上的凶險和陸地是一樣的，大魚吃小魚，小魚吃蝦米。海底的各種生物，都是另一種生物的食物。阿綠記得胖茄冬曾說，台灣數百年都是戰爭史，她親眼目睹荷蘭人、葡萄牙人來大舉殺原住民和漢人。漢人也和平埔族、原住民因爭糧食、土地而互相廝殺，客家人和閩南人頻繁的械鬥，即使都是閩南泉洲，也因不同鄉彼此爭利而拔刀相向。日本人、中國人來也曾經讓住在台灣的人血流成河。胖茄冬說看到這些成堆的屍體，比地泥裡的昆蟲還不如。

胖茄冬曾說過：「如果有神，是神要人類互相殺戮不止嗎？」

阿綠知道人類初始和動物一樣會因為食物互相殘殺，後來卻是因為貪利。阿綠覺得當海龜真好，所需的食物不會很多。在很小很小的時候和同類搶食物，漸漸的和自己大小的同類越來越少，大到如一塊磨石時，阿綠發現越來越不餓也越來越素食，幾口水一小撮水草就飽了，甚至好些天，一個月不吃都可以。

一百多歲後可以在附近神遊，不必背著厚的殼，阿綠在鄰近幾公里外的岸上漫走，她終於體會什麼是「輕」，什麼是沒有負擔。以前負著近百斤重的殼雙腿陷在海沙有時真是寸步難行，海底景色真的很美，但有時阿綠更想看看陸地的種種，她喜歡看人行走，有的慢慢的走，有的跑得快速，也有小孩是用爬的，在陸地阿綠很喜歡看鳥，看牠們展翅飛翔。還住在海底、阿綠就想不知現在天空會是什麼樣子，雖然她也常冒出海面，因為怕被捉，怕昨被大鳥啄，常是在夜晚才敢上岸。即使怕大鳥，阿綠還是很羨慕鳥有翅膀，扇啊扇就飛起來了，她的笨重殼是絕對飛不起來的。雖然有時會抱怨重如大石的殼，但阿綠知道幸虧這副殼讓她平安活到現在，殼是她的衣服，也是她的家和城堡，可以完全保護她。

胖茄冬見多識廣，整個台灣島她幾乎都走遍了，也去過好多國家。從一千歲至今走了近一千年。胖茄冬跟阿綠說這些年來她很不愛走在路上，常以為會被車或火車撞到，雖然她知道除了阿綠和她的同輩，其他人是看不見她，也撞不到她如雲霧的身。胖茄冬說她最早是在鄒族的故鄉，不知為什麼她的種子應該是在平地，怎會落在山區，後來她才剛發芽，有一隻鳥的腳勾到她，她就這樣飛啊飛的落到了南澳、花蓮間靠近後來的蘇花古道的山區。她一直都很瘦小，幸好有大樹擋著，讓她躲過了颱風、大雨，還有奔走的獸。

胖茄冬還記得那棵大樹台灣杉，初始胖茄冬暗自將大樹當成母親，幾十年過去了，胖茄冬也長得碩壯，台灣衫不知什麼原因，枯死了，然後全腐朽了。

二百多年前，有些神遊的前輩回來說有人開路。胖茄冬神遊出去看是一群工人和著清朝裝的官兵開路，一條「平路一丈，山蹊六尺」的蘇花古道，從蘇澳到秀孤巒水尾。胖茄冬去過崑崙坳古道，這條古道原本是排灣族和卑南族藥材、動物、鹽巴等等交易的通道，也是互相聯婚的道路，蘇花古道的開通，和崑崙坳古道幾乎是可以相連接了。胖茄冬想雖譏人類妄想「人定勝天」，然而數百年來的改變，也確實讓胖茄冬佩服人類的智慧。

胖茄冬告訴阿綠，阿美族人最早叫太魯閣族人是 Tsongau，就是猴子的意思，而 Sakizaya 族認為自己才是「真正的人」。阿綠覺得人類不管什麼族都很有趣，都在證明自己才是唯一的人。阿綠曾聽胖茄冬說因為清朝封山禁令的關係，二百年前花蓮是沒有漢人的，那時的原住民真的會認為自己才是這塊土地的人。

有一次胖茄冬說起她出生地鄒族的傳說，她說從那裡知道人類的誕生很有趣。鄒族達邦社傳說，太古的時期，Hamo（哈莫）大神，降臨大地。Hamo 用力搖一棵大樹，樹葉落地成人，是鄒族及 Maya（馬雅）的祖先。Hamo 第二次搖動大樹，樹葉地成了漢人的祖先。胖茄冬說那麼多的人類誕生，她最喜歡這則，因為是樹葉變成人類，胖茄冬還說如果那棵樹是茄冬就好了。

阿綠聽過胖茄冬談很多原住民創世的神話，達悟人有來自石生或竹生，阿美族有石生，也有神以土造人。阿綠很喜歡這些傳說，覺得古時傳述這些創世故事的人很有想像力，很風趣。對於現在快得如閃光的飛機、火車、汽車阿綠不太有興趣，每天呼嘯好幾十回，聲音大讓人不舒服。也不過一百年，那些牛車那些慢走在小路上的人全都不見了，路多了也寬大了，走路的人卻少了。有時阿綠回想這一百多年來的變化，如快速的影像，有些記憶模糊了，有些人的面貌卻如昨日般的清晰。

二百多年前，阿綠爬到岸上，躲在叢生的雜草中，被一株長了針似的刺，穿過厚厚的腳皮，痛得她幾乎要暈過去，她咬著牙想爬回海底，她知道海水，還有一種魚咬過傷口就會好了。阿綠才爬了三步，沙灘又燙、碎石尖銳，讓她的腳血流不止。遠處一個年輕的女人走了過來，阿綠害怕極了，萬一被她帶走怎麼辦？她是個漂亮的女人，穿著寬鬆灰黑色的衣褲包著布巾臉上皮膚非常光滑泛著汗水，她蹲下來摸著阿綠的殼。

「啊受傷了，等一下不要走喔。」年輕女人講的話阿綠聽不懂，可是從她的表情，阿綠竟然可以意會。她轉身往山坡上走去。阿綠想走也走不動。沒多久，年輕女人手上抓著一小把草，她拔了一些葉子放在大石頭上，用力搗碎，葉子的汁液染綠了石頭，年輕女人把搗碎的葉泥敷在阿綠的腳底，然後用大葉子包起來，再用草藤綁起來，費力的抱起阿綠往石岸陰涼的洞穴。

「在這裡休息，過兩天就會好了，好了後趕快回到海底。」年輕女人找了一些乾樹枝和乾雜草半掩著洞口，用很溫柔的眼神看著阿綠。

隔天，阿綠腳都不痛了她慢慢爬回海裡。年輕女人那張漂亮又溫柔的臉，阿綠永遠不會忘記，雖然阿綠好幾次偷偷爬上岸卻從未再見過這個年輕女人。

阿綠有很長的一段時間將這個美麗女人當成神，如果沒有她，阿綠有可能曬死曬乾。阿綠想是神來幫助她。胖茄冬說神會幻化成各種面貌來幫助人，但胖茄冬卻說從未見過神。胖茄冬說自己算是「精」，不是神也不是怪，是一棵樹精，可以神遊，無法幫人也害不了人，她說這樣最好，無須擔責任，也不會有害人之心。

不過胖茄冬說有一次，一位胸前揹著嬰兒背上揹著竹簍的婦人走在野地。婦人低頭在拔通泉草。胖茄冬看到婦人背上的小孩頭上腳上和都有疔瘡，婦人大概想拔通泉草來治療孩子的瘡。可能誤踩了在雜草叢裡的蛇，婦人的腳踝腫了大包還淌著血。胖茄冬沒看到那條蛇，但確定有毒，婦人靠在一棟樹幹，意識不清楚，胖茄冬一時心軟，知道若不救這個婦人，在這個人跡罕見的荒野，不只婦人連嬰孩也勢必活不下去。幸好附近有白花蛇草，加上婦人採的通泉草，胖茄冬費盡了力氣把草藥推到婦人腳邊，婦人似乎看到胖茄冬，也懂胖茄冬的意思，用全身的力量敲碎草藥敷在傷口上，便暈睡過去了。半個時辰後在嬰兒的啼哭聲中才醒過來，腳踝的腫包小了很多，也不再流血。胖茄冬知道這尾蛇不是劇毒，或只是小蛇。

婦人將嬰孩從背帶上解下來，鬆了上衣的帶子將兩邊的奶水都擠掉一些才餵嬰孩吃奶。然後朝樹幹和荒地彎腰一拜，一跛一跛的離開。

胖茄冬說那是她第一次救人，她說那婦人一定把她當神。

其實胖茄冬心很軟常幫助人，但她都說只是路過順手，沒花什麼力氣。阿綠想等到自己有那個能力，她也要幫助人或其它動物，就像那個美麗的女子及胖茄冬。

其實阿綠在等一隻跟她一樣的烏龜，如果他也像自己一樣幸運，那麼也是三百歲的老龜了。

那是阿綠剛出生沒多久的事情。十幾隻大母龜爬到沙岸產卵，埋了幾十萬個龜卵後便離開了，阿綠是其中的一個。孵化後在龜殼裡待了三、四天，阿綠有了力氣離開龜殼，本能的阿綠知道海才是她的家，傍晚沙灘沒那麼燒燙，她和成千上萬的嬰兒龜，搖晃著身子開始慢慢跑向海，然後拚命的跑，對一隻嬰兒龜，二、三百公尺的沙岸像是萬里那樣的遙遠。天上有鷹有各種飛鳥最愛吃嬰兒龜，幾萬隻的嬰兒龜對牠們而言是一頓豐盛滋補的大餐。

長長的沙岸有沙蟹、火紅蟻，天上又有成群的鷹鳥，這是一場生死賽。阿綠奮力的跑，不敢去聽被鷹鳥叼走或沙蟹的螯夾住嬰兒龜淒厲的聲音，對這場生死賽阿綠一點把握也沒有，她只知道跑，用生命跑，只要跑到海裡就能活下去了。好幾次被大鳥的爪掃到，她趕緊躲入沙裡，沙蟹來咬她，她又從沙裡冒出來往有亮光的海跑。阿綠才跑了一半已經精疲力盡，她躲進一顆大石頭底下喘口氣。

「很累對吧，休息一下再跑。」

還沒適應黑暗，石頭下傳來對她說話的聲音。

「是啊，好可怕。」

阿綠想這隻跟她一樣的嬰兒龜有可能是她的兄弟。

「再晚一點，等大鳥都回家再跑。」

阿綠沒回話仔細看著她的同胞，黑亮的顏色，身上都是灰白的細沙，笑起來嘴巴裂得好大。

「妳的顏色好綠，叫妳阿綠好嗎？」

「好啊，那你呢？」阿綠也覺得奇怪，幾乎所有的稚龜都是黑色或帶一點點綠，不像她一身都綠。

「看我一身都是沙，叫沙沙好了。等一下我們一起走。」

「好。」阿綠突然覺得很放心，有同胞兄弟陪伴。想起在殼裡時覺得很孤單，不知外面的長怎樣。

「妳是從那邊的岩石跑過來的嗎？」

「對，你也是嗎？」

「不是，我是從另一邊的沙岸一直被追到這裡。」

阿綠想沙沙跟自己應不是同一隻母龜的。

天色稍暗了下來，沙灘沒那麼亮了，但可以遠遠看到染著霞紅色的海。阿綠不知這是哪裡？她出生的地方，她只知道必須回到海裡。當然她也不知道她再也沒有回到出生的地方。

「我們可以開始跑了，要快喔，不要回頭一直跑，跑到海裡，我會去找妳。」

「好。」阿綠才回答一個字，沙沙就衝出去了，阿綠也趕緊跟著跑出去。

沙沙跑很快，阿綠緊隨著害怕落單，好幾次聽到沙沙的慘叫聲，應該是被沙蟹咬到，幸好沙沙一直跑著並沒有被咬而停下來，也沒大鳥叼走。終於他們跑進海裡，他們喘著氣並肩游進海裡，尋找馬尾藻團。

阿綠和沙沙往海底游，這一趟下來，阿綠知道至少一半以上的嬰兒龜游不到海裡，往後可能還有一半以上活不過成年，她決定和沙沙一直住在一起，彼此照應。

阿綠和沙沙找了幾處的馬尾藻團，終於選了一處看起來隱密，水藻豐茂浮游物極多，還有細細小小的蝦子的馬尾藻住下來。

阿綠成年後才知道，從嬰兒期至成年期他們都躲在水藻裡，怕其他如鯊魚、旗魚吃掉，他們很少露臉，幾乎像隱居一樣，直到成龜才會露出海面或到沙灘上。人類把他們這段長達三十至五十年稱為「迷失的歲月」，阿綠覺得很好玩，他們並沒有迷失，只是躲起來努力長大而已。

不知道過了幾年，也許有二、三十年，是所謂的青少年時期，沙沙很愛四處亂跑，有一次好些天沒回來，阿綠以為他被鯊魚吃了哭了好多天，然後看著沙沙頭手都是傷痕的回來，是被旗魚追殺，胡亂游竄好不容易才找到回來的航路。

颱風引發的嘯浪是阿綠最怕的，浪的翻轉讓馬尾藻晃動，有時斷根被浪給漂走，有時被漂得很遠，或是被浪給打碎，阿綠和沙沙又得再找新的馬尾藻團。

沙沙經常不見幾天，不是被追殺就是貪玩到遠處去，阿綠非常習慣，她喜歡安靜，沙沙幾天不在，她反倒喜歡幾天的清靜。沙沙又不見了，阿綠想大概是出去玩又被追殺，過些天就會回來吧，沙沙一向很敏捷，也很會躲，身上的顏色愈來愈像石頭，躲在礁岩不容易被看出來。等了十多天，沙沙沒有回來，又等了一個多月，沙沙還是沒回來，一年多後，阿綠知道沙沙凶多吉少。一個大颱風，海底不安靜，阿綠只好又搬家了。年年阿綠都盼沙沙能回來，二百多年過去了阿綠從海的那頭搬到海的這一頭，幾千海浬就是沒見過沙沙。

阿綠望著遼闊的海，有時回頭望著高聳的山頭，心想不知神住在哪裡，可不可以給個奇蹟讓她再見一次沙沙。

我的故事很精彩（一）——是特工不是特攻隊

傍晚，闕沛盈提袋裡放了運動服，健身時間又到了，搭三站的捷運就有個健身房，這是她找了好幾家健身房才找到，空間寬敞，健身器材多樣，重要的是男教練個個長得好看，六塊肌的身材太具有說服力了。

一進電梯，外籍看護推著那位老人大概要去公園吧。

「阿公你好。」闕沛盈只是禮貌性的打招呼，這位老人老要她跟說他年輕的故事，也不知怎麼，她就是不想聽。

「嘸好啦，妳毋聽我的故事。嘸好嘸好。」老人像小孩要賴般頻搖頭。

「歹勢啦，嘸時間。」闕沛盈心想只要敷衍一下就好，出了電梯就閃人。

「我的故事真正足精彩，保證妳會佮意。」外籍看護笑笑的看著闕沛盈，她可能聽得懂這位老人的台語。

「好啦，後遍。」

「我知妳是記者啦管理員講的，我的故事要乎大家知啦。」

「後擺啦，再見。」電梯門一開打，闕沛盈立即閃人，經過管理員櫃台瞪了一眼值班的管理員。

什麼很精彩？上次在電梯還說是特攻隊，二次大戰神風特攻隊不是只有日本人嗎？再怎麼神又怎樣，還不是都死了。奇怪的是管理員怎麼知道她是記者？闕沛盈心裡嘀嘀咕咕的搭上捷運。

這是搬來這裡一年經常會遇到這位老先生吵著要講故事。闕沛盈心想哪來的時間聽故事，稿子寫不完頭都快爆炸了。一想到待會兒有顏質高的教練，心情頓時好起來。

上班累了，還是心老了，對工作完全提不起勁，不過四十二歲，怎麼就覺得像是該退休的人。闕沛盈環視捷運車廂，快下班時間，人潮有些多，不管坐著或站著的人都埋頭在手機裡。雖然在雜誌社上班，認識的人多，但她不喜歡加別人 LINE，除了同事，她也不喜歡上臉書，半年都更新不到一次。她只是上去看，她覺得自己的生活乏善可陳，還有她不喜歡把私領域曝光，也許跟她過去的感情生活有關。闕沛盈曾偷偷看坐在她左右男女的手機，男的在看某個網站，全都是美麗的女孩自拍照，都長得很像，眼睛大大的仰角鏡頭，假睫毛濃長密到可以編成刷子了。女的在看 LINE 大半是一長串網路的資訊，應該是群組某些人傳的，這也是闕沛盈最厭煩的，無法自己創作的人只能一天到晚傳一些看似有用，卻多是不可靠的消息，這些訊息像垃圾一樣不斷從群組裡冒出來。在一次大學同學會有人加她入群組，日日看著 LINE 冒出一串又一串的網路消息、笑話，她煩透了就退出群組，他們後來聚會再也不通知她了。

闕沛盈一直想不透這些人每天花那麼多時間看一些無用的訊息，卻捨不得花半小時看書，而且對於這些訊息、笑話他們也未必認真看，多半回個圖像。闕沛盈知道這就是交際，在媒體待太久了她不需要這種交際，她的 LINE 只有個位數的好朋友及同事。同學或同事都說她孤僻，或說她眼睛長在頭頂上，她也無所謂，人生是自己過。

她一直記得阿公過世前叮嚀過很多次：「工夫到厝，要食就有」說的是有一技之長，就不怕餓死，採訪寫作不知算不算一技之長？至少這二十多年來，她都是靠採訪寫作維生，除了阿公留給她市區的一間房子，她還有能力買下郊區這間住屋。因為沒有家人，其實，闕沛盈一直有失業擔憂，因此，她學會了烘咖啡豆和煮咖啡的技巧，還拿到了證書，她還考了調酒的執照，若沒了採訪工作，她可以開咖啡廳，她會做簡單的燒烤，也許開個 Pub 也不錯。所幸一直到現在多家雜誌社仍會找她，因為她的精確、準時交稿。

留職停薪一年是老闆給闕沛盈最好的方式，但每周要寫一篇關於人的故事，她開始做人物專訪也是這樣來的。闕沛盈已「留職停薪」好幾年了，她先後給好幾家不同性職的雜誌寫人物，還不定時替大老闆寫報酬豐厚的演講辭，雖然現在只剩兩家，這也足夠她一個人的開銷了，她在市區還有房子出租，生活是綽綽有餘。她真是喜歡現在的生活，聽故事和寫故事。有故事的人太多，應該說每個人都有故事，精不精彩是看怎麼寫。

每日傍晚去健身房是為了維持身材和健康，也是她現今少數外出的機會，除了每周安排一天外出採訪外，闕沛盈幾乎不出門，搬來郊區生活機能還是很方便，鄰近有個二十四小時超市和便利商店，走五分鐘到捷運站，住家大樓後方有山林，生活可以如此簡單，這是她以前從未想過的。

已有三個星期都沒看到那個纏著她要說自己的故事的歐吉桑，闕沛盈突然覺得有些失落感。

「闕小姐有妳的掛號包裹？雜誌社寄來的。」

「謝謝。」闕沛盈收了包裹，是雜誌社寄來當期的雜誌，名字後面加了記者，她終於知道為什麼老人知道她是記者了。

「好久沒看到阿公了？」闕沛盈在電梯裡遇到那位照顧歐吉桑的外籍看護，她手上拿著一袋好像是成人紙尿褲。

「喔，阿公破病啦，住院剛回家。」外籍看護國台語交雜的說著。

「啊，好一點了嗎？」闕沛盈是真的關心。

「好很多，過幾天可以去公園啦。」外籍看護走出電梯，「啦」的尾音拉得長長的。

闕沛盈突然一個念頭閃過，那位歐吉桑說自己九十二了，還能活幾年，也許他真有什麼故事？神風特攻隊也許真的有台灣人也說不定。她決定明天傍晚不去健身房，去看老人。

按了門鈴，是看護來開門，見到闕沛盈看護有些訝異。

闕沛盈穿過客廳看到旁有樓梯通往上方，看來是買了上下兩戶打通，那麼阿公不是孤單老人，應該有幾個家人。

「阿公，那個小姐來看你啦。」打開阿公的房門，房內只開著一盞小小的夜燈，昏暗得像個洞窟，彷彿隨時會飛出一群蝙蝠。

「阿公可以起來嗎？」看護打開房內的燈，房內還算寬敞，擺了兩張單人床，矮櫃上擺了一大疊藥袋還有兩袋半包的紙尿褲，老人床旁有張像椅子架上擱著一個盆子，大概是病人使用的室內尿盆吧。

闕沛盈想起她的阿公，雖然有時覺得上天對她很殘酷，讓她二十二歲前家人一個個離她而去，但對她仁慈的是家人都沒有遭受太多折磨就走了。阿公走的那年七十二歲，似乎知道自己要走了，凡事幾個月前都交待妥當，夜裡心肌梗塞，無病痛就走了。

如果阿公還活著，和這個老人同歲數，他也要包尿布嗎？要人推著輪椅去公園曬太陽嗎？至少這一點她是幸運的，闕沛盈想她不必照顧生病的老人。

「汝來囉，多謝來看我。」看護扶老人起床坐著，腰上還幫他墊著枕頭。老人稀疏的頭髮枯萎地披在額頭上，臉色蒼白無一點血色，氣若遊絲的說著。

「阿公你身體嘸爽快是否？今嘛有較好否？這水果予你吃。」闕沛盈遞給看護一盒水果。

「多謝啦，予汝破費。阿蒂去泡茶。」老人像個害羞的小男孩，不知怎麼招待眼前的客人。

「嘸免啦，我等一下就走，是欲問你有想欲講故事否？」闕沛盈跟看護比了不用的手勢。

「講我个故事喔，好啊，要過歸工，今嘛嘸啥氣力。」一聽到講故事，老人像興奮的小孩，聲音稍稍上揚，臉上立刻鬆上一點血色。

「等你較有精神才通知我，我留電話乎阿蒂。你擱繼續休睏，過歸工咱即開講。」

「隨欲走喔，好啊，過歸工才來開講。」

「好好啊休睏保重喔。」

阿蒂掩上房門，闕沛盈留了手機號碼給阿蒂。

過了四天，老人跟她打了電話，說是公園裡見。

這個公園不算大，就在住宅大樓左前方，鄰近還有一些四、五十年以上的舊公寓和十數棟二樓的水泥屋和二間破舊到沒人居住的老屋。當初闕沛盈會選擇這裡是在一則廣告裡看到純住宅的二十層大樓要興建的廣告，價錢是市區的一半，捷運剛通車到這裡，這是最後一站。闕沛盈第一次來這裡，這裡像是被遺忘的世外桃源，最高的房子是五樓，且只有一棟，大概都是她出生的年代蓋的，或者更早，其餘大都是二樓或只一層的磚瓦、鐵皮屋，很像她小時候和阿公阿嬤的住屋。在都市所謂蛋黃區住了二十多年闕沛盈，很難想像台北市的近郊還有這樣遺棄似的住宅區。

公園上寫了興建的年代，大概有十年了，樹雖不算高但葉茂，環著公園栽植了不少，又有一座大涼亭、溜滑梯、單人漫步機、雙槓等是附近老人喜歡來的地方，清早和傍晚最多人。

「這位小姐是欲訪問我啦。」老人逢人就指著闕沛盈。

「是採訪你啥麼？登報紙亦是上電視？」涼亭裡三男一女的老人坐在石椅上聊天，大約七十多歲的女人朝阿蒂推著輪椅上的老人回問。

「是雜誌社啦，這位是記者小姐啦。講我少年時代的故事啦。」老人今天的氣色特別好神采奕奕。

闕沛盈終於知道為什麼老人堅持要在公園訪問，他是希望有人知道看到。

「阿公要不要來我家，佮未熱？雜誌哪登出來，我送你五本你才去送人。」暮春傍晚的陽光還是有些炙熱，闕沛盈環視公園陰涼樹下的石椅、涼亭都是老人和小孩，要找個涼快的地方聊天還真不容易，加上要錄音，家裡最適合的。

「好啊，麻煩囉。阿蒂啊咱去這位小姐恁厝。」老人看起來精神不錯，大概是要聽他的故事，整個人興奮異常。

三人又走回住宅大樓，闕沛盈第一次很仔細的觀察阿蒂，她皮膚白皙和一般的印尼看護很不一樣，若不是眼睛圓又深邃大概會被認為是台灣人。阿蒂一直是微笑著，推著輪椅進出電梯動作很溫柔輕巧，應該是很靈巧盡心的看護。

「五本咁有夠迗？我買十本恁算佮俗啦。」在電梯裡老人一直在數手指頭。

「無問題啦，我才佮雜誌社講。」闕沛盈看著老人，覺得他現在十足是個小孩。

「阿公要不要開冷氣？」進了家門闕沛盈看了冷氣機上的溫度是二十八度。

「嘸免，我驚寒。」老人看了一下客廳，是布沙發，客廳很乾淨，旁邊的餐桌大概只能坐四個人，上頭疊了幾絡的書，整個布置和兒子家裡很不一樣，這裡比較像辦公室。

「阿公你欲飲啥麼？咖啡亦是滾水？」闕沛盈在餐桌旁的小櫃台，拿了兩個馬克杯。

「滾水就好。汝一个人住？」老人在這房子看不出有人間煙火的味道。

「是啊，我一个人。」

「嘸結婚喔？」

「嘸，你的滾水。你佮後生住是否？」闕沛盈另遞了一杯給阿蒂。

「第三後生啦，大个佮第二个一个車禍一个癌症攏過身了。伊佮阮媳婦開一間公司啦，做外銷。本來我是家己住置花蓮莊腳，前年年底跌倒未行，阮查某囝揣我來這啦。

阮後生講這真恬靜買兩間打通，恁有二個囝仔，阮大孫、孫媳婦擱一个查某柑仔孫佮我……」老人一開口彷彿停不下來，完全忘了要說精彩的故事。

「阿公你姓啥叫啥名？」闕沛盈趕緊打斷老人的話題引到主題，隨手按了錄音筆。先問了阿公的姓名、幾歲的一些基本資料。

「我叫李水清，水真清意思啦，今年九十二歲，農曆六月初十生，我置花蓮吉野庄出世。」

「阿公你啥麼精彩个故事？」

「足精彩喔，我有講我是特攻隊……」

「你講是神風特攻隊喔？」

「毋是啦，是特工，工人个工，毋是攻擊个攻啦。」

「啊啥麼是特工？」

老人要阿蒂讓他喝口水，開始講起十七歲當特工隊的情形，當時日本政府特別編制，是屬於勞動奉工隊，雖穿上阿兵哥的軍服，但胸前則貼了一塊「紅布仔」，就是沒有階級，日本兵是一顆星是二等兵，二顆星是一等兵。特工隊則是軍中地位最低的，主要是扛炸藥、清理機場拉戰車，晚上幾個人拖拉著飛機到專屬飛機停靠的防空洞裡，白天再拖拽出來。提到年輕時的種種，老人眼睛閃著亮光，滔滔不絕講了一大串，一點也不像是剛出院的人。闕沛盈聽得很入神這真的是很精彩的故事。

老人說當時聽說美軍要在太平洋花蓮地區登陸，於是讓這些台籍的特工隊入夜後以人肉炸彈方式埋伏在從新城到鹽寮太平洋的沙岸，美軍軍艦的坦克車一登岸即引爆。

「阿公你艙驚喔？」

「那會艙驚，頭前就是美軍，雖然真遠，但是看得到美軍的船艦置太平洋上。後壁是日本兵夯槍對著阮大家，按怎攏是死。彼當陣真少年十七、八歲嘸知死活，自細漢都教育要替國家效勞，美軍抑是盟軍對我來講攏是敵人。」

「恁差不多置沙岸等歸工？」

「五暝。後來聽講盟軍嘸欲對花蓮港登陸，阮才返起山腳做工。」

「有外濟人參加？」

「二千外人攏是台灣囝仔。都開始，日時用軍車載阮大家從新城到鹽寮海邊，每五公尺挖一个差不多到腰的大窟仔。後來才知就是欲乎阮大家抱炸彈个窟仔。」

「你老爸老母咁肯，恁咁會放心，等於是送你去死呢？」

「當然毋甘啊，肯毋肯攏著要去，誰敢違抗？我是排第三，上懸有兩个阿兄，阮老母生十一个囝仔六个查甫五个查某。」

「第一暝送你出門時恁當時个心情？」

「毋是暗時，是早起就先去山下做工，欲暗啊才去海邊。阮老母目屎一直流，又擱毋敢哮出聲，雖然裝作是神聖的出征，大家个面色攏真艱苦，歸家伙啊哪像送我出山，美軍哪真正登陸我是穩死。」

「逐工攏送你？」

「是啊，到第四工，大家攏去做工做事、去學校，只有阮老母送，但是嘸哭啊。」闕沛盈可以想連送了三天，都活著回來，對父母而言哀傷的情緒應該逐漸日減，會抱著今天應該也會平安歸來，對兄弟姊妹大概會像放羊的孩子一樣，所以到了第四天兄弟姊妹都不來送行了。

老人急促又興奮的講了一個小時他十七、八歲時在花蓮砂婆礑山下當特工特隊簡單維護軍機，及拖拉飛機進山洞的工作，在聽到盟軍要從花蓮港登陸襲擊，他們被命令十多個人，每隔十公尺懷著手榴彈將自己埋在沙堆裡，如果美軍的坦克車一登岸，他們就得引爆，肉身與坦克車同歸於盡。他們埋沙的後頭各站著日本兵持著槍，若想逃跑不執行任務的人一律槍殺。前有猛虎後有豺狼怎樣都得死。

闕沛盈非常震驚這樣的任務，在日本或台灣的歷史常看到日本少年參加神風／敢死特攻隊，十七、八歲的少年駕著飛機往美軍的航空母艦栽進的自殺式襲擊，她沒想到也有台灣少年在太平洋岸上也以這種自殺式的肉身迎接坦克車。少年出征送死，不管國家給的是什麼榮譽或安家費，沒有父母是願意的，闞沛盈想當時老人的父母，尤其是母親必然心如割肉，眼睜睜的看著年華正盛的兒子去送死，青春的肉體屆時粉碎如泥，連認屍都難。

「阿公，我要回去煮飯了，太晚老闆娘會罵。」阿蒂看了手錶提醒講得興高采烈的老人。

「喔緊來返，小姐後遍即擱講。」老人看來對媳婦有些害怕，一聽看護提起老闆娘，臉上的光彩全褪去。

闞沛盈開始整理錄音稿子，心裡有些疑問？一直沒聽過「特工隊」，不知老人說的有幾分真假？於是上網查，卻全都出現「神風特攻隊」並沒有「特工隊」，後來在大學的碩士論文中發現一篇〈日治時期花蓮港廳吉野村清水部落之研究〉裡面提到，二戰時一般的花蓮平民都被編入「特種奉工隊」，投入勞動工作，還有被征召加入「特別工作隊」主要是做公工、扛彈藥、拉戰機等。論文中還有訪問到當時被征召為特工隊的人，雖然不是李水清，但說法和李水清大致都一樣。

老人隔天再來闞沛盈家裡一次，更詳細說明當時的情況，以及當時的環境。闞沛盈也跟老人說有論文提及「特別工作隊」還訪問了當時參與的人。老人說不認識被訪問的人，從新城到鹽寮，二千多人不可能全都認識。

闞沛盈彷彿上了一堂戰爭史，心裡震盪不已，當晚便熬夜寫了老人特工隊的故事，為了讓故事更具說服力，加上老人隨身帶著少年特工隊的泛黃照片也都放入文章裡。

闞沛盈想如果自己是小說家，這會是一篇十分精彩的小說，那種面對死亡的恐懼，八個晚上死亡就在身邊等候，想著想著闞沛盈猶似聽到心臟咚咚的跳動聲音，在夜黑的海邊，每道海浪都可能帶來敵人，帶來死神，十七八歲的少年再怎麼不怕死，想必也聽到死亡腳步逼近恐懼吧。年老的阿公無法再回到十七、八歲去描述當時的真正心情，只能輕描淡寫的說「驚啊」。人生果然像老人一樣，九十多年的歲月濃縮成十七、八歲特攻隊的那一段，這或許也是老人自認為最值得記述的一章，所以才會一再要求她來聽寫吧。

天快亮了，闞沛盈送出去稿子和照片，想著若要自己交待至今最精彩的人生會是哪一段？她想了很久，好像沒有，她的人生最多的是生離死別，一個一個親人離她而去，這一點都不精彩，是悲傷、無奈。也許到九十歲會有吧？「精彩」是時勢造英雄，可遇不可求，闞沛盈想距離九十歲還有四十多年，也就是說她還有半生的機會可以遇到人生的最精彩。她真正的人生或許才正要開始。

暴食

純麗打開冰箱，從冷凍櫃取排骨熬的高湯，再取出蝦仁、花枝，退冰。從冷藏室拿了泡了水的蛤蜊、番紅花、起司粉，又從蔬果櫃挑了紅黃椒、一盒洋菇、半顆洋蔥、好幾粒蒜頭，她看了一下幾乎空空的蔬果櫃，她想如果有青花椰菜更好，顏色就更好看了。

蔬菜和海鮮都處理好了，高湯早在小鍋裡滾了，一小小撮的番紅花也泡在半碗多的白酒裡。她倒入橄欖油炒蒜末和洋蔥丁，沒一會兒洋蔥丁和蒜末的香迴盪整個廚房，純麗想幸好兒子和丈夫都熟睡不易被吵醒，不過她還是回頭望了客廳和兒子的房門。

純麗把剛洗過的一杯半的長米倒入鍋裡拌炒，米吸足油汁閃著亮光似的，再將滾燙的高湯倒三分之一入米裡，高湯捲著米粒大滾，很快被米粒吸乾。純麗再倒入高湯，不一會兒又被米粒吸乾，米有三、四分熟，純麗灑了起司粉，和米粒拌勻，將白酒和番紅花灑在米上，瑪瑙紅的酒在米粒上轉成了黃色，番紅花和白酒的氣味衝了上來。純麗將洋菇、蛤蜊、花枝、蝦仁、紅黃椒平均布在鍋內，幾乎完全覆蓋了半熟的米飯，再將剩下不到三分之一的高湯倒進來，覆上鍋蓋，等湯汁吸乾就可以了。

純麗把剛剛泡番紅花剩下的白酒倒在酒杯裡，啜了一口，白酒的淡酸和一點點的澀口感是純靜喜歡的。在爐灶前太熱，這樣的白酒是不足解渴，純麗加了冰塊在酒裡，涼快解渴多了，她想若有汽泡酒更好。什麼時候開始喝葡萄酒，什麼時候開始夜裡起來為自己料理吃食？一年前，還是二年前？純麗不記得了，是夜裡睡不著，肚子餓開始的，一個月總會有幾個夜晚非起來做菜進食不可。可是純麗還是想不透為什麼每次都要做大菜，像西班牙海鮮燉飯一樣，工序較繁複，食材講究。之前幾夜純麗做的是西魯肉，宜蘭人的菜餚，像滷大白菜，蛋酥是畫龍點睛。再上一次是做蒜香海鮮義大利麵、豪華版的上海菜飯。

在廚房裡，純麗覺得自己是個大廚，在餐桌上卻像是個美食家，也是暴食家，品嚐自己的料理，卻每次將三、四人份的食物全吃進肚子裡，吃得乾乾淨淨一點都不剩。更奇怪的是，這兩年來，那個可以塞下近四人份食物的胃並沒有不適，純麗也沒有因此變胖長肉。

白天純麗吃得很簡單，通常是一碗餛飩湯、陽春麵解決。好像結婚後有了丈夫、孩子，三餐只是為了他們準備，陪伴他們吃飯喝湯。兒子讀小學時，為了送他們上學，經常吐司、麵包吃了一半就急急帶他們出門，她想從兒子學校回來再好好把早餐吃完，回到家是丈夫要出門上班，又得張羅他的早點，她自己那份吃一半的早餐，從來就沒有吃完過，都倒進了廚餘桶。

小兒子讀國中大兒子高中，純麗就再也沒有準備早餐了，兩人晚睡早上經常是火速出門，不是帶著麵包走就說在校門口買蛋餅，丈夫說那他就在公司旁的星巴客或丹堤吃早餐。不必準備早餐，純麗依舊早起叫醒兒子催著他們出門後，站在冰箱前發呆，烤土司、麵包？還是煮稀飯？她發現自己完全沒有胃口，她終於明白，那始終沒吃完一半的早餐，不是她沒時間吃，是她沒胃口，沒有兒子丈夫同桌的早餐，她一點也不想吃。

夜裡大煮大吃終於被丈夫看到了。起來上廁所，發現床的另一邊是空的，丈夫走出房門嗅著氣味，發現純麗據案大嚼，且鍋內的湯肉見底。丈夫建議她去看心理醫生，他說應該是心理因素，半夜一人吃四人份的大餐心理生理都不健康。

「妳這樣的狀況多久了？」這個跟純麗年紀相仿的女性心理醫師，是丈夫推薦的，好像是他朋友的朋友。

「大概一年多快兩年了？」女醫師戴著玳瑁色框的眼鏡，上半部的臉顯得較年輕，兩頰略略下垂和下巴擠在一塊，下半部臉似乎撐不起上部的臉，沮喪耷拉著。純麗驚訝自己竟有這樣的觀察，不禁失笑。

「妳笑什麼？」女醫師銳利的眼光如劍一樣劈了過來。

「啊，不好意思，想到剛在路上看到有趣的人。」純麗很快的回應，躲過那道尖銳的光芒。

「真的吃下四人份的餐食？」女醫師推推鏡框打量純麗的身材。

「對全都吃光，不是每天啦，是一個月幾次而已。」

「不會很撐嗎？怎麼會想煮四人份的餐？」女醫師應該很重視身材，身上沒幾兩贅肉。

「四人份吃下去剛剛好。我不知道，每次都是煮差不多四人份。」純麗想若女醫師吃下四人份的餐會怎樣，這回她忍著不笑也不露出任何表情。

「幾個小孩，多大了？」

「兩個，一個國三，一個高二。」

「更年期了嗎？」女醫再次從頭到腳打量純麗。

「還沒，四十多歲就更年期嗎？」純麗想四十五、六歲就更年期了嗎？

「四十六、七歲就進入更年期，只是有人更早有人很晚。」

「跟小孩關係如何，就是相處得還好嗎？小孩在台北讀書？」

「關係很好。只是現在都是一早出門晚上才回來，然後進房讀書或睡覺，比較少聊天。」

「會不習慣小孩不在身邊嗎？」

「剛開始會，現在習慣了。」

女醫師每次問完都在病歷上寫一些東西，從小孩，有沒有上班，人際關係，然後問到夫妻間的相處及性關係。

「最近性生活如何？」女醫師面無表情的看著純麗。

「蛤？如何是好或壞嗎？」純麗第一次被問到這樣的問題，幸好是女醫師，若是男醫師她大概會覺得被侵犯了。

「就是次數或品質妳滿意嗎？還是覺得不足？」

純麗覺得好難回答，就像開放式的問答題。沒有或不知道什麼是標準答案，對於無從比較次數和品質如何界定？

「還好。」純麗很小小聲的回答。

「還好是還可以，還是勉強接受？」

純麗想，女醫師是丈夫朋友的朋友，廣告上不都說了嗎？男人到了四十只剩一張嘴。總要給丈夫面子，純麗回答了「可以接受」。

其實純麗很不習慣面對心理醫師，像是裸露在陌生人的面前，尤其是丈夫朋友的朋友，雖然純麗也知道基於醫德醫師不會將病患的資料病歷內容說給病患及家屬之外的人。面對這個女醫師，純麗覺得自己的裸露更徹底了，她不願再去第二次，本來第二次女醫師建議催眠。

後來丈夫轉告女醫師的診斷結果應該是「空巢期」的心理症狀，要家人多關心多陪伴。純麗知道不是這麼一回事，夜裡的大餐她照樣做照樣吃，不過次數越來越少。

因為夜裡的暴食，純麗熱愛各種電視上有關的料理節目，即使是義大利人、日本人等教的是當地人的吃食，她隨時準備一本筆記本，記下不管是否會做、想吃的料理，兩三年下來，竟然累積了十多本的筆記。一頁一道料理，數百近千道的料理，她拿到廚房仿效學習的不到百分之一。

厚厚的十多本純麗手抄的食譜，像一塊塊冷硬的磚石列佇在臥房的梳妝台上。純麗抄過後就從此不再翻閱，即使試著食譜做料理，她也是憑著在電視上看到的記憶依樣畫葫蘆。抄完後，彷彿已享用大餐，飽饜無法再進食。

望著一列的手抄食譜，純麗覺得很安心。

「媽，那是妳的日記嗎？」有一次大兒子從房間出來拿開水，看她邊看電視邊在筆記上寫東西。

「是食譜，我抄的。」兒子大了又面臨升學考試，連假日幾乎每天留校自習或補習，能和自己說話的機會不多。十六歲的兒子，側面的線條俐落，高挺的鼻樑，下巴皮膚緊繃。純麗想年輕真好，怎麼看都美。

「抄的？買食譜就好啊幹嘛用抄的？」

「看電親料理節目抄的，有些市面上不見得有。」純麗看著兒子略有鬍渣的下巴。他長得像他爸爸，毛髮多濃眉單鳳眼。以前不覺得，現在越看越像韓星。

「這麼多，我怎麼都沒吃過。」

「你們都外食啊，哪有機會吃。」其實純麗更想回答：「我煮了，四人份，連你們父子共四人份，我都吃光了。」

自從國中補習後，兩個兒子幾乎三餐外食，純麗嘆了口氣，抄這麼多食譜，一點用處也沒有。

「我跟同學出去，下次煮給我吃。」

寒假兩個兒子偶爾會在家，純麗開始依食譜上的料理一道一道的煮，但餐桌上大半是母子三人，雖然兒子吃得津津有味，她卻覺得索然，沒有她一次吃四人份來得開胃。

假期一過兩個兒子最後的衝刺幾乎天天在學校或補習班，丈夫彷彿忘了有家，天天上班。純麗窩在沙發的時間越來越長，夜裡起來料理食物，大吃一頓的次數逐漸少，丈夫看著純麗沒什麼其它異狀，也就完全不管了。

陽台外灰濛濛鉛塊似的，雨不停的下著，已經下了好多天了。純麗瑟縮坐在沙發椅上望了陽台青翠的盆栽一整個下午，她覺得自己框入陽台框入雨中，彷彿成了畫中的靜物。

純麗起身到房間拿出了一本手抄食譜，認真的一頁一頁看。

看電視抄得快，字跡有些潦草、歪斜，有些字偏向一邊忽大忽小，像一群毫無紀律的小學生嘈雜無法整隊。

好陌生的料理。純麗心想她真的看過這道菜的料理過程嗎？也好像很普通的一道菜，當初為什麼想抄下來？

純麗發現有不少的菜色是為了快速，方便上班族的婦女。對純麗而言，她最多的是時間，絕對可以慢條斯理備菜，像電視上的大廚從容的下鍋、上菜。當初為什麼記下這麼多快速方便的料理食譜？

還有的是法式料理，沒有鍋具燒烤設備，沒有食材沒有香料是無論如何都做不出來的，純麗努力想像當時抄寫時的心情。以為有一天可以齊全設備，可以展示自己也能做法式料理嗎？

有些料理純麗早就會做，在兒子還小時都做過了，可是為什麼純麗還是抄了下來？看著這些自己手抄的食譜，她覺得這幾年好像失憶，除了部分筆跡熟悉外，其他都不記得了。

天色整個暗了下來，純麗不想開燈，她還想繼續留在畫裡。

那一場豐年祭

讓拉候下定決心回故鄉的是那一場豐年祭。

記得每年五、六月，父親就嚷著要回故鄉準備 Ilisin（豐年祭）。拉候覺得父親太心急了，他們搬來花蓮市也三十多年了，雖然父親常回部落，但主要的事是不會落在父親的肩上的，拉候則是不喜歡大熱天的往部落跑，加上還得請假，小孩暑假要補習得有人接送。豐年祭早在離開部落後就逐漸在拉候心裡消失了。尤其初始芳札賴抗拒，拉候也站在姊姊這邊，父母親就只帶著兩個弟妹回去。拉候和芳札賴樂得在家自由自在，後來弟妹功課重也沒跟回去，年年的豐年祭就只有父母親和祕書拉籃回去。

芳札賴嫁到日本，拉候研究所畢業先留在台北工作，因為丈夫工作調動才回花蓮，弟弟和妹妹先後去了美國和英國讀書，幾年才回家一次，豐年祭他們姊弟妹都缺席了。

前些年，父母親年紀逐漸老了，不做議員，大理石生意也收了，一直吵著要回部落。那時拉候剛和丈夫、小孩回到花蓮，都還在適應中，對於父母親要回部落很不以為然，何況老家的房子早已腐朽傾倒，兩老回去得重建。拉候只好安撫他們等兩個小孩的就學適應再看看。一年兩年三年都過去了，拉候依舊沒有行動，父母親不想等，回部落請族人幫忙拆除舊屋整平地面準備要重建，拉倏才隨著他們回部落看看。

「那塊稻田是給族人種的。這裡整理好了可以蓋房子。」父親指著面海的空地。「好，我找建設公司的人來看。」拉倏面對空地還真不知道怎麼下手，對她而言只有買房子，沒有蓋房子這件事。

「不用，族人可以的，我有錢。」父親堅決的說。

「好，但我還是找設計師，這樣住起來比較舒服。」拉倏希望也能兼顧兩個老人居住的方便性。

再過一天就是豐年祭了，父親要拉倏留下來，拉倏雖然掛念著兩個小孩，父親唸她都要讀國中了應不太需要她照顧，何況是暑假，還有他爸爸在呢。

住在表姊布達兒家，布達兒很熱情留他們住下來。表姊夫忙著豐年祭的事要很晚才能回來。

拉倏覺得自己像觀光客，任由表姊帶著參與。表姊有許多事要幫忙，拉倏真的就把自己當遊客，隨意走隨意參觀。表姊先帶她到太巴塱。一群年輕人圍著跳著勇士舞，拉倏知道這是巴達固（報訊息）。她錄下部分影像，看著看著身體跟著搖動，某一種情愫湧上來，更確切的說是血液裡根留著的律動感，或是靈魂的歸屬搖動了。

Ilisin 對拉倏還是有感情的，就這樣痴痴的看著、動著。一個多小時過去了，布達兒才來帶她回部落跟父母親吃午餐。

午飯後，拉候開車回花蓮市，父母親在布達兒家。她想明天一早把兒女帶來看豐年祭。父親告訴她明天是Piholalan，是吃豬肉的儀式，也是年度總檢討，檢討各階級在這一年當中的表現，犯了哪些錯、有哪些好表現。這個儀式部落會出動三個年齡階級參與，Lao-Lac（負責捕魚祭時坐鎮臨時會所、負責指揮全體工作的重要角色），以及Latiked（舉辦青年禮等工作）、Lakowa（見習管理階級的工作），而第三級Tokolol、第四級Adaw則幫忙。下午是巴魯罵祭（Pakomod），選出青年組長的祭典。

午飯時，父親對拉候說了關於豐年祭的事項，他說過去是七天，現在考慮到很多人要上班改為四天。第一天為豐年祭正式開始，部落的青年會在這天來到太巴塱報訊息，晚上是太巴塱的迎新之夜，迎接遠來的貴客。第二天進行巴魯罵就是在家裡開會的意思，各階層會各自選擇階層中某位成員的家進行巴魯罵，期間由階層中的領導嘎嘎侯樓（Kaka holol）帶領進行馬力古達（Malikuta）的訓練。第三天白天部落會進行青年競技，主要是檢視部落青年的體能。晚上題情人之夜，部落適婚女性會由母親帶領來挑選將來的配偶，女孩子若有喜歡的對象，可以主動在男生身上背著的情人袋塞入檳榔，如果男生也有意的話就將情人袋拿給女生背，還會邀請女生進入馬力古達圍起來的圓圈。第四天部落階層會再次舉行巴魯罵，結束後是重頭戲百林慕，部落的女性帶著家中珍藏的酒，敬酒給自己的丈夫或是對家裡有貢獻的人，慰勞一整年的辛勤。然後，階層會去尋找一處靠近水源的地方，進行開齋以及相互潑水，祈求去除一整年的壞運。

拉候想正青春期的兒女應該會喜歡「情人之夜」吧。

其實很多儀式拉候都忘了，經父親說明她才逐漸浮現一些小時候的畫面。她記得她很喜歡跟著父親參加豐年祭，那時父親 Lakowa 的階級吧，父親給她一些吃食讓她在旁邊待著。坐在小凳子上，拉候安靜的看著，很多人走來走去，每個人的服飾都很亮眼，還有叮叮咚咚的聲音，父親說豐年祭跟擺浪（漢人）農曆過年很像。那時，在部落裡的小學沒有擺浪小孩，她不知擺浪的過年是怎樣，但過年有放假，父親會帶家人坐很久的客運到花蓮市逛逛，她很清楚市街過年熱鬧的景象，幾乎每家商店都會放「過年歌」，就是一堆「咚咚鏘」、「過呀過新年」，她讀小二了有些歌詞她聽得懂。但是她很怕放鞭炮，她嚇到躲在父親的背後，芳札賴則是特別喜歡放鞭炮，興奮得又叫又跳。

街上的人好像都穿著新衣，衣褲上的摺痕很明顯，拉候全家也都穿上不久前才買的洋式新衣，母親背著弟弟，弟弟好幾次被鞭炮嚇得大哭。

雖然街上的商店都開著，但小吃店卻一家也沒開，中午母親給我們每個人一個大都倫（小米麻糬），拉候和家人坐在火車站圓環旁的噴水池水泥上。

「陳萬福，好久不見，新年恭喜。」一個和父親差不多年齡的擺浪騎著腳踏車過去，停下來然後倒回來。

「啊，黃新發，新年恭喜。」父親很訝異把都倫遞給母親，雙手緊握著擺浪的手。

原來他是父親花蓮師範要好的同班同學，兩人畢業後分發不同，父親回部落，黃新發在花蓮市。初始兩人還有書信往返，久了就沒了。黃新發堅持要請拉候全家到家裡吃飯，他家就在附近。

果然他們走了幾分鐘就到了。

在最熱鬧市街的後面。一棟日式房子，有小小的庭院種了幾棵樹。拉候很熟悉的日式房子，因部落也有兩間，一間是校長住家，一間鄉長家。

父親要他們在玄關脫鞋子，然後踏上木板的長廊。

「阿菊，秋菊有客人來。」黃新發拉開紙門。

「來了。」一個很年輕懷孕的女子從另一個房間出來。

「他就是我師範很要好的同學陳萬福。」

「請進，請進。」

「不好意思大過年來打擾。」父親有些不知所措，這應該是這些年唯一在擺浪家作客。

「過年來才好，喜氣。」黃新發興沖沖的要拉候一家人坐在有一張小矮桌的榻榻米上。

「我去泡茶。」突然進來一群人，讓秋菊有些不知所措。

「直接拿飯菜出來，他們還沒吃午飯。」

「喔好，等一下。」

「陳萬福你很厲害，小孩都三個了。」

「你有幾個？」

「就我太太肚子裡那個，我三年前才結婚。」

「啊你這麼晚才結婚，師範那個女朋友呢？」

「噓，不要講，以後跟你說。」

「我剛煮好午餐，等新發回來。新發你去拿碗筷。」不到五分鐘，黃新發的太太先端出一盤雞肉，一尾煎魚、一碟白切肉擺在小矮桌上。然後一鍋飯和二盤青菜把小矮桌擠得滿滿的。

「趕快吃，你們一定餓了，吃飽再聊。」

拉候覺得很慶幸他們還沒吃都倫，整鍋飯都她和姊姊吃光光。

「不好意思，小孩不懂規矩，飯都被他們吃完了。」父親和母親頻頻道歉。

「不會，還有早上的飯，我去拿出來。」

「不用，夠了。不用。」

「不知你們要來，我飯煮得不多，還有菜頭粿，你們吃看看。」黃新發的太太不等拉倈父親的阻止，轉身進入屋後的廚房，沒多久端出一大盤煎得香香蘿蔔糕。

「來小妹妹這是蘿蔔糕，陳萬福她們叫什麼名字？」

「陳雨琴、陳雨虹。」

「雨琴、雨虹吃吃看。嫂子也吃吃看。」

拉倈的母親將睡著的兒子放在榻榻米，終於可專心吃飯。飯後陳萬福和黃新發兩人泡茶聊天，黃新發的太太拉著拉倈的母親問育兒經。拉倈和芳札賴則飽足倒在榻榻米睡著了。

那是拉倈第一次在擺浪家過年。兩年後父親選上縣議員，拉倈一家搬到花蓮市郊，和黃新發一家往來頻繁，至今仍是父親最好的擺浪朋友。

全家搬來花蓮市定居，雖然父母親逢豐年祭一定回部落，但也開始跟著擺浪過農曆年，母親還學會做年糕和蘿蔔糕，只是沒有拜拜而已。後來拉倈嫁給外省擺浪，公婆長年依親在美國的女兒，過年也很少回台灣，拉倈家的過年丈夫去好友家打牌，她和孩子百般無聊的在家休假。有兩次回花蓮過年，但車票不好買，後來也就算了。

拉倈想擺浪的過年愈來愈不好玩，連吃喝玩樂都不作興了，還是原住民的過年有意義也好玩多了，兒女們應該會喜歡來參加。

「莎瑪、立信，你們出來一下。」一回到家拉倈朝樓上喊。

「媽，你回來了，阿公他們呢？」兒子立信先跑下來。

「留在部落，有吃午餐嗎？」

「早餐爸爸去買，午餐給我們錢，我們去路口那家麵店吃麵。」

「明天一早我們去部落，我去做晚餐，可能會住一晚，看要帶什麼，去準備。」

「為什麼要去部落？我明天跟同學約好騎踏車去七星潭。」兒子立信剛小學畢業和同學計劃好多活動。

「我也不行，後天早上是返校日。」莎瑪一臉呆滯好像午睡剛醒。

「立信你跟同學延一天可以嗎，我們明天晚上就回到家。是部落豐年祭，我想你們可以看一下。」

兩個小孩都算聽話，無奈答應了拉候。

第二天中午前，拉候帶著兩個兒女到布達兒家。

「喂，我家也準備很多。」布達兒看著拉候從車後座拿出一箱冷凍的雞、魚還有一大箱的水果。

「人多，再多魚肉也會吃完。」拉候和布達兒各拿著魚肉和水果進廚房，忙碌準備午餐，布達兒兩個兒子都剛成年，全到祭典處。

「中午這家的男人會回來吃飯嗎？」拉候洗切水果，抬頭問布達兒。

「不會，我待會兒送一些吃的過去。中午就我們六個人吃飯。」布達兒手腳俐落的切菜炒菜。

莎瑪和立信被拉候的父親帶去附近走走。

「哇，好香。是刺蔥的味道。」拉候聞到雞湯飄出的味道。

「是啊，你們好久沒吃過了吧。中午有幾道妳很久沒吃的野菜喔。」布達兒拉著在一尾魚上抹上厚厚的粗鹽。

「好棒喔，芳札賴也回來就更好，她超愛吃野菜的。」拉候想起小時侯，芳札賴比她更愛野菜。

表姊布達兒是拉候姑姑的女兒，在部落的鄉公所工作，為了豐年祭請了幾天的假。

「我剛剛開始在推廣野菜，還有我們的食物喔。」布達兒揚了揚手上的野莧菜。

「真的？太好了，我來參加好了。」拉候看到餐桌上還有好幾種野菜。她只認得 Tatu'ken（龍葵）、Dialin（輪胎苦瓜）、汆燙漂過水的 Sakatu（蕨），有幾樣她真的忘了。

拉候決定要跟著表姊學很多族人的吃食、服飾這些阿美族人的生活樣貌。

對於祭典，拉候雖不是那麼專業，也約略懂一點。阿美族人的祭典多，不同的祭典用不同的祭品，而且大半是野菜；海祭又稱為捕魚祭，祭品以「阿里鳳凰」為主，另一個祭品是「芒草結」，即把割下的芒草插在土裡，末端留下稚嫩的一葉，其餘打個結，用以象徵強韌的生命力。

播種祭則是煮龍葵湯來祭祀神明，以祈求將來能豐收，到了天一亮便出門播種；狩獵祭，是一年最後一個祭典，藉由捕獵的活動，讓家族、親戚、平日換工的伙伴們一起享用捕肉的獵物，獵物以鳥類為主，通常與樹豆、鵲豆一同煮食。

建屋祭，年初的第一個祭典，主要意義是祭拜戰神馬拉道，同時也是男性年齡階級晉陞的一個祭典，女子皆不得靠近，食用的菜餚是豆類、烤雞、藤心、地瓜與芋頭，葉菜類則禁止食用；祭祖，是全村以家庭為單位全員參加，由女祭司擔任家人與先祖的溝通者，祭品是生薑、糯米糕、檳榔、酒等。

也因為阿美族人的祭典用了很多植物的莖心，而有了「十心菜」；「心」指的是植物的嫩莖，阿美族所食用的野菜中最具代表性的是「十心菜」分別為黃藤心、林投心、芒草心、月桃心、檳榔心、山棕心、甘蔗心、鐵樹心、椰子心和台灣海棗心。例如，豐年祭祭品以糯米糕、酒、獸肉為主，祭典過程中的重要活動就是眾人共享「阿美大餐」，取自大自然的各種新鮮野菜，以豆類、藤心、芒草心、雞肉、豬肉為主的小米收穫祭採收小米時，通常用山棕葉來綑綁，山棕心與豆類，是小米收穫祭中食用的野菜。

拉候知道祭祖時用到檳榔還有平埔族人。平埔族最早和漢人通婚，漢化得早也較其他原住民漢化得徹底。他們說的是閩南語或客語，吃的穿的幾乎與漢人無異，但父親總會從他們的五官看出他們是「平埔」；眉與眼較接近，其實就是原住民。

一直到這些年，葛瑪蘭人恢復原住民的身分，拉候才逐漸了解早期平埔族人和漢人的關係；以前漢人總說「有唐山公，無唐山嬤」。清朝初期是禁止漢人移居台灣，若要移居只能是男丁不得攜家帶眷，以防範滯留台灣不歸，結果從福建和廣東先後渡海來的男人落腳台灣後，過不慣長期「羅漢腳仔」的生活，便和當地的平埔族女人通婚。

日治時期平埔族人不少，根據伊能嘉矩的《台灣蕃政志》（1904），分平埔族為：凱達格蘭族、葛瑪蘭族、道卡斯族、巴宰族、巴布拉族、巴布薩族、阿立昆族（Arikun）、羅亞族（Lloa）、西拉雅族及馬卡道族等十族。

拉候想，漢人稱自己的妻子為「牽手」，是不是來自平埔族的稱呼；平埔族社會以女性中心、宗教為拜物教，無族姓，無祖先祭祀。父母而外，無伯叔甥舅之稱，無曆法，亦不知年齡、社會組織是家族單一制。沒有文字，只有傳說代代口傳。以靈魂為不滅，人死便在高地上築起小屋，並在其入口裝飾綠樹及旗幡，小屋的中央置放一盤清水及杯子一只，表示從汙穢清淨靈魂之意。

拉候想相對於閩南人的「唐山嬤」，平埔族的女性們是大器也是獨立自主的女性，這點和阿美族的母系社會很像；可惜，這樣「自由、公平、祥和」的婚姻和離婚模式並沒有潛化到漢人。

拉候看了一堆捲曲如勾，肥厚的蕨莖Papako，想起小時候她喜歡四處野遊，最愛摘的就是蕨。漢人說是「過貓」。

母親炒蕨和漢人相似，不像族人拿來煮湯，兩者，拉候喜歡母親的料理方式。

根據蕨類植物的化石記載，最早出現的時期是泥盆紀早期（約三、四億年前），三疊紀時期是蕨類首次地出現了紀錄。「蕨類尖峰」則是在白堊紀晚期。蕨就像活生生的化石，傳述了地球的遠古歷史，也描摹出它們的飛航遷居的圖徑。採蕨仿若擷讀一則則精靈的傳說。

斯拉夫神話，在Ivan Kupala（仲夏節）的夜裡，蕨類植物被認為一年會開花一次，雖然其極難被發現，但只要找到了，那個人在他的餘生都將會變得很快樂且富有。芬蘭也有傳說，若有人找到了在仲夏夜開花的蕨類種子，他將能夠經由不可見的魔力，被引導到閃爍著鬼火所標示的藏寶地。

布達兒說，關於蕨的傳說非常多。過去的人相信佩戴在身上能夠隱形或變得刀槍不入，據說還有可以讓自己的戀情就此一帆風順；根部的塊狀物，喚作「約翰之拳」，可以作為護身符；石松類的植物在德國稱為「女巫的小麥粉」，在日本則常使用其孢子來當作放炮時常見的仙女棒材料；過年常用來裝飾的「裡白」（蕨葉片背面呈現白色），象徵著心中是純潔無瑕的意思，全葉片來裝飾門前，或許有咒術的作用。

「還有巴吉魯？」拉候看到表妹巴奈戴著橡皮手套削著麵包樹果。

「這是最後一批了，這些吃完就沒有了。」巴奈倒了一點沙拉油在刀刃上，用力切去麵包果的硬皮。

麵包果是拉候很喜歡的野菜，阿美族沒有人不吃巴吉魯的。即使搬到花蓮市，總會有族人或父親的助理拿巴吉魯到家裡。那一晚拉候和芳札賴可以將煮小魚乾的巴吉魯湯肉當飯吃。

拉候初到台北街頭也偶見麵包樹，沒有人叫它巴吉魯，也沒有人知道它的果實是夏日最佳湯品。每在台北街頭看到麵包樹拉候就想到花蓮的家，想到族人；古老的阿美族人若是屬於「世系完整的大家族」或「世系完整而富有的人家」，屋前一定植有麵包樹，每當家族有人重建家屋或遷徙，老人一定叮嚀要種植麵包樹，後來它更是阿美族人的「家樹」。傳說，花東一帶的麵包樹就是透過阿美族人的祖先漂洋過海，攜帶種子帶來台灣。

拉候想對於族人，麵包樹是有極廣的用途，不只是兩個月左右果實食用。她也知道在朗島村在捕魚祭時，摘取麵包樹葉片置於漁網袋內，懸掛於飛魚架上祈求豐魚，並在飛魚季煮飛魚時，撕下一小片的麵包樹葉，放入鍋中與飛魚一起烹煮，以祈求不小心觸犯有關飛魚禁忌，得以解厄。

拉候小時候在部落裡，常看到居家四周會有一兩棵麵包樹，農耕時節，多數人家都畜養水牛就綁在麵包樹底下，牛的糞尿成了它的養分。因此，每棵麵包樹生長得又高又大，不但可以乘涼，到了夏季結實纍纍，分送給沒有栽種麵包樹的鄰居。

拉候家屋旁也種了一棵，夏天是拉候姊弟乘涼的所在。

布達兒從屋裡出來，拿走巴奈削好皮的巴吉魯，在布達兒的推廣食譜中，巴吉魯也可紅燒、涼拌，做成麵包果酸辣湯、酥炸麵包果、做成饅頭，或當成甜湯品，核仁猶如花生，烤煮都很好吃，或炒小魚乾辣椒是極佳的下酒菜。布達兒有時會拿來給拉候的父親下酒。

「這個好像海藻喔，好些年沒看過，現在又有了。」拉候說的是 Nalepera，她不知有沒有漢人的名字。

「Nalepera，現在很夯喔，叫作情人的眼淚。幫我洗乾淨，待會炒辣椒。」布達兒將一小竹籃的 Nalepera 推到拉候面前。

「這個小時候我媽媽好像在夏天常煮耶。」拉候想起還住在部落的暑假，母親都會用辣椒炒 Nalepera，她和芳札賴可吃到飯鍋一粒米飯都不剩。

「妳知道嗎，卑南族就懂得傳奇的力量，對於這個因雷陣雨落地而長出的藻類叫它『雷公的眼淚』；在雷雨過後才會長出來，藻片上還沾著晶瑩的水珠，卑南族人想像它是雷公的眼淚。傳說雷公在打雷執勤時，因為年輕人煮湯香味吸引他，和年輕人約定七天後再來，他也忘了天上七日是人間的百餘年。等到雷公前來赴約時年輕人早已年老過世了。雷公因自己的疏忽失約難過的掉淚，淚水滴在地上便長出一朵朵藍綠色的藻類，山上的人就叫它『雷公的眼淚』。」

「很有趣的傳說，每一種植物都有傳說多好，好容易就記住了。」拉候覺得還是原住民有想像力，每一種植物都有它由來的故事。

「漢人叫它田菇，或雨來菇，在夏天雷雨下後就會長出來，對了，不能有農藥和化肥的土地才長得出來。」一陣酸辣的香氣從鍋子飄出來。

拉候終於完全想起來了，在夏季荒草地或田裡的稻子收割完，稻子半截根莖還埋在田土裡，等待秋涼翻土耕作或再播秧苗，曝曬好幾日稻田在一場或幾場的雷陣雨後，便會冒出一蕊蕊墨綠色或深藍綠色像木耳的藻類。母親提了鉛桶摘下半桶，淘洗盡田土沙礫，怕有藻腥味略微汆燙，以蔥薑快炒。這道菜母親會加一點辣椒或很重的胡椒粉，就是為了掩蓋土味或腥味。Nalepera 的口感像炒木耳，怕打雷的拉候卻期待夏日的雷雨，因為雷雨後就會有 Nalepera。

拉候和布達兒準備好午餐，父母親和沙瑪、立信也回來了。

「你們先吃，我來回大概十五分鐘。別等我。」布達兒用保鮮盒裝了幾大盒飯菜要帶去豐年祭會場。

「進去吃飯了。」看著布達兒的車消失在路口。拉候牽著母親的手回屋內。

拉候看到眼前的畫面突然笑了出來。父母親津津有味大口大口的吃著野菜，兩個兒女蹙著眉頭，含在口內的野菜不知該吞或吐。

「媽，這是什麼菜，好苦。」立信勉強吞下，吐了吐舌頭。

「這個好澀啦，又黏黏的吞不下去啦。」女兒將口中的 Sakatu 吐在面紙上。

「這很好吃啊，怎麼吐出來。」拉候的母親挾了一大箸 Sakatu 嚼給孫女看。

「阿嬤，不好吃，我吃魚和肉就好。」莎瑪把剛剛吐出來的 Sakatu 包起來扔掉垃圾筒。

立信、莎瑪從小就跟著漢人一樣叫阿公阿嬤。因為拉候的丈夫說外公外婆就叫佬爺、佬佬，拉候不喜歡，像是在叫《倩女幽魂》的樹妖，那時拉候覺得叫 Mamu 有些唐突，且沒有男女之分，乾脆就像漢人叫阿公阿嬤。父親當了幾任縣議員台語很流利，也不反對。

然而，父親很喜歡立信和莎瑪的名字，那是拉候用阿美族語取的。拉候懷女兒時突然喜歡吃野菜，不管是 Saktu、過貓、野莧、Tatu'ken，在台北根本找不到，她拜託父親從花蓮寄送，父親十多天就寄一大箱。丈夫笑拉候根本是阿美族肚子。拉候突然想起讀小學一年級第一天，雖然父親在學校教書，姊姊在三年級，膽小的她還是很害怕，安靜的坐著不敢和同學講話。旁邊坐的是叫謝立信的男生，也很安靜，二十多同學多半是同一村或隔壁村，有一半是認識的，打打鬧鬧的。父親在這裡教書，拉候和姊姊是越過兩個村來這裡讀書，一個同學也不認識。立信則是住在更偏遠的山坡上，在這裡一個人也不認識。

老師發下簿子和課本，然後點名。點完名開始教注音符號，拉候看到謝立信拿著鉛筆很專注在課本空白處畫一隻像狗的動物，又畫一棵樹。每堂上課謝立信都在畫圖，很少聽課，有時發呆，常被老師叫起來站著聽課。後來，拉候問謝立信為什麼那麼喜歡畫圖，謝立信笑一笑沒回答。到了一年級下學期，謝立信好像突然醒過來開始認真聽課，還問拉候ㄅㄆㄇㄈ怎麼唸，會寫會唸後謝立信還把ㄅ畫成一個老太婆，他說這是他的法易（奶奶），把ㄆ畫成一個小孩，說是他跟法易招手，把ㄇ畫成山洞。

二年級，謝立信功課突飛猛進，進入前五名，老師都嚇一跳，問他怎麼想讀書，他還是笑一笑沒有說話。拉候發現謝立信大半只跟他說話，她知道，他的媽媽不知去哪裡，爸爸跑船很久才回家，家裡只有他跟法易。是法易告訴他媽媽在台北，如果不讀書不認識字就沒辦法去台北。

同學都取笑拉候跟謝立信是一對，他們兩個人好像無所謂。二年級下學期的某一天，導師說謝立信跟媽媽到台北了。那天對拉候來說好像空白的，整個人失了魂。到了暑假搬到花蓮市她才完全忘了謝立信。

也不知為什麼拉候懷孕時突然想起謝立信，即使拉候來台北讀大學也沒有想過謝立信。拉候知道取名叫「立信」是生產時遇到祭典，她的預產期也是八月初，只是兒子提早了快一個月出生，拉候還是決定兒子的名字是「立信」。昨天還特意告訴兒子「立信」的意義。

拉候懷女兒時特別想吃苦的野菜，尤其是莎瑪（山萵苣），因此女兒就叫莎瑪了，兩個兒女的名字都有阿美族的文化意涵，但拉候並沒有跟丈夫說，過去的十多年她很少提到自己族人的文化，兒女的名字其實是偶然的，從漢文化來看這樣的名字並不特別。

下午，拉候和父母親、兒女到了今天捉年級的會場。

大約等了十分鐘，十來個看起來十四、五歲的男生穿著祭典服飾，一路跳進會場，有力的踢踻、有節奏的舞蹈、手姿引得百多人圍觀的注目。拉候的父親一直跟立信和莎瑪解說，這就是今天要被捉年級的人，捉年級的目的和儀式，中午吃飯時陳萬福已跟孫子們解說過了。莎瑪直說這些人長得好帥，跳起舞更好看。立信因為自己名字的意涵看得特別認真，這幾個將被捉年級的人跟他的年紀是差不多的，被捉到的級長及二至三個順位的級長都將肩負文化傳承及族裡的各種大小事，從年少到年老。立信還是無法理解的使命，以及族裡所賦與的重擔。

愈來愈多不同年級的人加入，跳舞的男人圍了一大圈。開始敬酒，年少的年級替年長的年級服務，而將被捉年級的這幾個男生舞越跳越快。陳萬福跟孫子說這是要磨掉他們的體力，這樣捉級長時他的反抗力會比較小。立信知道他們為什麼會反抗，多半是父母親不願意，一旦成了級長副級長，長年都得待在故鄉，就業就是個大問題，大半人要不是在故鄉教書或考上公務員，但人數有限，有人只能在故鄉找個可糊口的工作。

昨天立信還聽阿公說很多年前有個被選上級長的人，他是在西部一個大建設公司當板模工，他工作很認真老闆很器重他，但他跟老闆要請一個月的假，老闆當然不肯，他就辭職了，為了祭典，他辭掉工作回來。這個老闆很好奇，是什麼樣的祭典得請假一個月。隔年他刻意來參加，當他在部落待個三天看了大半的祭典儀式之後，他終於了解，於是又讓這個級長回去上班，年年的七、八月間都可以請一個月的假。

終於捉級長了，第一個被捉的是級長，他在跳舞中被年長的族人捉住，雖奮力的抵抗，終是被捉住綁上級長的帶子，這時圍觀人群中一個婦人邊尖叫邊快速衝進會場，大力扯掉帶子，旋即被拉開，她又靠近，最後被選級長的人被帶開。然後是選第一順位、第二順位。選完第三順位，捉年級儀式終於結束。

在走到停車場時，拉候聽到有人跟一位婦人道賀，卻又像安慰。

「我大兒子也是級長，現在小兒子又是，工作怎麼辦？總不能兩兄弟都待在部落，工作很難找啊。」原來這婦人就是剛剛衝到會場阻止兒子被選上級長的人。

拉候心裡有點波動，如果今天是立信被捉級長，她的心情會如何？立信的成績很好，他的爸爸希望跟他一樣到英國留學，但是當了級長，這條路恐怕行不通了。

然而這兩三天拉候重新看待自己族人的祭典，彷彿喚醒了她沉睡已久阿美族人身分，看著年輕人因工作關係越來越少回來參祭典，拉候好似找到回家的路般，隱隱約約的聲音在心中搖盪，走過那麼多路，住過那多地方，這裡才是家嗎？這才是真正的故鄉？

陳萬福和妻子還留在部落，拉候開車載著兒女開回花蓮市，一路上立信和莎瑪熱烈說著祭典的舞蹈、儀式、服飾等，拉候靜默著，內心如右側太平洋的波浪洶湧，襲來又退去。

誰懂肚臍眼

那是他們在一起兩個月後，S從即時通傳來一段話：如果一個男人視大腿為誘惑的中心，這種情色傾向的特質要如何界定？如果一個男人視乳房為誘惑的中心，這種情色傾向的特質要如何界定？」。

「什麼意思？」C看不懂，以為他在挑逗她。

「這是我一個男同事的女朋友傳給他的，我們覺得很有意思，好像是男人看女人的某種情色眼光。」S回了話還貼了一個笑臉圖。

她想起阿賴老師，那個在電腦補習班教她電腦的老師：不懂的就上網查，Google大神可不是當假的。

「這是昆德拉的《無謂的盛宴》，還有，看屁股及肚臍喔。要知道答案嗎？」C很快的回答。自從半年前和S開始在即時通聊天後，她打字和查電腦的速度快很多。

「這麼厲害，妳也喜歡讀小說？有答案喔。」

「大腿的長度是路徑的隱喻畫面，又長又迷人的路，走向情色的完成。屁股，是粗暴快活；走向目標的最近的路徑；由於這目標是雙重的所以更加刺激。乳房是女人的神聖化；聖母瑪麗亞給耶穌哺乳；男性匍匐於女性崇高的使命之前。肚臍，作者沒寫耶。」

C是在中國網站才找到有小說內容。

「有意思，原來小說是這麼有趣，可惜每次看小說都會睡著。呵。」S還貼了一個害羞的圖。

原來聊天也有這麼多好處，S教她如何欣賞爵士樂，現在又多懂得一個作家。

其實昆德拉C是知道的，在讀大學二年級那年，好多人都在讀他的《生命中不可承受之輕》。她不懂為何什麼輕要承受？她等了一個多月才從圖書館借到這本書。可是讀了幾頁，她真的讀不下去，除了讓人臉紅心跳的情色字眼，還有完全弄不懂的情節，S想這樣的書怎會有那麼多人看？於是問了同寢室讀外文系的姿媚。C經常看姿媚讀英文詩或小說，她想姿媚應該懂的。

「人生總會有再怎輕也難以承受的時候，那輕就變得很重。」姿媚還是埋首在她的英文詩集裡，頭也沒抬的回了C。

C知道她怎麼也無法了解什麼是文學，就像姿媚看不懂會計的書。隔天C就還了書，從此不看所謂文學的書，她還是把會計書讀好比較實在。

可是，這次昆德拉的這一小段話，她好像看得懂一點；男人看女人怎麼看都是性也就是費洛蒙在作祟，即使少男少女談戀愛。她曾在公車上看過一對高中生陷入熱戀吧，男生緊挨著女生，臉上的神情像是吃了春藥般性欲盎然，女生有些沉醉。少男都如此何況是熟男？

「臀部和胸部比較肉欲吧，尤其是豐乳肥臀視覺上比較刺激，喜歡修長腿的男人是不是比較感性？誰懂肚臍眼？你呢在女人身上最喜歡看的？」C在即時通傳給S這麼一段話。

「我喜歡先看女人的眼睛，所有的祕密都在眼睛裡，還有女人的手指和腳指，那可看出女人細緻的一面，再來是胸部。」S算是很誠懇的回答。除了眼睛，C認為其他的，她應該都沒讓S滿意吧。

下了即時通，C一直在想肚臍眼。她看過好幾次二十來歲少女露出小蠻腰，平坦結實的小腹上，肚臍眼圓圓彷彿小漩渦，看著看著眼睛會跟著漩入。C看著鏡中自己微凸略略鬆弛的小腹，肚臍眼稍稍被拉長像正想要癟下來的嘴唇。

C躺在床上，努力的想著自己二十歲時的肚臍卻完全沒有印象。她想該留下十八歲、二十八歲、三十八歲時的肚臍，她拿了相機拍下四十五歲的肚臍。

那天在汽車旅館，S抱著裸身的她，要她看床邊大片落地鏡。她眼光一閃，臉紅心跳，兩條赤裸的身體像兩尾白蛇，她還是不敢看自己裸露的身體，更不習慣注視與男人交纏的身軀。

S是C的第三個男人。與大學初戀的男友，只發生過一次關係，兩人都太緊張笨手笨腳的，她痛到忘了究竟是怎麼開始怎麼結束的。

丈夫是C的第二個男人。兩人都是因為寂寞，也到了結婚年齡，看了幾次電影，吃了幾次飯，丈夫隨口提了結婚，C沒說不好，他們就回南部結婚辦桌請客。C回想起來和丈夫好像沒有很激烈的性愛（這是和S之後才知道原來性愛可以如此淋漓盡致），比較像餓了就吃飯，在家吃不是外面的大宴。S說三十歲以前幾乎天天做，三十歲後兩天一次，五十歲了一周一次。三十歲結婚的C和丈夫新婚就已經像是五十歲了。那時C和從美國回台好幾年的女同事也不知怎麼聊到夫妻間的性愛，那個女同事說在美國有家庭生活調查，調查員問她一週性生活幾次，她不知道怎麼回答，她以為是以月計算。所以C覺得她和丈夫的性生活是非常好的。

C想從什麼時候和丈夫的性愛開始由每週一次遞減？四十歲嗎？或者更早？這些年呢？是用季或年算嗎？有專家說一年不到十次性生活就是無性夫妻。C沒有可以詢問的朋友，因初戀男友的關係C大學畢業後很少和同學聯絡，她的朋友圈就是同事，婚後兩年辭去工作同事也逐漸疏遠，還常見面的不到三個，倒是在補習班學電腦時認識好幾個跟自己一樣的家庭主婦。

C不敢問母親，母親那一輩的人也不會跟女兒說這方面的事吧。母親五、六十歲後開始一堆病痛，C後來才知道那是更年期。那麼母親的性生活也是到更年期就結束了嗎？

C回憶從小至今在生活在教育中，好像從沒有人可以光明正大的教她性愛是從什麼時候開始，到了什麼時不需要性生活？國二上學期初經來潮，她不知所措，雖然她已從同學中得知，同學遞給她一疊厚厚的衛生紙，她在廁所裡拉著裙子拚命的洗，幸好學生裙子是黑色的，不是那麼明顯。回到家她不知道該不該跟母親說，到浴間換了內褲和裙子，隨即用手沖洗。母親見她拎著濕漉漉的裙褲，沒什麼表情的說：「妳垃殭來了？」

「垃殭？」C一下就懂母親說的「垃殭」是什麼。血似乎從來都不是乾淨的，尤對女生的經血，帶著腥味。母親還說垃殭來不可以到廟裡，不可以跨過人家魚塭的魚網……。後來，她聽到更多奇奇怪怪月經來時不能去不能做事情。婚後糊糊塗塗成為母親，C才注意到經血是否晚來，因為經血是最初篩選子女的管道。她突發奇想，綿延血脈之說，應該是來自女人才對，女人停止了經血來孕育小孩的。

從國中初經時期至她兩個兒子都讀國中後，很長很長時間，很少女人會直接說「月經來了」，多半的人說「那個來了」、「大姨媽來」、「親戚來」……直到近些年，電視裡的談話性節目，找來一些大嫂團，談夫妻相處、育兒、生活之類的，在性生活上大家都很敢談很露骨，「那個來」就很光明正大成了「經期來」。慌亂的初經還是靠母親安撫，母親不知從哪裡翻來三塊舊棉布，像是父親或她穿過的內衣裁過的。

「用這替換。」母親一向不多話，這次更加的儉省，她或許不習慣教女兒如何面對初經，但還是用了自己的經驗傳授給女兒。

「阮同學有人用衛生棉啦。」衛生棉剛出現一、二年，母親應該不知，C不知道怎麼講台語。

「啥是衛生棉？」

「都是用棉仔佮塑膠做的布啦。街仔路有賣啦。」

C還是用了那三塊的棉布撐了一天，母親教她將棉布摺成三摺，上頭再加上摺得厚厚的衛生紙，說這樣才不會滲漏出來。雖然比起昨天的衛生紙讓人安心，但感覺像穿尿布，走起路來活像一隻笨熊。放學才和同學到市街的店買衛生棉，衛生棉片可以黏住內褲底，比棉布好用多了，但因為很貴，C還是又在上層墊了衛生紙。C總覺得國、高中每次月經來時，她都像一隻行動笨拙的熊。

C突然想到兒子都沒有問她有關健康教育的事，大概是問她丈夫吧。

性事對C來說比月經更令人難以啟齒。即使偶爾的自慰，她都覺得罪孽深重，尤其在大學，有時讀到小說的「吻」、「壓在她身上」這些對她是十分抽象的字詞，隱約引發她的情欲。宿舍四人一間，夜裡所有的動靜都清清楚楚。C只能躲在被窩裡小心翼翼的做。她也聽過、看過下舖的同學悶著做。別人的性是如何啟蒙她不知道，她的性是糊里糊塗有了第一次，然後是和丈夫有如吃飯般毫無激情的十多年性生活。

C覺得荒謬，四十多歲的女人，才讓她嚐到性愛的快樂，讓她獲得性知識的竟然是S，這個在網路認識的人，是她的性啟蒙者，應該說是激情的性開發者。這一年多來，她知道她愛他，他也愛她，但這個愛絕對經不起婚姻的考驗，他們倆都會選擇回到家庭，激情的性是打牙祭，有是最好，沒有也能過日子。

丈夫呢？C愛他嗎？新婚時她愛他吧，丈夫將她從嫁不出去的絕境拉進婚姻，兩人同歲卻相敬如賓，很少爭吵。他按月給她一筆足夠家用的錢，她喜歡和他一起下班回家吃飯，她勤於學習做菜，把家打掃得乾乾淨淨；她喜歡和他窩在沙發看電視，有時去看場電影，偶爾去公司等他下班在外面吃飯。日子無聲無息的過，隔年有了大兒子，接著是懷了小兒子，然後她一頭栽進育兒和家務，丈夫的身影愈來愈遠。

C知道丈夫在她之前有過一段長跑七年刻骨銘心的戀愛，女方變心和新的男友雙雙移民國外。她還記得那是他跳槽來這家公司的第二年，難得請假的他竟然連著兩天沒來上班，男同事知情，說他的女朋友跟別人跑去美國了。請了三天假，據說也爛醉如泥的過了三天，再回來上班，變得十足的工作狂，沒日沒夜的加班。也是在半年多後一個加班的下雨夜晚，C才和丈夫有了進展，不到一星期他們成了男女朋友，半年後就結婚了。

C竟然怎麼都想不起最近丈夫跟她說話的內容，是最常聽到的「加班不回家吃飯」，還是「吃飽了，我到書房」？新婚時兩人會聊工作，聊未來，兒子還小時兩人會聊些兒子牙牙學語、成長的點滴，逐漸話愈來愈少，兒子讀國中後兩人各自和兒子交談，丈夫加班愈來愈多，回到家洗過澡一沾枕便呼呼大睡，隔日一早又上班去了。兒子小時每周周日會帶兒子到百貨公司、近郊遊玩吃飯，兒子讀國中後幾乎沒了，全家出遊大概是清明、過年回婆家、娘家。這些年來的例假日，丈夫不是加班就是整日在電腦前，兒子去補習班，家裡異常安靜。

C聽說大半的夫妻都是如此，宛如親人般的生活，有的甚至無性無愛過日子。她和丈夫的性生活是從什麼時候停止的？三年前，還是五年前？或者更早？C完全想不起來，腦裡盤據的都是和S在汽車旅館的畫面，可是明明還有愛欲啊，不是說「三十如狼，四十如虎」？C想這些女人男人的情欲都怎麼解決的？丈夫的欲望又是怎麼解決？和自己一樣跟著外遇對象？

夜很深，丈夫出差。其實本來沒有欲望的，和S即時聊過後，不管懂不懂得肚臍眼，從文字的那頭自動加溫，竟然情欲如火，在寂靜的臥房裡翻燒滾燙。

不能說的祕密

深秋了。自從移民美國加州，除了第一年想家想念故鄉，又遇到最冷的冬天，雪不大但冷，住在蒙特利公園市的郊區顯得蕭瑟孤獨，讓英鳳強烈想念台灣的溫暖和熱鬧。然後有了孩子還要幫忙丈夫的事業，英鳳一直沒有閒暇傷春悲秋，生活現實得很，尤其在異國他鄉，浪漫的文化風情很快消融殆盡。

坐在庭院，紅褐楓樹葉隨著風飄落下來。初始來美國，經常在搬家，因為房東、因為工作，直到移民十年才安定下來，這裡是安下來後十五年才又搬遷過來，也正是女兒Esther出事的前二年。

到現在英鳳還是不確知答案，究竟這件事有沒有發生？究竟女兒和丈夫發生了什麼事，一個說Yes，一個說No。哪個才對？都說天下沒有藏得住的祕密，但丈夫和女兒都把祕密帶走了。

「我真的沒有，相信我。我是基督徒。」丈夫臨終前用極微弱的聲音跟她說。

女兒自殺前留下的紙條是：「別相信任何人。」女兒是要英鳳別相信丈夫還是她的話？

事件的發生就像一場無預警的暴風雪，嘩啦啦的下著，然後一夜覆蓋了整個家院，至今英鳳都無法清理出一條可以走出的路。這裡一住又是二十年，七十歲，英鳳卻像鮭魚，她得返鄉才能把這裡的一切徹底的放下。

該整理的東西都整理好了，用航空或船運也都寄送了，女兒和丈夫的東西大抵燒掉或銷毀了，只留下照片也大都掃進電腦裡，日常用品也都分送同鄉，在異國四十五年，英鳳用兩個大皮箱大至可以收攏隨身攜帶，就像人的一生最後壓縮不過是一個罈子，一個墓碑，再大風光，再多的財富全都帶不走，來時的血肉成了一堆骨頭。

好像沒有警訊，也沒有任何跡象，英鳳一直懷疑是自己遲鈍，還是醫生說的，女兒有妄想症，然而女兒那張痛苦的臉，那雙惶恐的眼眸是如此的真切；丈夫一臉憔悴委屈的神情，她該相信誰？兩個都是她最親密的人，他們的痛苦把英鳳的心碎裂了，尤其在丈夫癌末、女兒在療養院，她把自己切成兩半，她經常在兩個小鎮奔走，她不知道能救哪一個？她不知道誰傷得最重？那些朋友一個個離開了，她能求救的只有 Amy，唯有她沒有用世俗眼光來對待她，有了她英鳳稍可喘息。

在英鳳的腦海裡從未出現過這個字眼，她的人生算順利，出生在算富裕的家庭，學業工作婚姻一直都沒有太大的挫敗，她相信人性的美好，她篤信親情的無私，沒想到在她五十多歲人生大翻轉，讓她花了十多年彷彿償完債務一樣，還清了所有情怨，卻留下一個極大的問號，現在她得甩掉這個大問號，重新過生活。

人生七十才開始，英鳳正是這樣。

「哈囉，Amy喔，明天下午的飛機，不用送我，我叫了車很方便的。好像下個月新屋主才會搬來。我知道，到了台北我會跟妳聯絡的。好，謝謝妳幫我這麼多。我知道她們都了解了。是，回台灣要找我喔。當然。好好……。嗯Bye。」Amy打電話來，交待很多都是這幾天一再重覆的事。這幾年，雖然那些朋友又回來找她，但是感覺最親的最能信賴的還是Amy。

英鳳很清楚她要徹底忘了在美國生活四十五年的事實，這樣她才能重新在台灣過日子。

英鳳走到起居室，沙發茶几都送人了，廚房只剩一張小咖啡桌和兩張椅子。這裡最風光時是剛搬來的兩年，幾乎每個月都有同鄉及丈夫事業的伙伴來聚餐，這裡庭院夠大可以BBQ，可以擺長長的桌子，供二、三十人吃食，小孩都讀大學了，並不是那麼愛跟來，多半是大人，各帶一兩道家鄉的食物，英鳳只要準備烤肉或簡單的沙拉、湯，有時煮白飯或滷肉就可以了。移民到這裡的女人練就會炒米粉、菜頭粿、蚵仔麵線，各種台式料理，連年糕、米苔目都會。

事情發生時，連電話聲響都沒了。英鳳知道這就是人性，不管有沒有證實，明哲保身先躲才是重要的。事業伙伴也成了鬥爭者，幸好持股夠多，英鳳頂了丈夫的位置，撐了幾年，丈夫病了他們才再度接納他。

英鳳上了二樓踱到兒子的房間，這間他早就不住的，讀研究所、工作都在紐約，連結婚也定居紐約，初始聖誕節還會和波蘭後裔的妻子回來，後來有了孩子，一年回不到一次，聖誕節或農曆過年，兒子邀她去他家過節，她才有機會一年見一次兩個孫子。

在美國大都是這樣，即使和華裔結婚，祖孫的情感仍是淡薄。英鳳很習慣，尤其因為丈夫和女兒的事情，她還希望洋媳婦少來。兒子倒很自在，完全沒有受家庭風暴的影響。他說只有華人世界才會牽扯個沒完沒了。

打開女兒的房間，自從事發後一年多女兒進療養院，英鳳陸續整理女兒的衣物用品，希望能找出蛛絲馬跡。除了電腦裡的部落格外就只有一本字跡潦亂的日記本，日期顛三倒四，這也是被醫生判定女兒有妄想症的證據之一。女兒的衣櫃裡都空了幾年，英鳳只留下幾件洋裝，在女兒走的那天也都放進棺材裡火化了。放內衣褲的抽屜一張泛黃的A4白紙，那是女兒拿來遮蓋在內衣褲上的。這點英鳳一直不能理解，為什麼女兒在十八歲後開始在內衣褲上要鋪上一張白紙。女兒說不想讓人看見內衣褲，但是闔上抽屜是看不到的。醫生說是心理因素，內衣褲代表性象徵。她可以確定女兒不是Lesbian，從高中就有男朋友了。那醫生所說的性象徵又是什麼？因為隱私權英鳳無法跟女兒的心理醫生多談，只能在三言兩語中去捕捉女兒的狀況，直到女兒要進療養院她才比較清楚女兒的狀況，就是性妄想，她和丈夫都個別被詢問過多次，卻始終沒有更明確的原因。

但因女兒的事，丈夫的工作沒了，又罹癌不到三年就走了，女兒進療養院十二年。這期間唯一的喜事是兒子結婚生子。本來被人稱羨一家和樂，丈夫事業如日中天，一夕間像骨牌嘩啦啦全倒了，幸好英鳳撐下來，家保住了但丈夫和女兒她都救不了。英鳳想起為了讓丈夫和女兒的病有起色，她甚至瞞著信基督教的丈夫回台灣四處找廟拜拜和祈求神明，她跑遍了哥哥介紹、嫂嫂帶領、朋友指引的各種廟、宮各種儀式各種跪拜，能做的她都做了。就連觀生辰、算命每一樣她都做了，她就像無頭蒼蠅，只要有一絲絲的希望她拚了命也要找。

英鳳記得是好友蘇玉映帶她去算命，那是個不掛牌的業餘算命師，在新北的一座山上，一間像度假的小屋，擺設簡單清雅，一位大概六十歲左右的男人，一身長袍頗有清風道骨的樣子。

「師父，我帶了我的好朋友，上次電話上說的，請您幫她看看吧。」玉映公司的司機開車送她們上山，玉映一進門朝著這個被稱為師父的男人深深鞠躬。

男人坐在書桌前，背後掛了幾幅字畫。男人招呼她們坐在書桌旁的塗了漆的梨木椅上。

「我已看了妳的先生和妳女兒的生辰八字了。這是命中註定的，這是他們的劫，過不了的，不要再多問了。」男人嚴肅地看了英鳳。

「我們都來了，師父您就看看有沒什麼方法可以改脫？」玉映比英鳳還著急。

「妳要離開美國回來，往東方走，妳的好命在後頭。現在回去順其自然，等事情過了再回來。」男人目光停留在英鳳的臉上一回兒，擺擺手。

英鳳本來以為此趟上山可以聽到一些解決的方法或什麼偏方，那個被玉映當成像神的師父三言兩語就打發她們。

十五年過去了，英鳳真如那男人說的要回台灣了。都七十歲的老女人了能有什麼好命？難道好命就是指丈夫留下來十分豐厚的股票和錢財？

回到臥房，兩個大旅行箱擱在衣櫃前，明天把睡衣和正在烘乾的衣服放進去就可以出門了。她的大皮包裡有女兒的日記和部落格裡文章的ＵＳＢ，這是醫院和警方還給她的，她很想燒了，卻怎麼也下不了手，也不敢再看，也許回到台灣後再銷毀吧。

英鳳從機師的廣播中醒來，看了一下手錶，大約半小時就會抵達桃園機場。

十多小時的飛行，英鳳大約睡了五個小時，她慢慢收回躺平的椅子，坐直身子，到洗手間梳洗後，坐回位子，向空中小姐要了杯開水。英鳳很喜歡這種像斜狀膠囊形似的商務艙，保有一點隱私的空間。

這些年常回台灣，在美國英鳳覺得愈來愈沒有歸屬感。丈夫、女兒都走了，兒子Abner和美國媳婦住在紐約，一年見一次在聖誕節。丈夫買的這棟屋子，她一個人住的真的是太大了，最近找了房屋銷售，賣了她就要回台灣定居了。四十五年，美國真的是住太久了，她人生的精華都耗在這裡，到頭來，竟是孑然一身。

英鳳是小鎮裡第一個讀大學的女生，雖然沒有如父親期望考上師大，也還算是國立的熱門科系，大學畢業英鳳沒想過讀研究所或出國。雖然家裡環境不錯，家裡開了碾米廠還有羊羹、糕餅店，英鳳是老么，上有四個哥哥五個姊姊。她兩歲那年，大哥結婚生子，父母親當她像孫女養。英鳳不是很愛唸書成績卻很好，二個哥哥讀大學，五個姊姊都只有初中或高中畢業，她要讀大學時四個姊姊都嫁了，三姊十六歲那年生病過世了。家人要英鳳回到家鄉教書，以父親和哥哥們的關係，她要在家鄉的國、高中謀得一職是很容易的，但是英鳳只希望留在台北工作，她想要自由自在，若回到家鄉，有父母、兄嫂在她絕對會順著他們的安排教書、結婚、生子，可能像四個姊姊那樣一切都很平順，一輩子都像門前那棵蓮霧樹一樣，種在這個小鎮。

英鳳先斬後奏，還沒畢業典禮，她就找工作了。外文系在那個年代不難找工作，尤其英鳳長得漂亮，細長的長眼睛，笑起來很迷人。很快的畢業典禮一結束她就上班了，父母親雖不滿意也就由著她了。

英鳳決定了自己的工作，也決定了她的一生。

飛機降落了，十月初，傍晚天空還亮亮的，應該還會很熱，英鳳將薄薄的圍巾收進包包裡。書煌會來接她，他是四哥的小兒子也快四十歲了，比女兒 Esther 小兩歲。四哥英平年齡跟英鳳最接近，兩人差了四歲感情也最好，每次回台灣都住在他那兒再回娘家。

「小姑姑在這裡。」書煌在接機大廳老遠就揮著手。

「又麻煩你了，你爸還好吧。」

「老樣子，每天唸我不結婚，哈。」書煌接了英鳳的行李，扶著她的手臂走向地下停車場。

「父母都是這樣，擔心你老了沒人照顧。」那麼多侄兒侄女，英鳳跟書煌最親，像他另一個母親一樣。書煌在大學畢業當完兵後到美國讀書，和 Abner 同一個學校，兩年多都住在她那兒，英鳳就當自己的小孩般照料。

「不想結婚，還是沒遇到？」

「我怕婚姻，也不相信愛情，看我哥和嫂誰敢結婚？」

英鳳知道書煌有過兩次很痛的失戀，加上大侄兒夫妻從結婚後吵到至今，經常全武行，離不了也無法平和相處。

書煌比 Abner 大兩歲，不知是不是沒結婚，看起年輕多了，也許是台灣的空氣潮濕沒有明顯的皺紋，自己長年在美國，皮膚很乾細紋很多。

「爸今天下午又去鵝肉店買鵝肉和鵝肝了，回到家剛好趕上吃晚飯。」

「你爸只要知道我回台灣就會去買鵝肉，他最疼我。」

「姑姑……現在心情好一點了嗎？」書煌有些遲疑。

「沒事了，都一年多了。」

「姑姑您休息一下，到了我再叫您。」書煌開著車轉向高速公路。

英鳳點了點頭，其實並不累，只是書煌提到Esther的事，即使一年多了，她還是有些感傷。多年來的惡夢好像隨著Esther消逝，但英鳳心中的重擔並沒有減輕，沒有真相的事件，就如電影沒有結束懸在哪兒，更讓人七上八下的。Esther臨終那句「別相信任何人」猶如推理劇讓人費疑猜，一年多了還是讓她掛懷至今。

丈夫聲嘶力竭彷彿用最後的力氣來捍衛「絕對沒有！」英鳳不知該相信誰，Esther的「不要相信任何人」又該認麼解讀呢？尤其在Esther過世前幾年發生「奧地利禁室亂倫案」讓英鳳的心轉來轉去，誰說是實話？誰才是受害者？誰才是真的生病了？

「轉來囉，進來進來。」一進門英鳳看到四哥白而稀疏的頭髮，又因為糖尿病走路非常吃力，加上四嫂前年過世，四哥整個人委頓顯得十分老態，彷彿比英鳳大十多歲。

大哥和二哥都過世了，三哥前年中風又失智在安養院裡。四哥、四姊和英鳳是他們這一輩還活著的人。父母親生了十個小孩，家族龐大然分散各地只有婚喪才有機會見面，這幾年哥哥姊姊陸續走了，再也難有家族聚會了。

「四哥按久冇看到，好麼？」英鳳只有回到台灣和四哥才有機會講客語。在美國和丈夫國台語摻雜講幾十年來英鳳的台語都快比客語講得流利。

「當好當好，坐坐。書煌泡茶。」

英鳳知道四哥脾氣倔和兩個成家的兒子處不來，一直和未婚的書煌住在一起。

「恁兮屋仔裝潢好咧，書煌將兮帶恁去看。」

「玉映會來接我。」說到玉映，英鳳不知不覺用國語說。

「阿蒂準備吃飯了。」

阿蒂是四嫂過世後請的外籍看護照料四哥的生活，英鳳去年回來看房子時就見過。來了二年做菜有模有樣，人也乖巧。

「恁當愛食的鵝肉，侄吩咐阿蒂去買。」

英鳳看餐桌上有鵝肉、梅乾扣肉、煎赤䱛、芹菜炒豆乾都是她愛吃的，其實也是母親愛吃的。英鳳想起小時候，家裡不愁吃穿，但母親生性節儉，平時三餐都是炒青菜或醃漬物，常吃的炒青菜母親會要大嫂加了豆乾，那是母親的最愛，遇到年節或有誰生日，才會像客家小炒那樣加了五花肉。都說母女最像，英鳳和五個姊姊都愛芹菜炒豆乾，把豆乾稍稍乾煸加入芹菜和一點醬油，不吃其它的菜都可以吃得很飽。

英鳳到美國那年，母親已六十多歲了，知道她要嫁到美國哭得死去活來，這個她四十多歲生的屘妹仔，當孫女一樣疼，一下要去那麼遠的地方，三年五載才能見上一面，初始母親怎樣都不肯，後來英鳳答應去了一年就回來看她，才暫時止住了母親的淚水。英鳳是到了第四年帶著出生三個月的女兒回台灣，母親見了她如從鬼門關回來般。爾後英鳳每兩年回台灣，然後是一年一次。母親九十二歲過世，比父親晚一年走。

送了母親，英鳳知道她沒有娘家可以回了。有母親才有娘家，再好的兄嫂都不是娘家，她又三、四年才回台灣一次，後來出事了，她一年回台灣三次求神拜佛。丈夫走了，女兒進療養院，她整整三年沒有踏進台灣。

飯後和四哥聊一下，四哥早睡，英鳳也累了，兩人早早就寢。英鳳想著明天要和玉映去挑寢具和日用品，心裡很踏實，她真的要定居台北了，漂流的感覺全沒了。雖然四哥一直要她一起住，英鳳這些年獨居也自由慣了，不喜歡家裡有人。買的房子離四哥家也很近走路十五分鐘，來看四哥很方便。

打開行李拿換洗衣物，全家福的照片從書本滑了出來。這是十七年前，事情還沒發生時拍的，那日是因丈夫擔任銀行副董事長，又搬了新家，全家出去吃飯，吃飯前特地去一家相館拍照，特別訂製了相框掛在客廳。相片裡女兒讀大學，兒子高中，除了女兒沒有笑外，三個人都笑得很開心。照片後來兒子結婚帶走，英鳳用相機拍了下來，洗了一張一直帶在身邊。

好幾次英鳳都很仔細看著這張照片，怎樣都看不出後來怎麼會發生這樣的事。讓英鳳痛苦了十五年，至今還找不出真相，成了一個不能說的祕密。

她和她的夢

C訝異自己竟然玩不起情欲，她終於明白那些欲望是為了填補寂寞，寂寞就像一座很深很黑的隧道，不知盡頭在哪裡，再多的情欲也無法填滿或照亮那個隧道。S像提燈的人，一點點光讓他們一起走向隧道口，她以為這條隧道很長可以走很久，一年多是婚姻的二十分之一，但那光熱是二十年來最強烈。

S離開後她對什麼人都提不起勁，沒什麼感覺，她連欲望都沒有，上了一次床她就不再理會對方，還封鎖對方的帳號，也完全忘了對方在即時通的名稱。情欲逐漸的冷卻，C知道不是生理還是心理因素，沒有感情的性，再多也不夠本。C愈來愈想念S，說好不聯絡的，S到了大陸也沒給她新的Mail，舊的Mail是Yahoo有tw看來S是不能用的。

C決定關掉所有的可以聯絡的Mail。她刪去所有訊息，剪掉易付卡，隨意改了一個自己怎麼也記不起來的密碼。丈夫安排和兩個兒子到美國遊學二個星期小遊學，她跑去南部看生病的伯母，順便回老家看看。

老家父母早不在，沒人認得她。C高中畢業後就來台北讀書工作，回來的時間有限，田園沒了，魚塭不見了，農地一塊一塊的減少，房舍一棟一棟的蓋，連家都找不到了，她終於懂了什麼是「少小離家老大回」的心情。C徘徊在可能是老家的一片別墅區，這片別墅應該蓋了好多年了，有的家門小庭園花木扶疏，有的凌亂堆了不用的傢俱、小孩的三輪車。

有一位老者開門問C要找誰，C說只是看看，以前這裡是老家。老者看來不是本地人，無意攀談，把C當成想做壞事的人般防著她。這裡她住了二十八年，其中十年在台北讀書、工作只有年節回家，現在沒有一處是她熟悉的。故鄉陌生得如虛幻之境，網路世界般的不真實，就如電腦只要一關這個世界就不存在了。

C的網路世界不在四天了。

回到家裡C打開電腦，她試著上那個交友用的Mail，因為換了密碼也記不起新密碼，怎樣也進不去那個虛幻的世界。C想正是離開這個遊戲人間最好的時機，也可以斷絕那個情欲的世界。沒有了情欲C覺得寂寞似乎又回來了，但整個人很清爽。

不再上網交友之後，C變得嗜睡。夜裡、午後她都酣睡多夢。她常夢見以前的自己，她看到那個剛剛空巢的自己，鎮日一遍又一遍擦著地板，兒子的房間，自己的房間、客廳、丈夫的書房，擦得晶亮，手上抹布拭了又拭每一張桌子。有時坐在兒子的房間，那個整天膩在身邊問東問西的大兒子，那個嚷著長大後要娶媽媽當新娘子的小兒子，都不在身邊。兩個兒子每日上課補習不到晚上十點是不會回到家的，不算大的房子變得空曠無比。

有時C在夢裡看見自己變成大胃王，半夜起來做四人的飯菜，然後一個人吃掉。她也在夢裡看見無所事事，拿了兒子不用的筆記本抄字。夢裡那個過去的自己頭上總是夾著鯊魚夾，穿著寬鬆的運動衣褲，素著一張稍嫌乾燥的臉，窩在沙發，不斷按著遙控器。

C在夢裡看著另一個自己像顆馬鈴薯種在沙發上，一個走不出去的婦女。C好想拿掉夢裡那個人的鯊魚夾，好想推著她往外走。在夢裡C很焦慮卻無計可叫醒那個過去的自己，彷彿隔著厚厚的玻璃，看得到卻摸不到，C聽得她周遭的聲音，可是她卻怎麼都看不到C也聽不到。她很氣餒怎麼都叫不醒那個在沙發昏昏欲睡的自己。

C無法接受夢裡那個自己沒有朋友，沒有親友，一天講不到一句話，都是晚歸的丈夫和兒子。

「不回來吃晚飯啊，好。」

「你回來了，吃過飯嗎？」

「要洗澡了？換洗衣褲放在床上。」

「要睡了喔，晚安。」

「要上學了，路上小心。」

有時C會看見夢裡的自己不斷和電視裡的影片對話。

「怎麼那麼笨啊！」

「這麼壞小心有報應。」

偶爾C也看到夢裡的自己看著影片笑得很開心。那個夢裡的自己生命中只有丈夫和兒子，生活中只有那台電視。

這是很奇怪的夢，像楚門的世界一樣，C日日在夢裡觀看另一個自己，一個讓人憐憫卻又想唾棄的女人。C不知道為什麼日日都要做這樣的夢，她很不想進入這個夢，看著夢裡的自己覺得很悲傷，C想夢裡的自己快樂嗎？每晚兩個兒子拖著疲憊身軀回來，夢裡的自己露出一整日難得的笑容，取下兒子的書包。

「很累齁，再一個學期就結束了，加油。會不會餓，要不要吃東西？」

「不要，我想洗澡，準備明天的模擬考。」

碰的一聲兒子關了門，許久也沒見他出來洗澡。夢裡的自己在沙發上邊看電視邊留意著兒子的動靜，然後丈夫回來了。

「回來了，今天比較晚。」

「軒軒回來了嗎？」

「回來了，哥哥也回來了，在房裡。」

「軒軒回來了喔。」、「哥哥回來了？」丈夫敲著兒子的房門

「對。」兒子沒開門。

「考試還好吧？」
「還好。」
這一家的男人都很節省話語。
然後丈夫進了臥房換了衣服走進書房，並把門帶上。三個她最在意的人回來了，但他們都把自己關在另一扇門後。C想這就是兒子長大後的樣子。這就是婚姻久了之後的面貌。所以，丈夫對C的精心打扮沒有特別留意，對C白天去了哪兒也不清楚，C身上有其他男人的味道也沒感覺。夢裡和現實中的丈夫完全一樣，他們眼裡的妻子只是一個會移動的物體。

純麗從心理醫師那裡回來後，她克制著晚上不再起床煮食狂吃。對於拖地、擦拭都不再熱衷，連丈夫的換洗衣物都是兩三天才洗一次，洗好的襯衫也不燙了，丈夫很不習慣的看著她，她完全沒有反應。對自己更怠惰，懶得做飯吃泡麵，窩在沙發上看電影台。可是每到午後她就睏極了，明明昨夜睡得很好，怎麼一過中午眼皮就沉得張不起來，有時回床上睡，有時就躺在沙發上睡個長長的午覺。

在夢裡，純麗隔著一道厚實的玻璃看到自己，一個很不一樣的自己，或者說那個女人只是跟自己相似的五官，其餘完全不一樣，兩個人隔著夢、一片玻璃門，兩個迴異的世界。

夢裡那個女人很會打扮，化了妝戴了假睫毛，穿著也很講究戴著大大的或長長的耳環，手指和腳指甲都塗了暗紫色的指甲油，髮型是上美容院髮型師吹出來的柔順大波浪，走路髮如波般搖動，一種成熟女人的風情。純麗好羡慕，自己總是一支大大的鯊魚夾收攏不長不短很難整理的頭髮。夢裡那個女人，穿著頗有設計感的名牌衣服，純麗看看自己，一身夜市買來的運動衣褲，好穿又便宜。純麗伸手看看自己的指甲，剪得禿禿的方便做家事，從第一次約會到結婚，丈夫好像從沒稱讚過她的外表。

「你怎麼會想跟我結婚？」記得剛結婚沒多久，純麗問了丈夫。比起自己算普通的外貌，丈夫外表算好看的男子。

「覺得妳很適合當妻子，溫婉安靜。」丈夫想都沒想，也無意奉承她。

適合當妻子？所以純麗溫婉的當了二十年的妻子，四十多歲女人的黃昏，像一尾被豢養很久的魚，離開了魚缸到那兒也活不了。可是夢裡那個女人是怎麼走出家門的？是怎麼改變的？她都去哪裡？做了什麼？純麗很好奇。可是夢裡觀看那女人就像在魚缸裡一樣，她離開魚缸後就看不到了，好像楚門走出了攝影棚。那個女人究竟做了什麼？就像看連續劇一樣，純麗愈來愈期待午睡的夢。

那個深沉的午睡醒來之後，不對，應該是認識那個夢裡的自己之後，純麗不再狂吃也開始學著保養打扮。她上美容院保養皮膚，她去專櫃買知名品牌的衣服和保養品。這二十多年來，丈夫給她的生活費算十分寬裕，但她撙節用度，每月存了一些錢，一年積累下來她拿去買股票、基金、定存和儲蓄保險，二十年下來，她算是小富婆。兩年前丈夫在郊區買了別墅，說比較寬敞，但因兩個兒子都還忙著升學考試，新買的房子也就擱著沒搬進去。

每每在那個女人打扮好出門，純麗進入更深的睡眠，直到黃昏時刻，她才身心飽滿的醒來。純麗最想的是跟著那個女人出門，看她去哪裡？做了什麼？純麗下定決心無論如何要衝破那個夢網跟著走出去。

純麗終於穿過那道玻璃牆進入那個女人的房間，床上擱著性感的內衣褲和一件露肩的淡紫色花洋裝，電腦螢幕上即時通寫著：12:30老地方等。

純麗看了一下手錶，剛好十二點整，她拿起床上的內衣褲和洋裝，一件一件的穿上，然後坐上梳妝台的椅子，仔細的化妝，就如夢裡那個女人，最後噴點香水，走出家門往老地方。原來老地方就是離家一百公尺的公園。一輛香檳色轎車停下來，純麗很自然的坐進去，這時她知道她進入了C的生活，S和她即將去汽車旅館。

「今天很安靜喔，有事嗎？」S側頭看著她，一手握方向盤一手握著她的手。

「沒事，不說話也很好。」純麗不知C平時和S怎麼聊天。

「那張CD聽了嗎？」S輕輕的揉著她的手心。

「聽了，像喝了些酒，有微醺的感覺。」純麗的手心如漣漪般擴散到整個身體，她很自然的回了話。

「妳真的聽懂了，歌就是這種感覺。」

純麗的心整個進入C的身體，她的應答就如C毫無破綻。

進入汽車旅館，S熟門熟路按下鐵捲門，牽著純麗的手上樓。房間很大即使都開了燈，還是很暗，情欲瀰漫著，果然這是偷情的好地方。純麗想這樣也好，免得被認出來。心裡是純麗，身體卻是C，純麗不清楚自己究竟是誰了，彷彿演過太多次的劇情，C的身體帶著純麗褪去身上所有的衣物和S沖澡，純麗猶如處子般害羞，身體卻是熱情反應。從共浴到床上純麗的身心都在拉扯。

「怎麼了，今天有些分心？」S似乎察覺。

「嗯，有些累，沒事。」純麗不知怎麼回答，對C她只在玻璃門片前的觀察。

純麗閉上眼睛想把自己融入C的身體，也讓S完全進入，然而玻璃片又回來了，她退回觀察者的位子，她看到C慧黠似的對她眨眼睛，好像在嘲笑她扮演不好C的角色。

純麗二十年的家庭主婦，是賢妻是良母，言行逐漸定型僵化，就像被套了模子，即使抽掉模具形狀固定怎麼改也變不了。

傍晚，純麗從午睡醒來，想到剛剛在夢裡努力要進入C的世界，臉上一陣潮紅，純麗看了鏡子的自己，身材沒太大的走樣，這樣的身體還是需要男人的，只是這幾年怎麼都像灘死水，一點波動都沒有，倒是C宛如戰士做最後奮力搏鬥。

純麗忘了是在哪兒看到的，說希臘人沒有墓誌銘，但在人生終了會問「你有沒有過熱情？」剛看這句話時純麗並沒有什麼感覺，年歲漸增尤其在知道有C的存在後，她經常問自己「有沒有過熱情？」或是「現在有熱情嗎？」顯然連自己都質疑的人生好像火焰早已熄掉，或只是極小撮的微光，沒有熱度也無亮度。是這樣的心情和人生態度才和丈夫漸行漸遠嗎？日日面對一湖靜如止水的女人，男人都會走出去嗎？就像C要去尋找激情？

純麗想起最有熱情應該是高中吧，幾個要好同學，放學走到火車站的途中，大家吱吱喳喳說個不停，談連影子都沒有的愛情，和未來的志向。從未來的男友、丈夫、事業，甚至環遊世界、到月亮、火星、外太空。那條放學之路，星光閃閃似的，幾個十八歲的女生有著無窮盡的熱情和理想。

上了大學談戀愛還是有數不盡的熱情，然而熱情哪裡去了？是初戀情人走後吧。雖然是短暫卻刻骨，尤其面對生死。純麗永遠記得已瘦得皮包骨的初戀情人，跑來告訴她要到美國治療。她終於知道「病入膏肓」的形容詞，臉色暗沉、瘦骨嶙峋，唯有眼光仍有著求生的熱情，還有要她等他的愛戀眸光。

純麗一直記得初戀情人眼中閃爍的熱情愛戀，但她的熱情和愛戀卻隨著初戀情人逐漸消逝。踏入社會純麗知道現實是最好的麻藥，熱情日復一日消減，理想抱負也被磨個精光。丈夫將她拉進婚姻的象牙塔，她躲在安逸舒適的塔裡，日子如鐘錶的針重覆的繞啊繞，十多年無聲無息。

純麗想幸好C有熱情。

C怎樣也沒想到純麗會越過那道玻璃門片這入到她這裡，幸好即時發現。C很了解純麗絕對跟她是不同世界的人，純麗進到C的世界也代替不了C，她做不到C的熱情和激情。在C的眼裡純麗就是一灘死水而且即將腐臭，這也是C打開玻璃門片讓純麗觀看，讓她那灘死水注入流動的水。

今日是C和S最後一次見面，明天S就要去大陸了，他們就要結束一年多的情緣。彷彿有默契一樣，兩個人都沒說結束，或往後如何聯絡，他們倆都知道，這段情感或是情欲徹頭徹尾都不該存在，所以也必定無疾而終。從摩鐵出來，兩人看一場電影，吃完晚餐，他送她回家，一個擁抱如一個句點，就像小說中開放式的結局，全數推給未知，留下無限的想像。

離開了S離開了網路世界，C知道她必須去把純麗拉出來，拉出那灘死水，於是有那一扇玻璃門片。

「妳是誰？一個像我又不像我的人？」終於有一天，C和純麗在玻璃門片相遇，隨著門片純麗對C說。

「我是妳，也不是妳，妳必須走出去才是我也才是妳。」C敲打著玻璃門片。

「我在做夢對不對，我還在午睡中。」純麗聽著C像繞口令似的話，這個似夢似真的景象，她有些惶惶然。

「妳不是在做夢，妳不敢也不想去面對我。從那片玻璃門片走出來，妳就可以是我也是真正的妳。」C又再度敲著門片。

「沒有門沒有窗我怎麼走出去？」純麗上下摸著門片想找出一個縫隙。

「撞破它，沒有關係的，用力撞！用力……」C邊走邊後退，離純麗愈來愈遠。

純麗望著逐漸遠去的C，也聽不清楚她說什麼，然身體如被推趕似的不自主的用力撞擊玻璃門片，一次又一次力道愈來愈強。「哐噹」一聲，整片玻璃門碎裂然後如齏粉隨風消散。

純麗從夢裡醒來。

床尾地上兩個打開的大紙箱，其中一個紙箱黑色蕾絲的性感睡衣露了出來。

看得到我們嗎？

阿綠又坐在隧道口的大石頭上，笨重的軀殼留在海底的岩洞裡。阿綠知道今天胖茄冬會來，又是一年了。

平時阿綠也經常上岸，多半是一大早或傍晚，找一個樹上、石堆上、花草間，觀看來往的行人、車子。在還不能脫殼出竅前，阿綠總要找個很隱密的地點，不讓人看到，現在任何地方都可以，人類看不見她，除了像胖茄冬和那些超過千年的樹。也除了樹和烏龜很少有動植物可以活過五百年以上，所以她才能和胖茄冬當朋友，她才有能力隨心在海底和陸上游走，不必擔心被捕被傷害。

現在，阿綠不愛在馬路邊觀看，因為怎麼看都是快速行駛的車輛，呼嘯而過留下油煙和塵土，幾乎看不到行人，更不可能看到任何的動物。

阿綠想起她從沙岸的卵殼裡出來奮力游向海裡，五十多年後她迴游到她出生的沙岸產卵，那是七月酷熱的傍晚，沙岸日照了一天，仍是熱烘烘，她拖著重的身體緩慢的爬上沙岸，使勁的爬到可以產卵、埋卵的沙堆。即使從破殼出生到跑到海底走走停停大約半個小時的路程，即使經過五十多年，那個她只待三十分鐘的「故鄉」，她竟然能準確的找到，這是海龜的本能。懷孕後阿綠彷彿聽一個如風的聲音，又像是極細微的音樂牽引著她，她一路跟隨著，從春天到夏天，不知游了多少海浬，她終於回到她的出生地，她即將產下她的子女。每隔三、四年她才會再迴游到出生地產卵。

故鄉，是阿綠出生和產卵地，都是傍晚和晚上來到和離開，其實她從未看清附近的樣貌。故鄉對阿綠來說是一種聲音，是一縷微風，有時又像一股氣味牽繫著她回來產卵，就像胖茄冬約她見面的訊息一樣，只能意會無法言傳。阿綠不再產卵後，她反而沒那麼精確可以找到故鄉了，但她知道如何去跟胖茄冬會面。。

阿綠喜歡在她還沒脫殼出竅時上岸觀看的景象，沒有快速得讓人眼花的車子，也沒什麼人，那是夜裡有很多大蛇從樹林裡出來路上吃蹦跳的青蛙，天上星星像一顆顆的小珠寶，月光灑在海面上像一匹閃亮的綢布；清早偶爾有人揹著竹簍，穿著暗舊色的短上衣短褲，赤腳往山上爬，有時一輛牛車載著農作物經過。阿綠望向森林裡，有羌有鹿有野豬還有她完全不知道的動物竄進竄出。阿綠很懷念一、二百年前在沙岸上觀看陸地的景致，她很喜歡看黧黑的男女，揮著汗在水田裡工作的樣貌，或是傍晚草屋頂上煙囪炊飯的白煙騰上雲端，飯菜香的味道，門前土埕一群小孩光著屁股玩耍等吃飯的嬉笑聲。

那時阿綠上岸都挑清早或傍晚，找個隱密的草叢、石岸，帶著欣賞的心情觀看島上沿太平洋邊居住的人類。能脫殼出竅後阿綠便一直待在花蓮和宜蘭這一帶的大岩石或出洞口，這是阿綠能輕鬆到的範圍。和胖茄冬他們最愛約在南方澳與花蓮的交接處，有時在清水斷崖上的某個隧道口，從那裡看著海視野最好。

阿綠想起八、九十年前，那時稱臨海公路的蘇花公路剛通車，她不知情坐在清水斷崖隧道口旁的大岩石上，被從隧道出來的汽車嚇到，後來是剛通車的北迴線比公車更快的自強號。這近五十年最讓阿綠不能適應的是車子的速度和車子越來越多。

「這麼早就到？」胖茄冬一屁股坐在大岩石上，葉子沙沙作響。

「先來看看風景。還有看很快的火車經過。」阿綠這次沒有面對海，而是轉向隧道。

「看火車？妳不是嫌它又吵又快，像眼前下大雷雨一樣？」

「前幾個月我坐在這裡，一輛火車快速經過，可是很奇怪我和一個女人對上眼，我確定她看見我，雖然可能不到一秒鐘，那個眼神我知道她真的看見我。」

「妳沒弄錯？也許是妳看到她，人類是看不見我們的。」

「我非常確定，那個驚嚇的眼神至今一直在腦海裡。妳說人類看不到我們，為什麼她可以？後來，我又來了幾次可惜都沒碰到可以看見我的人。」

「出竅後我們是透明的，偶爾會有極淡如霧似的影像，人類的雙眼是看不到的。我只有一次被一個兩歲的小孩看到，他被母親牽著走，清晨霧還未散去。他不斷的指我用泰雅語說：『胖大樹！胖大樹！媽媽旁邊有一棵胖大樹在走路。』」

「那個媽媽回頭、左看右看。我知道她沒看到我，但她對孩子說：『那是樹靈，不要打擾他。』那個孩子回頭對我開心的笑，然後牽著他媽媽的手往前走。」

「為什麼人類可看到我們？」

「就人類的說法大概是某種氣場或什麼磁場之類的，就像有人可以看到鬼魂，有人就是看不到，鬼魂可能在陽世還有怨念或執著，所以努力去讓可以看見的人看見，能看見我們的也許和我們有往後的緣分，若就只有這麼一面之緣她會當作幻覺。」胖茄冬想起八十多年前，有個人好像在研究台灣的高山，那人不知為什麼特別看了胖茄冬一眼，胖茄冬很清楚那是真的看著她的眼光，她剛旅遊回來，有些疲憊。過了六十多年她才知道那個人叫鹿野忠雄，研究台灣高山的日本學者。她曾告訴阿綠，阿綠說大概是奇怪茄冬樹怎會長在高山上吧。

「想什麼？我們待會來看下輛火車裡是否有人能看見我們？」

「好啊，很有趣我從沒想過要刻意去測試和人類相對眼。」

阿綠和胖茄冬安靜下來等待下一輛火車經過。

嗚！嗚！嗚！火車的汽笛聲響亮，就快到隧道口了。

胖茄冬和阿綠聚精會神看向一列列而過的車廂。

列車快得比鳥飛還急切，除了玻璃的反光阿綠什麼也沒看到。

「妳看吧，這麼快人類的眼睛是不可能看到我們，何況我是透明的。」胖茄冬靈巧的轉身向海面，看了遠遠海面上的霞光。

「我知道啊，可是為什麼我這麼明確知道那個女人看到我，她的瞳孔一直映在我腦海裡。」阿綠也轉身面向海，看著胖茄冬一臉沉醉的望著海。

「在還不能出竅前，一直都待在深山裡，我完全不知有海。那時已有樹精回來告訴我們海的樣子，我們根本無法體會，但都嚮往有一天能出去看海。第一次出竅我就是在這附近看到海，是早上陰雨的天氣，海上灰霧濛濛，一道道白色的海浪往前推，到了沙灘就倒退似的回去了，我都看傻了。那時一整天見不到三個人經過，現在一部接一部的車子，很吵啊。」胖茄冬收回望海的視線看著阿綠。

「我比較幸運從出生就是在沙灘，第一次出竅到深山的林子，還會恐懼，看到黑熊、雲豹、野豬還有我不知道的動物還真嚇死了，尤其大鳥嘩啦啦從樹枝上飛出，比鯊魚更可怕。」阿綠回想第一次到森林裡第一次看到大型動物的恐懼。

「我第一次俯身看進海底，哇真是多采多姿，各種魚都有，牠們一大群突然往上飛再栽進海裡，我也嚇到了。」胖茄冬想到第一次被海底的魚群嚇到卻是愉快的。

「山跟海果然是很大的不同，山裡多數是不動的樹，和跑來跑去的動物，海底有太多游來游去的魚，和不動的珊瑚礁，剛到海裡我就是躲在珊瑚礁裡吃海藻和浮游物長大的。」

「我們啊有陽光有水，還有各種落葉的堆肥，我們就長大了。雖然妳說海跟山不同，其實很像，珊瑚就像樹，魚就像動物，只是魚顏色多很漂亮。」

「森林裡也有很多花，盛開時也很好看。」

「海再漂亮，漂流久了還是想回到森林裡，那裡讓人覺得自在安全。」

「是啊，在岸上久了，就會想回到海底，就像累了想躺在床上那樣。」

胖茄冬和阿綠一向有話聊，從彼此的遊歷和居住環境聊到人類的生活。

「又有車要來了！」阿綠望向隧道口，這次車子是從隧道口出來。

轟隆隆一列鐵灰色的車子過去了。

「是區間車，人不多，大家都在看手機，沒人看車外。」阿綠有點失望。

「以前剛有火車，車上的每個人都喜歡看向窗外，那時車窗可以往上推，好人都把頭伸出來，興高采烈看著山海及路邊沿途的景色。套人類說的，時代不同了，人寧可看手機內不真實的景象，也不看窗外真正的風景人物。」胖茄冬雖看多了千年來住在這裡人類不斷的改變，但這三十多年來變得最迅速，快到胖茄冬都趕不上，看得眼花撩亂，就像普悠瑪號就像高鐵，比箭射出去還快。

「是啊，人類說速度改變了一切。」阿綠晃著她的頭。

「五十年前陸地上最快就是火車。怎麼快還是有人追得上；二百年前連火車都沒有，那時牛車最多，再早一點連牛車都沒有，每個人都是走路的，台灣頭走到台灣尾翻山越嶺的幾個月都未必能走得到。現在咻的兩個小時就到了，真的是速度改變了一切。」胖茄冬再度轉向海面，視線掃到遠遠的天際線。

「海底的變化好像沒那麼大，就只是可以看到很大很大的船，還有船的速度加快。我的一個海龜朋友曾看過把海當成機場，又像船又像飛機，在海面滑啊滑就飛到天上了。」阿綠看著天上一架飛機正飛過，後面拖著長長如煙的白雲。

「是啊，三十年前都沒想到手機這麼方便，可以隨時視訊，可以看電影。」

「是啊，幸好我們出籔後，學東西特別快，可以一目了然，不然完全不知人類在做什麼。」阿綠眨了眨眼睛，側頭聽是否有火車要經過。

「我在還沒出籔前，幾乎聽不懂人類的語言，因為我居住那個深山裡一年到頭大概只有三、四個人經過，黑黑矮矮的只有很粗的麻布圍著下半身，都是單獨一個人也沒說話。」

「這樣的人我也看過，是個男的潛到海底，捉魚和龍蝦，好厲害可以閉氣很久。但我只看過一次，我愈來愈大怕被捉，游到更深的海底藏在珊瑚礁群裡。」

胖茄冬和阿綠聊著各自生長的環境，以及這幾十年來的變化，千百年變化不大的這塊土地，卻在這三十多年來幾乎徹底改變了，阿綠想古人若乍到這裡大概以為是虛幻之地瞠目結舌。阿綠想這概就是人類所說的「時代改變了」，很多的思維、觀念包括生活文化都不一樣了，而且看起來也沒什麼不好，人越來越長壽，越自由，女人也不必看男人臉色。

胖茄冬見到的改變更多，一千多年前這個島，幾乎全是綠色，不是花草就是樹林，鳥獸多還有皮膚黑的平埔族人，用的是銅器和鐵器，東部這裡用的是石器較多。據說四萬年前就有人類住在這個島了，胖茄冬沒見過，但有前輩聽他們的前輩的前輩說過，那是個蠻荒時代吧，胖茄冬想。

「又有火車要來了！」胖茄冬按住搖動沙沙的樹葉聲。

「啊！我看到了，她看到我了！」胖茄冬和阿綠同時喊了出來。

「是那個上次看到妳的人嗎？」

「不是，不同人。上次的比較年輕。」

胖茄冬和阿綠不知該興奮有人看見，還是該緊張被人看見，而且是兩個不同的女人。

「一定有什麼徵兆，一定有什麼事要發生，我們兩個同時被看到。」胖茄冬有些不安，千年來的歷練她知道事出有因，不管是不是有神有天帝，她和阿綠同時和人類對上眼必然有什麼事要發生，她知道再大的修行都無法預知未來。

「妳是說會有事情發生？可是我們一個在海裡，一個在山上，我們最多一年才見上一次，能有什麼事？」阿綠一臉茫然。

「誰知道，萬物的世界就因為無法預知才值得走下去。」本來臉色嚴肅的胖茄冬說了這話變得輕鬆了，千年來除了另一半過世，都是一些小事。是啊，除了被砍，樹還能有什麼大事。

看著胖茄冬嚴肅的表情，阿綠壓下與人類對看興奮的心情。阿綠和胖茄冬不同，與人類對看她覺得是一件喜事，好像交了一個人類的朋友，終於有人看到她的存在。但是胖茄冬卻覺得不可思議，認為違反自然必定即將發生什麼事情。阿綠認為沒什麼自然法則，在海底經常可以看到溺海的人類，有一次明明確定那個男人溺斃了，腳上被綁了好大一顆石頭，沉到海底他卻瞬間張開眼睛看了阿綠一眼，就這麼一瞥，那男人眼中驚恐一直印在阿綠的腦海，就像上次和火車上的女人對看眼神一樣。

看到那個溺斃男子的眼神至今也有三百年了，什麼事也沒發生。阿綠想是胖茄冬多慮了，就像人類說的某個磁場、氣場相通了，本屬於兩個世界的人或物種相互看到對方，就像在人群中（或龜群中）擦肩而過，只留下那一秒中的驚悸吧了。

去海邊

純麗想要去旅行。這個念頭閃在腦海裡快一年半了，在大兒子的書架上看到《海邊的卡夫卡》，純麗並沒有讀這本小說。每一、二星期她會去擦拭兒子書桌上的灰塵，每次抬頭總會看到這本書。海邊，這個在大學時代一直被認為約會最浪漫的地點。純麗的老家離海很遠，大學和初戀男友交往短暫到沒有時間去郊外約會。婚後幾年丈夫曾帶全家到福隆海邊玩水，兩個兒子很小但玩得很開心，在沙灘上撿拾貝殼和小石頭，讓一波一波的浪水打在腳上。這應是純麗最快樂也是最美好的海邊時光，如陽光下閃閃的海水。

純麗想去海邊，一個人去，純粹赤腳走在沙灘上。

「妳有沒有最想做，卻一直沒有做到的事？」同在補習班上日語課的玉映問她。

玉映應該年長純麗十來歲，心靈年齡卻非常年輕，在這不到十個人的日語班屬她話最多，最愛發問，下課還會邀同學去喝咖啡。純麗聽她說曾經是個老闆娘，丈夫很早就過世，玉映帶著兩個讀高中的兒子繼承丈夫的事業，現在全由兒子負責，她說到了這個年紀只想做喜歡的事。

「好像有，但是沒有很強烈吧。」純麗很少有強烈想要什麼，除了二年前的暴食症外，好多事都可有可無，她最愛兒子，但沒有日日要黏在一起。如果人生可以重新選擇，她可能選擇讓父母親長壽一點，或多一點時間陪伴他們的晚年。

「回去想一想，列個清單，看有哪些事可以做，一個人喔。」玉映邊揮手邊鑽進計程車。

純麗坐在捷運裡，環視著車廂內，幾乎每個人都埋頭滑手機，帶著稚兒的媽媽專心的看手機，胸前背著的小嬰兒不斷用手捉著把手，有時還用舌頭舔著。當專職家庭主婦十多年，純麗幾乎息交絕友，只有一個高中、兩個大學同學和二個舊同事偶爾有聯絡。純麗不上臉書，這一兩年剛流行的 LINE 純麗沒有辦，手機上的聯絡人加上兒子、丈夫剛好十個。純麗覺得自己好像山頂洞人。來補習班學日語，也只是想打發時間，了卻大學時沒把日語學好。認識玉映，純麗覺得自己好像八、九十歲的老太婆，活在上古世紀。

坐在餐桌椅上，純麗拿出壽險公司送的小日曆本，很努力的搜索腦袋，只寫下「去海邊」、「學日語」兩個最想做的事，隨即將「學日語」打叉。其它的事她都不敢一個人做，例如到好一點的餐廳吃飯、一個人看電影、一個人旅行。純麗終於知道她不是沒有最想做的事，而是不敢，不敢一個人。雖然這幾年兒子陸續讀大學，丈夫以公司為家，她幾乎都是一個人，心裡卻掛著兩個兒子。

「玉映姊，我只有四個。」隔週，在日語下課後的小咖啡屋吃午餐，等餐的空檔，純麗羞怯的拿著小日曆本子給玉映。

「太小Case了啦。妳看我的。」玉映遞給純麗筆記本。

「哇三十多項，喔有的太……。」純麗一下子想不起該用什麼形容詞。

玉映在三十多項中用紅色筆劃掉了將近一半，表示已經完成了。有幾項讓純麗驚訝或是驚豔，如「一個人去Pub」、「交小男朋友」、「一個人在旅遊中過年」、「高空彈跳」、「到阿姆斯特丹抽大麻……。」三十多項中，純麗敢做的不到五個。

「怎樣？我六十二歲了，不想去管別人的眼光，年輕沒做過或遺憾的事都要做回來，六十歲該做的更要做。」

「哇，妳好勇敢，好前衛喔。」

「這是我五十五歲時給自己列的。我是不知道妳的家庭生活好或不好，但從妳臉上我覺得妳並不快樂，妳沒什麼笑容，不管什麼事，別想太多趁早去做，妳快五十歲了吧，別浪費時間，做就是了。」

「做就是了。」回家的公車上純麗腦子裡縈迴著這四個字。兩個兒子都不太需要她照顧，等小兒子九月上大學，就完全是空巢期了。那麼十月就去海邊待個幾天。

只是很簡單的「去海邊」純麗想了一年，去哪個海邊？住哪裡？純麗經常掛在網路上看著全台灣適合去海邊的城市或小鄉鎮，從最北的基隆、淡海到最南的屏東，從西部到東部，她看了無數間的民宿或小飯店，風景好的，價錢合理的，還有安全問題。純麗也電話詢問幾家民宿，都沒有很滿意。是感覺，一定有適合的民宿在等她。

純麗初始覺得不急，離十月還有一年，日子一週週的過，過了寒假，轉眼是暑假，大兒子回家，剛剛交了南部的女朋友，在家待不到一星期又回學校。小兒子暑假和同學去歐洲自助旅行，以往很熱鬧的暑假顯得十分冷清。到了九月，小兒子提前到台中的大學，是丈夫開車，難得全家四個人一起，大兒子到了台中再搭車往台南。

四個人在車上，交談不至十句話。純麗和丈夫本來就話很少，兩個兒子低頭滑手機。和兒子小時候去郊遊的情況完全不同，好像三個沒有關係的人共同搭了計程車，司機悶著頭開車。就像去年大兒子去台南讀大學一樣，她連交代要注意的事情都不敢多說，就怕兒子嫌煩。

純麗更清楚為什麼她要一個人去海邊了。

終於，純麗訂好了民宿。她要往東部走，去花蓮那個她小時候常常聽到的地名。

小時候，純麗經常聽父親提起在花蓮的鄰居。父親說他最好的朋友也是鄰居的阿火叔，因為他的爸爸好賭，把田產都賭掉了，他只好帶著年輕的妻子、兩個不滿四歲的兒女和老邁的母親移居花蓮。父親說花蓮是要很有勇氣的人才去得了。小時候純麗不知道花蓮在哪裡，為什麼要很勇敢才能去。那時她也不過是五歲的小孩，一直到十歲那年阿火叔和妻子才回來故鄉探視，夫妻倆說著初到異鄉的艱苦辛酸，幸好年輕撐了五年才得以有回鄉的盤纏，妻子抱著不到一歲的幼兒，她說其他三個小孩就託她婆照顧幾天。

純麗的母親在懷第三胎時流產，從此無法再懷孕，看到阿火有四個小孩很羨慕。

純麗的父母親一直到她大學畢業找到工作後才去花蓮看阿火叔。母親重病時阿火叔有來探望，說大兒子不喜歡讀書，但手藝很好開了小吃店生意還不錯，兩個女兒大學畢業，都在工作一個剛結婚，小兒子在服兵役，他說人生現在很圓滿，無所求也不掛心了。父母都已過世十多年了，不知阿火叔還在不在？父母親臨終前都還在操心失聯的大哥，至死都遺憾。

去花蓮當然不是因為阿火叔，是對大海與花蓮的一種浪漫想像。純麗第一次去花蓮是大學畢業和父母去的。到了小鎮火車站，搭了三十多分鐘客運才到阿火叔家，小鎮和西部鄉下差不多，農田和鐵皮、水泥的房舍。在阿火叔家住了兩個晚上，一大早純麗和父母繼續搭火車往台東，再搭客運往南走，到了家裡都過了晚飯時間。第二次去花蓮是和同事利用假日，去了太魯閣、海邊，那是屬於年輕女子的旅遊，三天兩夜全程充滿笑聲，不知是不是心情因素純麗覺得花蓮的海比較藍比較壯闊，四個女生都嚷著搬來花蓮，一回到台北又安份的坐在辦公室。新婚和丈夫是搭飛機去台東，算是補度蜜月，那時她剛懷孕，睡不好吃不下加上孕吐，她完全沒有享受新婚之旅的甜蜜，也沒有看清楚台東與海的美。

「媽，我下周五要回家喔。」小兒子打電話來。

「你才去兩個禮拜就要回來？」純麗知道小兒子比較黏她。

「三個禮拜了啦，都十月初了。」

「可是我周五要晚上才回到家喔。你幾點會回家？」

「大概也是晚上吧，早上有課，下午才能走。妳要去哪裡嗎？」

「去花蓮三天。」

「這麼好，我也想去。」

「你不用上課啊。」

「知道啦，只是說說而已，對了妳去辦 LINE 啦，打手機很浪費錢耶，要和同學去吃飯了，拜。」

上星期下課玉映還在嘲笑她「沒臉無賴」，沒有臉書就算了，都什麼年代了還沒有 LINE。那些八、九十歲的阿公阿嬤都有 LINE 呢。

純麗想午覺後就去辦 LINE 吧。

坐在梳妝台的椅子上，純麗想起幾年前的午睡，想起那個奇異的另一個自己，這個不能說也不敢說的祕密，即使連上次暴食去看的心理醫生都不能說的。幸好醫生沒有要催眠，純麗真怕自己無意中說出來。都過幾年了，純麗偶爾身體還會殘留一些快感，和那男人的撫觸，可是那男人的面貌快模糊了。

看著鏡子裡的臉，純麗覺得現在很好，淡淡的妝和稍微講究的服飾，讓自己變得好看多了，也年輕一點點。和玉映在一起多少知道一些名牌或流行，尤其是C讓自己從井底爬出來，世界是新奇的。

現在，純麗一個人要去海邊了，她要光明正大的向世界探索。

「喂，妳是李小姐嗎？我這裡是Tana民宿，我要確認妳明天是不是會來？」

「會的，你們會有車子來車站接嗎？」睡夢中純麗被吵醒。

「妳下了火車，車站有往大港口的客運，二十多分鐘就到了。明天妳搭上客運給我打個電話，我會在客運站牌等妳。我姓陳。」

「好，我知道了。」聽這個女的聲音、語氣，純麗覺得是個俐落的人。

當初選達那（Tana）這個民宿是因為離海邊最近，介紹上說「只要走三分鐘就在沙灘，早上會被太陽叫醒、窗外就是稻田。」還有純麗覺得有趣的是特別介紹「達那」是刺蔥，也叫食茱萸。純麗沒見過刺蔥，只記得背過王維的「遙知兄弟登高處，遍插茱萸少一人。」好像是重陽節思念家鄉親人的意思。照片上民宿旁就有一棵很大的刺蔥，樹莖都是瘤與刺，排狀的小葉也長滿了小刺。對純麗來說，刺蔥並不討喜。

純麗從小貯藏室拿出小行李箱，思量著該帶什麼衣服，三天二夜，那裡可以洗衣服，行李越輕便越好。跟丈夫說了，他有些訝異，這二十年來，除了早年回中南部探望及照顧父母，純麗從沒有一個人出去旅行。雖然日日在家，一點點的冷淡，幾年下來兩人之間就像隔層薄冰，夫妻就像共同生了兩個孩的室友，這些年丈夫大半睡書房的單人床，兩人早已沒有性生活，關係平淡得真如分租房客。

「玩得愉快。」丈夫還真像室友。

「嗯，晚餐自理了。」純麗知道這句話是多說，丈夫很少在家吃晚餐，只有周六日午餐，晚餐也說有約就出去了。

純麗的丈夫走進書房關了門後，整個屋子安靜得彷彿結了一層霜。

行李整理好了，純麗有些興奮，像小學時要去遠足，檢查了車票、錢包、身分證都穩妥的放在背包裡，連帽子、太陽眼鏡也都準備了。這也是純麗第一次覺得兒子離家讀書是好的。

十月天氣還是熱。早上上班時間的捷運擠死人，早知道就搭計程車。純麗心裡嘀咕著。走出捷運往台鐵方向，還有三十分鐘，純麗在便利商店買杯咖啡，雖然背包裡有瓶水，但純麗覺得如果靠窗的位置，喝著咖啡沿途欣賞車窗外的風景會更好。

坐進位子，果然是靠窗。行李小就擱在腳邊，純麗掛好背包，將咖啡放在杯架上，現在她是旅人，一個人走出蝸居的家。旁邊坐著一個像大學生的男孩，始終低頭滑手機。

純麗現在有LINE了，店員幫她設定好，也請她幫忙加了兩個兒子為好友。她拍了窗外停靠的另一班火車想傳給兒子。可是手忙腳亂就是不知怎麼傳。只好硬著頭皮請旁邊的男孩幫忙。幸好男孩不怕麻煩教了她，她操作幾次就熟悉了。她傳了照片給兒子，兒子回給她一張驚訝的臉。純麗不好意思再麻煩坐位旁的男孩，自己摸索著下載圖案，幾次下來終於成功了。

純麗想今天宛如重生之日。她從山頂洞人變成現代人，她走出穴居。火車開動了，烏黑地下道就像純麗過往的人生，即將成為過去了。車子停靠松山站，原本空著位子的都坐滿了，純麗的心情持續興奮著。

終於走出烏暗的地下，陽光嘩啦啦的潑進來，純麗像個快樂的遠足小孩，看著車窗外。

「我請你喝咖啡好嗎？謝謝你剛才幫我設定LINE。」純麗看到車廂那頭服務人員推著販售品。

「不用啦阿姨，那個很簡單。」男孩顯得有點不知所措。

「沒關係一杯咖啡而已，還是你想喝別的？」

「喔好，就咖啡。謝謝。」

純麗看著男孩慌亂的加糖加奶精，想起大兒子也是如此大剌剌。

「你還在唸書吧？」

「對，大三。」

「要去學校？」

「不是，我不是東華啦，是要回家，家裡有事。」

純麗沒再問話，深怕再聊會刺探到男孩不想說的事。小兒子曾告訴她，不要問東問西，如果他們想說就會說。

純麗一面喝著咖啡一面看窗外，過了瑞芳站後不知多久，車窗外是海景，心裡喊著「啊海！」，想起看過電影《看海的日子》，白梅抱著孩子看海。純麗想著最初白梅看海，及後來抱著孩子看海的心情都不一樣吧，自己看海呢當然也不同。純麗一直看著窗外，就算沒有海了，她現在是一個遠足的小學生，什麼都要看。

青春歲月如沙從指尖流漏，二十年的婚姻如蠶織繭，一絲一絲把自己封住。雖然不斷有名人有書告誡已婚的女性不要把自己限制住。純麗想婚姻是多麼不設防將人困在繭裡。

男孩睡著了，還算好看的五官。純麗仔細看著男孩，現在的小孩都好看，個個像韓劇裡男主角或男配角。兩個兒子也都比她和丈夫好看，而且經常出國或到處旅行，早早見過世面，氣度氣質都很好。純麗想起辛苦的爸媽，第一次去旅行是純麗上班了四年存了錢，幫他們報了團去日本的，純麗結婚前又讓他們去中國江南旅遊，婚後三年純麗度再讓爸媽去日本，隔年母親就生病了。爸媽一輩子農夫，旅遊就只是參加農會的進香團，能夠讓兩個小孩讀大學就很不錯了，偏偏養出一個敗家子，正可以享受晚年卻跟病魔纏鬥，哪裡也去不了，什麼享受也感覺不到，病終時那個最疼的兒子也沒回來送終，是堂弟代替捧斗，看著父親的棺材送進火葬，純麗放聲大哭，她沒有娘家可回了。如果爸媽現在還健在也才將近八十歲，她一定會帶他們四處走走。人生都是在遺憾中度過，純麗再也不要了，剩下的人生她要為自己活。

過了蘇澳，火車漸漸要進入山裡，隧道也越來越多，一下轟隆隆的黑，一下嘩啦啦的光。純麗覺得自己真的好像進入小孩的心境，敞開心胸去享受這次的旅行。

又是一個隧道，很長，長得令人害怕好像永遠出不來一樣。

火車一出隧道，乍開的光讓純麗眼睛不太舒服。然而，一雙眼睛，更正確的說是一道強烈的眸光，還有眸光旁的皮膚，純麗驚顫了一下，那是人的眼光，她看到了烏龜的眼鼻，她真的看到了跟人類臉般大小，烏龜的眼睛、鼻子還有微張的嘴。純麗完全忘了要觀賞車窗外的風景。那道眸光，那張烏龜臉，和她一樣驚訝的神情，一直盤在腦海裡。純麗怎麼想都不對勁，那是隧道口，依她判斷很可能是清水斷崖附近，底下是懸崖連接海，純麗沒看到烏龜身體，若依牠的眼瞼，應該是隻大烏龜，怎麼在那麼陡峭的地方？她確定彼此都看見對方，但烏龜的眼神為什麼那麼驚訝？而且那麼快的車速，她怎麼可能在一秒鐘看得清楚那雙眼睛及驚慌的神情？

連花蓮站到了純麗腦子裡全是烏龜的眼神，男孩跟她示意下車了，她還有幾站。純麗將早已冷掉的一點咖啡喝光，乘客幾乎下了八成，又零星上來幾個，她的座旁並沒有人坐。

車子再度開動了。純麗仍是驚魂未定，她提醒自己或許只是幻覺，或許是快速光的折射效果，她沒有看到烏龜，要集中精神再停個兩站就到了，她不能錯過，否則就到台東了。

販售員詢問要不要買便當，純麗看了一下手錶過正午了，還有三十分鐘才會到。她買了便當，原本想像旅途中吃便當的樂趣全沒了，她無滋無味的啃著排骨，一邊注意前方跑馬燈顯示下一站的訊息。

收拾好便盒、咖啡杯丟進收垃圾人員的垃圾袋裡，再十分鐘就要下車了，窗外的風光完全黯淡無光，純麗表情呆滯，她不再是早上那個要去遠足的小學生，是一只消了氣的汽球。

光復站到了。純麗拉著行李，那雙烏龜的眼神跟著她走下車。

終於回來了

好久沒有這麼好睡一夜到天亮。英鳳足足睡了八個多小時，是被窗外的陽光和外頭公園的人聲吵醒的。英鳳終於覺得真的回到台北了，而且沒有時差。在美國的住家一早只有鳥聲，不會有人和車子的聲音，有時一整天連一部車經過也沒有。一向不喜歡吵雜的英鳳竟然在人聲、車鳴中愉悅的醒來。

和玉映約十點鐘，還有四個小時，英鳳梳洗好走到客廳，四哥已在餐桌吃早餐。

「食飯，樣按早，冇睡好？」四哥一面喝著粥一面招呼英鳳

「睡得當好，食麼？按久冇食麼。」英鳳看到餐桌擺了一鍋冒著熱煙的粥，四碟醃漬物。她要阿蒂再煎兩個荷包蛋。

「食卵仔有營養。」英鳳夾了一個荷包蛋到英平碗裡。

英鳳慶幸四哥有阿蒂照顧，每日量血糖血壓，吃完早餐，阿蒂還推著四哥去公園走走，曬曬太陽和鄰居的老人聊聊天再回家。

「四哥等一下偓推恁去公園。」英鳳很快喝完一碗粥，放下碗筷對英平說。

「恁要去公園做嘛，阿蒂推偓就好。」

「阿蒂，妳洗好碗，打掃好就來公園接阿公。」

英鳳跟英平說想去公園走走，認識一下環境。

才六點半，公園涼亭下坐了五個老人兩女三男，另兩部輪椅上坐著八、九十歲的老太太。

英平用國台語交錯介紹英鳳。

「我想講汝這緊著娶一个少年某。」

「都是彼个住美國个小妹喔。」

「七十喔看起來那五、六十歲。」

「返來台灣佮好啦，有伴擱有所在通去。」

幾個老人你一言我一語的打量著英鳳。

「老周今天比較晚喔。」沒多久又一個印尼看護推著一個老先生。

「我家兒子和媳婦昨晚吵到半夜，害我沒睡好，早上起不來。」老周略帶山東腔說著兒子和媳婦為了兒子好像有外遇吵了一整晚。

英鳳覺得有趣，一群老人有閩南、有客家。有外省國台語交雜，大家似乎都聽得懂。只是沒有說客語，就像她在美國華語、英語、台語摻雜使用。英鳳發現四哥的台語說得很好，在台北做了四十年的生意又娶了閩南太太，台語幾乎是四哥的主要語言。

英鳳知道除非下大雨他們每天來這裡聊天兩個多小時才回家。英平是自從妻子過世後才參加的。

在美國不太可能有這樣的狀況，老人缺乏人照顧多半是待在安養院，不會有外籍看護，也不會有天天來公園聊天的朋友。英鳳想再過十年，她也會是這樣嗎？

「歹勢，我等一下有約，先走。」英鳳轉頭看到阿蒂來了，她將四哥交給阿蒂回家了。雖然秋天了，台北的天氣還是熱，才走這麼一小段路程英鳳一身汗。回到四哥家，她快速沖澡洗頭。等吹好頭髮換好衣服，已經九點四十了。

英鳳從李行箱拿出一個長盒子，這是要送玉映的，一條C牌難得沒有花、不鮮豔的絲巾。

英鳳想如果今天買到想要的寢具和日用品，她明天就搬過去，今天先把裝冬天衣物的行李帶過去，明天搭計程車去就可以了。

秋天的台北街頭沒夏日濕熱，玉映說前天下過雨，涼爽多了，往後每下一次雨就會涼一點。英鳳知道台北很難有真正的秋天，夏天拖泥帶水，過完中秋還纏綿個沒完沒了，非要到初冬才走得乾淨。

玉映帶英鳳到一家專賣歐式寢具的店。傢俱早在裝潢時設計師都安排好了，連沙發靠墊、茶几布、燒水壺、炒菜鍋、電子鍋……，設計師都依英鳳的喜好替她添了，布置時還用視訊讓英鳳看過。英鳳挑了一套淡紫色小鳶尾花、一套純白的床單被褥，五雙繡花拖鞋，四個枕頭。然後兩人到百貨公司的廚具部選購碗筷杯盤。

「要買菜嗎？」玉映的司機出來接手英鳳提著沉沉的碗盤。英鳳看了錶都十二點了。

「先不要，我們去吃午餐。妳還是要回妳四哥那裡拿行李啊。」

「嗯跟四哥說好了，吃過晚飯書煌開車送我去新家。」

兩人挑了百貨公司頂樓一家日式料理。

「有颱風喔。」兩人一坐下來，玉映就急著跟英鳳說。

「都快十月了還有颱風？」

「妳太久沒回台灣了，秋颱才厲害，有一年十月底大颱風，我家樓下還淹水呢。」

「我們都是花蓮人，最不喜歡颱風。」

「對啊，我家是木板加鐵皮屋頂，又在半山腰風大雨大，一個颱風來我們全家要擔心受怕好多天。」

英鳳想起小時候的颱風，不知為什麼年年都來每次都很慘重。那些害怕颱風的記憶一直到美國好多年都存在，一有風雨就以為是颱風要來。

英鳳想有些記憶會像潮汐一樣，定期的湧現；恐懼，或者陰霾隨著屋外的風雨不斷的滲透著，那是童年的記憶，現在，也還是夢魘。

總是渾身濕透，瀑布似的水匹自屋頂的鉛鐵片縫隙倒入，一片片的屋瓦飛在空中，然後，兩扇厚重的木門被撞擊開來，風夾帶著傾盆的雨勢，如水閘乍開……兩扇厚重的木門，飛向狂風暴雨的天空……。

木門並沒有飛搖在天空，這樣的夢境，如電影般，在七月，在八月，在夏季初秋，隨著夜的風雨淹進漫開。

風水輪流轉，颱風似乎也相信流年，總是幾年，或者十年的流轉；不管如何流轉，不管在他鄉或異鄉，不管木瓦房，洋房別墅，風雨交加的夜，陰鬱或者恐懼的心情擺盪著，纏夾著童年某種複雜的情緒。

颱風進到英鳳的記憶，大概是剛讀小學，或者更早。

百年來的經驗，花蓮人當然知道強烈颱風的威力，從觀天象、雲層的流動、田地的濕熱，以及收音機的氣象報告。雖然無法改變颱風的強弱和路徑，至少可以減損傷害。農人要提早收成，及早把尚未收割的禾稻納入稻倉，菜園的菜蔬能摘採的儘量摘採；颱風的前一天或前一晚，用木板條封嚴每扇窗牖，修補屋頂已毀壞的瓦片或鐵皮。最重要的是「料地牛」，這是花蓮人家每戶必備的防災設備；在每戶屋前的水泥或土泥院子、稻埕裡，深深埋著一個粗大鐵環，環圈露出地面，尖錐型的屋頂，從屋後緊扣著一條極粗的鐵勾繩繞屋頂盤到屋前勾住地面的粗鐵環，以綑住屋頂避免被強勁的風雨颳走。屋內的木門以二根粗圓的木棍如門閂般扣緊，以防被強風掀撞開來。

颱風前看著大人忙上忙下焦慮得像攢動不停的螞蟻，小孩感染到那份躁動的氣息，喜歡那份「有事情將要發生」的氛圍；難得一次颱風在白天登陸，這個正在進行中的事情，七歲的英鳳當然不會感受到強烈颱風可能造成的災害，英鳳好玩的透過窗板的細縫觀察風雨的行徑，雨像灰濛濛、輕飄飄的紗巾，被風一片一片的吹走，就不知道為什麼落在屋頂會如爆豆似敲擊著。坐在榻榻米上，英鳳注視著屋簷滴落鐵罐一顆一顆速度愈來愈快的漏水。鐵罐也從一罐到六罐，和室、客廳、爸媽的臥房，滴豆滴豆，像極了和尚敲著木魚。

颱風後，稻埕滿布著樹枝樹葉和殘破的傢俱、鐵皮，以及雞鴨的屍體。大人開始搶救最後的剩餘價值；女人們趕緊宰殺剛氣絕未久的雞鴨，屋後倒塌的竹林採割竹筍；男人撿拾可用的傢俱、農具，有人甚至冒險到海口撿拾漂流木。小孩子也加入搜尋可用的物品，忙碌攢動得像無頭蒼蠅。

英鳳不記得那次的颱風他們家是否災情慘重，只知道停電了幾天很不方便，而僅有的記憶卻是翩飛風箏的畫面和滴豆木魚的聲音。再來對颱風的記憶逐漸摻雜了不安、恐懼和陰霾。很深的夜，風雨好似一口一口噬咬著屋瓦般，黝黑的屋內，滴鬥滴鬥的漏水增添了煩躁不安，害怕那一顆顆滴鬥的雨水會散擴成一河的雨布，破屋而降落。

定居美國之後，好像有一段時間，颱風對英鳳像一座冬眠的火山，未來干擾生活。

「颱風現在對台北人應該影響不大吧。」

「是啊，怕淹水。郊區或中出部怕土石流。」

「可能是開發太過，房子也蓋得太多了。」

「天氣也怪。要喝酒嗎？」玉映低頭翻著菜單頭也沒抬頭問英鳳。

「不要，等我安頓好，我們再來喝。」

「等安頓好，我介紹幾個朋友給妳認識，或是出去郊外走走，總不態讓妳整日關在屋子裡。」

「好，我也想到全台走走，除了故鄉花蓮，我比較熟的是宜蘭，那是我先生的故鄉。」

「宜蘭還有妳婆家的人嗎？」

「有一個小叔跟他太太，子女都在國外，我也想過幾天去看他們。」

「那我們開車去，雪隧只要一個小時就到了。」

在丈夫事業最好的時候，曾帶著兩個小孩回宜蘭，那時公婆還健在，小叔在縣政府的觀光科班，對縣內的風景區最了解。那一次，他特意請假選在非假日帶英鳳全家上山走走。因為時間因素，小叔建議傍晚前就入山，一早的山景湖光很美。

小叔載著英鳳一家四口，由宜蘭進入山區，車行在松羅部落附近，天空開始下起細細的雨絲，天色逐漸暗了下來，英鳳看著窗外乾枯的蘭陽溪洲像是大山拖曳後留下來的痕跡，布滿灰的黑沙土和大小石頭，溪洲裡濁灰的小水渠背山流向海裡。

天色完全黑了，車燈有時打在雨中，有時像驅散團霧，英鳳和兒子女兒本來在嬉戲，因為天色昏暗停止了。連蟲聲也聽不見了，時間變得更漫長，愈爬愈陡，卻又望不見山頂，英鳳覺得山路無窮無盡似的。過了白嶺，過了見晴，終於到了太平山莊。

或許是為了環保或是減少光害，除了餐廳和咖啡館有昏黃的燈光外，整個太平山莊一片漆黑。

英鳳一家人和小叔住進了小旅館。不過，清晨四點鐘起床，英鳳的丈夫醒來，兩個小孩還熟睡著。兩人索性到屋外看星星；站在不見五指的屋外，望向太平洋的方向，眼前宛若極大的螢幕，夜黑如墨，蒼茫星宿羅列秋空，在太平洋海面的上方，布滿星星，銀河水霧般清晰可見，北斗七星就在額頭上。

清晨，霧水冷冽，小叔和兒女也起床了，像是走在停電的夜裡，英鳳他們要去看日出。可惜雲層濃又厚，一四一四一捲一捲的緊守著不肯離開山頭，於是他們去看湖，翠峰湖。他們走了部分的翠峰湖環山步道，小叔說要給他們看最漂亮的翠峰湖，不同面向、不同氣候、不同季節、不同時間，沒有一次翠峰湖是一樣的景致。

丈夫說讀高中時也曾和同學來此過夜看日出的翠峰湖。

英鳳意識到，雲霧有千百種變化，翠峰湖就有千百種面貌，林樹抽芽花開果落，翠峰湖就有日日不同的景色，季節嬗遞、陰雨晴陽，翠峰湖時時更換新妝。從望洋山的方向看湖，山巒、雲空、林樹倒影在湖中，翠峰湖山光潾潾，雲霧波動，絕碧山色在湖中迤邐，如幻似真。

吃過早飯，小叔帶著他們往原始林走去。一座以自然生態為準則的原始林，枯枝與茂林並存。林樹裡仿若一座充滿魔法靈異的場域，魑魅魍魎靜掩在某棵大樹的背後，或是枯死老樹的洞窟，連鳥都叫得有些心虛。英鳳牽緊女兒的手。

一整個上午，小叔猶如給他們上了一堂充實的森林生態學，小叔還特別對英鳳的兒女詳實的說明森林生態的重要，地衣如厚毯般的鋪長、不同植被的生長都是水土保持的重要一環。

然後，小叔說去看神木群。兩個小孩又蹦又跳。

在神木群路途中，小叔告訴他們這是一棵馬告（山胡椒）和刺蔥（茱萸）。英鳳聽都沒聽過。這一兩年小叔專研植物學，對林木花草知道的很多，他說當年該讀植物系的，幸好在觀光科上班常有機會上山，認識更多從未見的樹木花草。小叔像個專業的解說員，也像個植物學家。

英鳳觀察小叔和丈夫的不同，小叔完全落實在土地上，生活很充足，在父母親看來他比不上大哥美國銀行副董事長的風光，可是英鳳覺得他踏實很快樂，從他知道這麼多的森林知識。兩個兒女很佩服叔叔這麼飽學，像本自然辭典。

這些年疏於聯絡，偶爾小叔還是會寫 Mail 問候英鳳，英鳳知道他兩個女兒，一個留學英國，留在英國結婚工作，一個在外交部派任澳洲墨爾本。兩個女兒都很優秀。小叔剛退休，聽說當森林志工，太太在鄰近醫院也當志工。

「想什麼想得那麼入神。」玉映發現英鳳吃飯的速度減慢，最後停了下來，連服務生添茶都沒動靜。

「啊，想起我小叔他們，還有去過太平山的舊事。」

「玉映，我有點想做一些有意義的事，不想就這麼養老過日子。」

「有意義？志工嗎？」

「也可以啦，如果再大一點呢？」

「大一點？不會是開什麼慈善機構之類的吧？」

「不是啦，只是想跟一群合得來的人，也許可以做什麼？我也還沒有想到做什麼。」

「可以啊，過些天我找人聚聚。也許會激盪出什麼也說不定。」

這只是英鳳在回想過去的事，想到小叔的近況，突然有感而發，兩人吃過飯回至四哥家，書煌在晚飯後送她到新居，忙著整理，這件事也給忘掉了。

有關我們的傳說

晚上在沙上涼快些。胖茄冬長久在深山裡，習慣了寒冷，非常不耐熱，一到夏天便不愛出門，即使成精冷熱不是那麼直接，她還是喜歡冷，尤其台灣的濕冷她覺得很舒適。阿綠也不愛夏熱，深海裡非常的冰寒，阿綠喜歡極了，整個皮膚被水拂平了，還帶些潤澤。到岸上曬太陽是不能曬太久的，她的皮膚會癢會更皺。

「這幾個，我們看到人會聚在一起了。」胖茄冬對阿綠說。

「她們都認識嗎？怎麼湊在一起的？」阿綠有些質疑，雖然胖茄冬說這五個分別看見她們後可能會聚在一起，至於有什麼事就不知道了。

「緣分啊，她們在一起後，我們就要出發了。」

「她們看到我們會接受嗎？」阿綠知道出發就是要去找她們。

「怎麼不會？」胖茄冬用腳打了一下海水。

「我們很怪啊，像人類說的龜精樹精的，會害怕吧。」阿綠口有些乾，伸頭飲了一下海水。

「哪會她們聽多了，也看過我們。這個世界精靈鬼怪的傳說太多了。這個島國自有人類也上萬年，有文字紀錄使用也好幾百年，他們都寫過。走我帶妳去看一個地方。」胖茄冬究竟年長阿綠千歲，這塊土地上的奇妙事自然比阿綠多了。

胖茄冬帶著阿綠，依人類的說法，時速數百公里以上。不到十分鐘便從七星潭飆到礁溪、頭城間的海邊。

「看前面的龜山島，妳知道它的故事嗎？」胖茄冬指著在海上的島嶼。

「知道好像是一隻龜變的，但不知道它的故事。」阿綠看著海邊泛著月光，島嶼像在浮動。

「聽說是鄭成功進攻那時還叫葛瑪蘭的宜蘭時，看上海面上有個非常巨大的游動的東西，向著岸邊游來……。」

學者黃得時在〈國姓爺北征中的傳說〉記載鄭成功的軍隊：

越過三貂嶺，進攻葛瑪蘭方面去了。恰巧這時候，一望無際的太平上，有個巨大的黑物，很傲慢地在那兒吐霧。旁邊還有兩個白色的東西，或浮或沉的跟著滾來。

頃刻間，那個怪物，似乎由茫茫的海上，漸漸迫近這邊來了。

一直到了那個怪物逼近了來，大家才認知那是烏龜，白色的東西就是牠所產的卵。

看這情勢的國姓爺，坐在馬上，不慌不忙的，按鎗照準，向那龜精射去，只聽得「碰！」的一聲，接著一陣天動地的轟動，早已把那龜精打沉海裡去了。

未幾又浮起來，但是牠的甲上已被炸得個洞穴，同時霧也不會吐了，只死靜靜的浮在那裡。

後來這個被炸死的龜精，經過年深月久，遂成個山島，大家便稱牠做「龜山」。

這個故事是胖茄冬在某個人家，他正好在看這個故事，胖茄冬覺得有趣，也就掃進腦袋裡了。

「是這樣嗎？」阿綠知道這個島的存在是在她幾十歲時，她曾游來這裡，還在上面休息過，若是鄭成功的年代那就太晚了。

「當然不是，我比鄭成功來之前也曾在那座島上散步。這就是人類的傳說啊。妳知南投九九峰的地方有個叫大窟潭說有隻文龜妖，能預測風雨。還有，制風龜，他是踏著四隻小龜出來，他一出來風便停止。」

「其實，我們都能，不是因為我們有什麼法力，是我們的身體、溫度、濕度、氣候，我在海裡也能知道颱風要來，天上的氣候會影響海底的動態。中國最早不都是靠我族類的殼來卜吉凶的。」

「這幾年精靈神怪的傳說又開始盛行，人類相信確實有神怪妖靈之類的，是有，但人類多半沒見過，就只好靠想像了。」

「有關樹的傳說也不少，茄冬、榕樹、檜木好像特別多。」

「因為我們比其他的樹活得久，活久了怪事就會發生了。」

「聽說有人為你們的族類蓋廟祭拜。」

「石頭都有人拜了，何況是有生命的樹。好像在關西的某一條溪，據說一、二百年前漢人曾經在他們被獵頭番人追殺時，我族類讓他們躲進樹洞裡。」

「樹洞？只能躲鳥吧，能躲幾個人？」

「傳說，本來是一個小小的樹洞，連個人頭都塞不進，看到被追殺的四個人，樹洞在他們眼前張開如山洞那般大，四人躲進去後，樹洞自動縮小。等獵頭番人過去，樹洞才又打開，四人出來，樹洞又再閉闔。這幾個人為了感念茄苳樹救命之恩，回到村裡便和村人商量，蓋了間廟，日日清茶焚香。聽說現在還有人供香。」

「還有一個茄冬樹公的廟，聽說是清朝嘉慶來台灣，從鹿港登陸，因為舟船勞累，一上岸後在一棵老茄冬樹下休息，沒想到睡到很沉，醒來神清氣爽，覺得這棵老茄冬是神樹，於是封這棵樹為茄冬神樹，還蓋了廟香火鼎盛。」

「人類想像力真好，嘉慶根本沒來過台灣，台灣人還想像了一個『嘉慶君遊台灣』呢。」

「我也常看過老榕樹下的廟，大概都是對人類有恩，一直都有人燒香奉茶。」

「榕樹的傳說可能更多。人類會把百年千年的樹成精或神來供奉頌拜，但對一般的樹或花草都視為無感覺的植物。我說過吧，其實植物是有感覺有記憶的。」

「是啊妳之前說過，動物表現有記憶是可能認得對牠好或壞的人類，可能中過一次陷阱不會再誤蹈，可是植物的記憶不能有聲音，也無法移動，如何表現？」

「我有記憶有感情是從種籽開始，冒出芽時是多麼的興奮，長大長高後看到人類拿刀是多麼害怕。森林大火時我驚嚇到樹葉都掉光。我看過這樣對於植物的看法：植物能分辨人耳聽不到的聲音，能區別人眼看不見的紅外、紫外線等顏色波長，對於X光和高頻率電視的感覺特別敏銳。

這也是阿綠喜歡和胖茄冬聊天，她像個百寶箱精彩無比。

「我有一次在海岸山脈的八里山灣，有個阿美族的媽媽跟小孩講菸草，很有趣我就在旁邊聽了。

以前有一個美少女和一位青年戀愛，後來結婚了，可是沒多久新婚妻子不幸重病，妻子臨死之前對悲傷不已的丈夫說：「五天之後，你到我墳上，墳上會長出一些草葉，將這些碎葉卷起來點火吸吸看，你將會忘掉一切憂愁。這個草葉，就是菸草。

「這個傳說很徹底的將抽菸的狀態寫出來。原住民關於動物植物的傳說很多，台灣的漢人來台時間很短只有四、五百年，很多傳說還是從閩南帶來的。關於台灣的傳說原住民還是最多。中國有盤古開天，但在排灣族卻是舂米搗出來的；以前天很低，人都得彎著腰走路，舂米更不方便，一個男子就一舂一捅，就把天捅得高高的。很有趣吧。」

胖茄冬覺得人類的想像力無窮，在遠古時代天地、大自然都充滿著各種想像。

「就像我聽過鄭成功是東海的鯨魚轉世、台灣島原本是鯨魚，我想鯨魚一定很高興。有很多在海岸邊的地貌也都被原住民或漢人依形象想像出各種陸上或海上的動物。」阿綠知道有不少的岩石以海裡的魚鯨類命名。

「我聽說有個年輕人正在寫台灣的妖怪，有各種傳說，有妳我族類，還有各種魑魅魍魎……」

「他會寫我們嗎？」

「應該不會，他又沒看見我們，而且我們也沒什麼神蹟奇事。會寫我們的正是我們要去見的人。」

「喔，那個寫故事的人。他會寫我們嗎？」

「會，他一定要寫，他的存在就是為了寫我們的故事。」

我的神話你的傳說

純麗從火車站出來往右走不到二分鐘便是客運車站牌，等了約五分鐘，客運車就來了，還真如民宿老闆說的很方便。純麗選在司機後第二排，特別拜託司機到了提醒他。也許累了，純麗闔眼休息，那雙烏龜的眼睛不再晶亮的浮現，鬆懈的心情純麗在搖搖晃晃的車子裡半醒半睡，很快在司機的提醒下到了。

下了車，純麗看到站牌旁略略比自己年長的女人朝她揮手。

「妳好，我是陳雨虹，刺蔥民宿老闆。要幫妳拿行李嗎？」拉候向純麗介紹自己的漢名。

「不用，很輕就幾件衣服。」純麗跟著陳雨虹越過馬路往下坡方向，純麗看到不遠處的海，果然離海這麼近。不到三分鐘就看到兩棟兩層樓高的房子並列，房舍中間旁和四周栽種了很多樹和花，其中一棵高大像銀合歡的樹，樹身長滿刺瘤。

「那棵就是刺蔥，長太高了。妳知道刺蔥嗎？」拉候指著那棵刺瘤的樹。

「不知道，要來這裡時上網查了一下，但還是不了解。葉子上也有刺？」純麗驚訝的望著刺瘤的樹，這是她第一次看到這樣的樹。

「它就是王維〈九月九日憶山東兄弟〉詩中：『遙知兄弟登高處，遍插茱萸少一人。』的食茱萸。這一身都是刺的植物，在九月九日重陽節時爬山登高，臂上佩帶插著茱萸的布袋（古時稱「茱萸囊」），以示對親朋好友的懷念。」

「可是屈原卻將茱萸當成惡草，就如同李時珍在《本草綱目》中記載，茱萸的品質「辛辣蜇口慘腹，使人有殺毅黨然之狀」，這大概就像屈原眼中的「惡草」吧。是故，古人『懸其子於屋，辟鬼魅』。南朝時就有插茱萸辟邪的記載。九月九日折茱萸以插頭上，辟除惡氣而御初寒。茱萸雅『辟邪翁』。」拉候像背書一樣背了一長串，純麗只記得「遍插茱萸少一人」。

「採摘、處理都要小心，但味道很好喔，晚上要不要喝刺蔥魚湯？」拉館推開靠海面向屋子大門。

「喔，好啊。」純麗環視屋內，像咖啡館又像餐廳，木製的桌椅很素雅，整面落地窗可以看到二、三百公尺外的海，落地窗外是稻田，稻葉油亮亮像一大片綠色地毯。

「這是餐廳，有咖啡機和咖啡豆，隨時可以自助喝咖啡，也有茶包喝茶也可以，對了，還有欖仁葉茶包，後面是洗手間和小廚房可以自己煮消夜，有泡麵。穿過廚房有一間房間，樓上有三間，都是套房。妳要住樓下還是樓上？今天不是假日，樓上只有一間有房客入住。」

「我住樓下好了。」純麗看屋後都種了花草，她想去海邊走走，不必上下樓梯隔壁也沒人比較方便。

「這是我的名片，漢名是陳雨虹，原住民的名字是拉候。妳就叫我拉候好了，晚上六點吃飯，妳先進房間梳洗，可以去海邊走走，這裡很安全。」拉候領著純麗穿過小廚房到後面的房間。

放好行李，純麗洗了臉刷了牙，整個人舒暢起來。回到餐館，純麗給自己煮一杯咖啡，看著旁邊的茶包，原來是「欖仁葉」不是懶人葉。喝完咖啡，純麗往海邊走去。下午四點多，太陽還沒下山，沙岸上一片馬安藤，像牽牛花的土丁桂安靜的躲在沙岸角落，不遠處兔絲攀爬在灌木上像一張金黃色的網。還有更多純麗不認識的藤狀植物沿著岸邊翠綠的生長著。走在往海邊的小路，風從海面吹來有淡淡的海水味道，另一邊的沙灘上有兩個人在撿漂流木或石頭。

純麗走到觀海亭，海風吹得更猛，卻也涼爽許多。望著海面波浪不大，遠處有大貨輪，像小孩子玩的小汽車一樣，近一點有一艘魚船往著右邊的小港口行進。這就是海邊，純麗嚮往已久一個人旅行的海邊。

從觀海亭下來，純麗往沙灘走。

「來旅遊的嗎？」撿漂流木的一對皮膚黝黑的男女向純麗打招呼。

「是，你們在撿石頭還是木頭？」純麗看他們手上有漂流木也有黑色的石頭。

「主要是漂流木啦，撿回去做籬笆布置。」男人抬頭露出笑容。

兩人把十多枝一、二公尺長的漂流木綁成兩大綑，一人抱著一綑。

「我們要回去了，妳住刺蔥民宿嗎？我們住在公車站的後面。再見了。」

「拜拜。」

純麗看了一下手錶，五點半了，天色暗了些，大半個太陽已經沉入山頭，澄紅色的霞光暉染著山巔的雲。純麗不自覺讚嘆「真是好看」。

純麗彎下腰，用手划著海水，海水變涼了，海的盡頭是黯藍色，天就要黑了。純麗慢慢走回民宿。

「回來了。再過十分鐘就可以吃飯了。」拉候一看純麗推開門進來揚了一下手上的筷子。

「我先去洗一下手。」純麗看到兩張餐桌上擺好了餐巾紙、碗筷。

純麗回到房間，快速的沖個澡，剛才在海邊還是流了不少的汗，也沖掉腳上的海沙。走到餐廳時，飯菜都擺在桌上，一對年輕男女剛就坐。純麗聞到特殊的如檸檬的香味。

「這兩位是剛到旅客，今天兩個主菜都是魚，所以湯就是刺蔥雞湯，你們一定沒喝過。飯湯不夠可以自己再添。吃完飯我再來手沖咖啡，或泡茶也可以。」拉候將兩桌的客人互相介紹後就走回另一棟房舍。

純麗坐下來，四人的餐桌就她一個人坐覺得很寬敞。一小盤生魚片、一尾鹽烤台灣鯛、一盅蒸蛋、一盤生菜莎拉、一碗五穀飯、一碗刺蔥雞湯，菜色算豐富，量也夠多。純麗沒喝過刺蔥雞湯，先喝一口，味道很特別，極淡酸味卻帶點很難說明的香氣，雞肉塊是仿土雞軟嫩適中，鹽烤台灣鯛滑嫩新鮮。自己旅行的第一餐吃得非常滿足。隔壁桌的年輕男女一邊對食物讚嘆，一邊說笑打鬧，純麗想雖然一個人旅行很自由，但有個伴還是比較好，可以分享可以打鬧。

「你們要喝手沖咖啡嗎？這鄰近的人種的，十年了最近總算烘豆的技術進步很多。」拉候手腳麻利的收拾了桌上的碗盤筷子。

「我怕會睡不著晚上不太敢喝咖啡。」純麗看拉候用長托盤拿出沖咖啡的紅色陶瓷濾杯、銅製的長嘴沖水壺、四個厚實的陶杯。

「好的咖啡、中淺焙的咖啡不會讓人睡不著。試試看。」拉候不等純麗拒絕開了上的磨豆機嗄啦啦的響著。

「先聞聞看。」拉候斟了四杯八分滿的咖啡遞到每個人的面前。

「酸酸的，顏色沒有很黑耶。」年輕男人先說了。

「喔忘了正式介紹，他叫張仕揚，他女朋友楊佳妤，這位李純麗小姐。喝喝看不要加糖和奶。」拉候介紹完三個旅客，聞著咖啡，然後啜一小口。

確實這不是純麗常喝的咖啡，她大半是便利商店或跟朋友在咖啡連鎖店喝咖啡，多半帶一點焦香澀苦，她一直以為這才是咖啡的香氣和味道。這杯咖啡略略帶酸味，像是某種水果的酸味，顏色像栗子皮，味道說不出來，但不難喝。她想起玉映曾帶她去喝單品咖啡，一杯二、三百元，那時玉映好像也介紹了，可是純麗喝不出來。

「有豐年祭嗎？要買門票嗎？」張仕揚皺著眉頭嚥下一口咖啡。

「豐年祭是八月初，過去了。還有年祭是我們的祭慶，不是表演不賣門票。但還是歡迎明年你們來參觀。」拉候略帶微笑的回了張仕揚。

純麗注意到放咖啡機的右側有一排書，好像都是介紹原住民的書，有好幾本都跟神話有關。

「不好意思我不懂，你們的祭典也是一種類似漢人的拜拜嗎？」四個人安靜的喝咖啡，純麗想拉候一定遇到三個對原住民的祭典完全白痴的人，於是她小聲的提問。

「差不多啦，我們也有很多像漢人的神，多半我們叫祖靈，如果有興趣那邊有好幾本關於各族原住民的神話及有些祭典的由來，可以拿去看。為了讓來這裡的人聽海浪聲聽大自然的聲音，房間內是沒有電視的，你們可以看看書聽聽夜晚的海濤聲。」

「這裡晚上有什麼可以去走走看看或什麼夜市嗎？」張仕揚的女友終於開口了。

「沒有喔，這裡除了海、稻田、房子就沒別的了，便利商店也就在車站那邊，算是這裡的夜市吧。」

「那你可以借我們機車嗎？我們想去附近夜遊。」張仕揚好像來到無趣之家，亟欲掙脫出去。

「這裡沒有機車，有車子但無法借你們，為了安全緣故。」拉係彷彿看著一對困獸逐漸疲軟鬆懈。

「那我看書好了，可以拿到房間看吧。」張仕揚終於放棄外出的打算。

「當然可以。歡迎。那就晚安囉。」拉候收好咖啡杯端到另一棟她和父母住的房子。

純麗平時沒有看書的習慣，看著這一長排的書，大都和原住民有關的，還真的很難選，她幾乎每一本都翻了一兩頁，還是不知選哪一本。純麗像抽籤一樣拿了兩本，她想萬一本不好看還有第二本。

「有一次大洪水，許多的山都由於雨水太大，泥土被雨水沖失而崩塌。大烏萬社的兄妹兩人也被大洪水沖走。然而他們很幸運地捉住了拉戛戛草（Lagagaz）才免於被沖走。等洪水退了之後，原來的部落已被洪水沖走，連一間屋子也沒留下，菜園也不見了。看了這淒慘景象，兄妹兩人只有整天哭泣。

就在他們不知道怎辦而哭個不停時，忽然看到一隻半截的蚯蚓。不一會，蚯蚓大便時，牠的糞卻逐漸高了起來，經過幾日竟成了一座新的山。兄妹還在山上找到一只鍋子，不過已經壞了。

他在新的山定居下來，但是由於沒有火而苦惱。

有一次，偶然看見一隻甲蟲，嘴巴咬著一隻身上著火的小昆蟲，兄妹兩人奇怪地走近甲蟲把牠提回家。從小蟲身上的火引接燃燒，並且每天都小心的保留火種。他們的火從來沒有熄滅過，一直延續到今天。兄妹兩人漸漸成長，蚯蚓糞便變的山也越來越高越大，已經可以栽種農作物了。可是他們又沒有可栽種的地瓜和玉米的種子……。」也許沒有連續劇、沒有綜藝節目可看，純麗洗完澡試著定下心來看這本關於排灣族的祖先誕生的神話傳說。因為像故事純麗真的看下去了，跟童話很像，兒子小時侯她拿著《格林童話》、《伊索寓言》唸給他們聽。

看完第一則，純麗跳著看。另一個是關於排灣族的地名。

從前有一個獵人上山打獵，獵到一隻鹿，當時天色已晚，把鹿抬回獵寮支解，就順手丟個地瓜在火堆中烤，等熟時想要來吃，卻找不到地瓜。

他又放了幾個地瓜在火中，但仍舊找不到，他知道有妖怪在惡作劇，便拿出隨身攜帶的磨刀石在火中烤。

這回妖怪發現地瓜太燙了，想要放在溪中冷卻，獵人知道妖怪來偷，便取出佩刀在石頭上磨一下，妖怪聽見聲音很慌張的摔一跤，放下磨刀石就跑。

所以那個地方叫「柏也柏彭卡那」，就是妖怪跌跤的地方。

純麗看完笑個不停，覺得太有趣了。她突然想起丈夫喜歡看日本漫畫，從結婚前至今，尤其是跟鬼怪有關。他的書房除了和他工作有關的書，最多的就是日本漫畫。

有次純麗覺得好奇，在整理書房時翻了一下，其中一本是關於日本妖怪的漫畫事典。好像是水木茂畫的，她知道丈夫讀大學時就迷上水木茂的《鬼太郎》，他說上班出差到日本在書店都會去買日本的鬼怪漫畫，或介紹鬼怪的書籍，丈夫懂得日文閱讀沒問題。後來兩個兒子小時候很喜歡宮崎駿的漫畫、卡通電影。丈夫會陪他們看。他也告訴純麗，其實宮崎駿很多漫畫人物，靈感都是來自日本妖怪傳說，他說《霍爾的移動城堡》中的卡西法就像日本妖怪「姥火」，《神隱少女》中的無臉男就像「無臉妖」。那時純麗的丈夫在晚餐後會跟兩個兒子講故事，但講的都是日本的鬼怪，兩個兒子嚇得躲到純麗的身後，純麗要丈夫挑一些比較有趣且不可怕的鬼怪故事，說給兒子聽，但兩個兒子都嚇得搖頭。

對於日本的妖怪傳說都是從丈夫那裡得來的，可惜純麗不懂日文，無法了解為何丈夫如此熱愛日本鬼怪漫畫。

看著排灣族的神話傳說，純麗終於知道原來這些神話或鬼怪傳說真是有趣。讀了好幾則排灣族神話後，純麗又翻了賽夏族的口傳故事和阿美族、泰雅族的神話，純麗發現關於紋面兩族人的傳說很像，都是兄妹結婚，妹妹為了綿延子孫，在島上只有哥哥是男人的情況下只好紋面，夜裡瞞騙哥哥合婚。

純麗看到一則排灣族關於粟（小米）神和穀神年年結婚和離婚的故事：「Tiakalaus是管粟的神住在山上，和專管穀的神Salakumas住在日出的海上，他們每年結婚，然後就離開了，因為Tiakalaus對穀物過敏，而Salakumas對小米很厭惡。在初春播種時結婚，在小米和稻穀收成時兩人就分開了。Salakumas很得意每年結婚時可以收到高貴的聘禮，在離開時又會收到賠償財物。」

純麗很喜歡這樣的傳說，這在現今的社會是不可能存在的，若能如此，每對夫妻年年都可以談戀愛了。

夜很深了，屋外青蛙咯咯呱呱叫個不停，還有不知名的幾種蟲籟，迴響在屋子的四周。純麗闔上書，突然想起白天看到的大烏龜，看了這麼多的原住民神話傳說，純麗不再害怕白天看到那隻大烏龜的眼睛了。純麗想也許她進入了原住民的神話區，看見大神龜是很正常的。

也許太久沒看書，純麗覺得眼睛很瘦澀，躺下來沒一會兒便睡著了。

朦朧中有人一直拉著純麗的手臂，純麗睏得乏很不想起床，拉扯的力道似乎更強了，純麗費力的睜開眼睛，模糊中有一張臉，看不清楚五官。純麗嚇得全醒了，難不成睡前想到無臉妖，真的就來了？

純麗按了床頭旁的開關，一張稱不上是臉的臉貼近她。臉寬寬大大皮膚極為粗糙，五官模糊。純麗終於看清楚，那是一張樹臉，應該說是一截樹幹，有著模糊五官的樹幹。

「是不是她？」樹臉糊著聲音，純麗以為是對她說話。

「對！就是她！」是女性的聲音。從樹臉身後露一張又皺又老的臉。純麗整個嚇醒了，是那在隧道口看到眼睛，是那隻大烏龜，但在那截超級胖的樹臉旁，就顯得小了。

「妳們要幹什麼？妳們是誰？妳們……」純麗結巴、語無倫次。

「別害怕，只是來看看能看見我們的人是怎樣的人。為什麼妳能看見我們？」

我怎麼知道，我只看到烏龜沒看到妳這截樹……」純麗不知該怎麼稱呼有臉的樹，但想起在隧道口看到的那雙烏龜的眼睛。

「呵呵~我叫胖茄冬，阿綠總是這麼叫我，喔，她叫阿綠，因為龜殼上有一圈綠色。」胖茄冬堆起笑臉，眼睛、嘴巴全成了一條線，五官更模糊了。

「妳們怎麼能……能……能說話？」純麗還是處在驚嚇的狀態，一棵樹一隻烏龜會說話，簡直是天方夜譚。

「我們就是妳說的樹精、烏龜精，我們活了數百、千年，當然會說話。別怕只是好奇來看看妳。」阿綠咧著嘴對純麗笑著說。

「樹精、烏龜精，妳們是死了還是活著？」純麗看阿綠咧嘴的樣子像極了開心的小丑，心裡的恐慌逐漸消散，覺得她們看起來很和善。

「我們還活著，我快二千歲，她三百多歲。我們能脫離笨重的外形來去自如。」胖茄冬刻意轉個圈，露出輕快流利的動作。

「很多人都看見妳們嗎？」純麗放鬆靠著床頭。

「沒有，只有很少的人看到，看到阿綠比較多，阿綠有幾個？」胖茄冬轉身問阿綠。

「好像有三個。連妳。」阿綠看起來比較害羞，說話的聲音細細的。

「我是兩個，妳不算妳剛說沒看到我。奇怪為什麼妳們會看到我們？我說的妳們是現在還活著的人，以前也有人看過我，以前就是這一千多年來。」胖茄冬在床尾坐下。

「看到妳們會死嗎？」純麗聽到「還活著的人」神經又緊繃了起來。

「不會啦，我說的是過去的人啦，這一千多年來都有人看過我，但很少，一百年中大概幾個人而已。」胖茄冬看純麗緊張的樣子，趕緊擺個笑臉。

「為什麼來看我？」純麗不太了解胖茄冬和阿綠專程來看她的目的。

「我們……」一陣由弱變強的「鐘塔」聲音，嚇得胖茄冬和阿綠急的閃走。

純麗尋著聲音發現是她手機的鬧鐘聲。

純麗睜開眼睛按掉手機鬧鐘，原來是做夢啊，純麗鬆了一口氣。

梳洗完走到咖啡廳，張仕揚和女朋友已在吃早餐了。

「早安，睡得好嗎？吃早餐了。咖非或茶請自己來。」拉候親切的招呼純麗，端上一盤西式套餐。一份小的火腿三明治、小小的可頌、一份歐姆蛋、蔬果沙拉、一杯牛奶。

純麗朝張仕和他女友打個呼，倒了一杯咖啡，坐下來朝咖啡兑了牛奶，大大喝了一口，才開始吃早餐。

「陳姊，這裡有可以租機車的地方嗎？」張仕揚和女友吃完早餐。

「有，就你們昨晚下客運旁邊有一家可以租機車。」拉候邊收拾餐具邊指向門外的地點。

「可是昨天我們下車怎麼沒看到？」張仕揚有些不相信。

「喔可能昨天不是假日沒生意早早關門了。」

「好，我們晚上不在這裡吃飯喔。」

「我知道，你們有想去哪裡嗎？」

「我們早就規劃好了。」

「那玩得愉快，騎車小心。」

張仕揚和女友手牽手走出民宿咖啡廳。純麗才吃完三明治和蔬果莎拉。

「妳看起來精神不太好。」拉侯將餐具送到隔壁房子，隨即回到咖啡廳。

「嗯，昨晚看這裡的書看晚了。」純麗又去倒咖啡這次沒兌牛奶，也沒提做夢的事。

「好看嗎？有人說太扯不合邏輯？神話當然是不合邏輯啊，不然怎叫神話。」拉侯像說給自己聽，音量很低。

「我覺得還不錯，很久沒看書了，不過很有趣。」純麗有點擔心拉侯會問她想法。

「那就好，今天想去哪裡嗎？」拉侯轉移了話題，她想純麗也許只是翻翻，客套話說有趣。來這裡度假何必像考試。

「沒有耶，本來只想來看海，不想像觀光客。我待會出去走走。」純麗只想離開家，一個人走走、看海、吃飯。就像玉映說的真的一個人去度假旅遊。

「妳也可以從妳昨天下車的地方往南走，有一座紅色大橋，過了大橋往右邊有一條小路，可以到一個小小的村落，我們的蔬果都是從那裡買來的。」拉侯也倒了一杯咖啡，在純麗的對面坐下來。

「可以喔，我吃完早餐就去走走。那地方有可以吃中飯嗎？」純麗慢條斯理吃著歐姆蛋。

「只有一家很小的小吃店，今天不是假日不知有沒有開，若沒有，妳先打個電話給我，我會準備的。」

「好，若沒有就要麻煩妳了。」

純麗吃完早餐已經九點了，她放下餐具到房間刷牙、上廁所。屋外有太陽但旁邊白雲層很厚的堆成一大片，感覺削弱了陽光的熱度。純麗戴了軟布的遮陽帽、太陽眼鏡，後背包裡有摺疊式陽傘，萬一下雨可以用得到。純麗用小水壺裝了咖啡廳裡的茶水塞在後背包的旁側。

純麗覺得像是小學生要去遠足。

拉候坐在靠窗的椅子，桌上一疊文件，看來忙著處理什麼資料，純麗和她打聲招呼便走出咖啡廳。

照著拉候的指示，純麗走了十幾分鐘才找到紅色大橋，在交通便利的台北，純麗剛開始還真有點不習慣，走著走著心放鬆了，步伐也慢了，沿途沒有人也沒有車，連呼嘯而過的機車都沒看到。純麗用手機拍了白雲下的山、海，還有路邊一些不知名的花草，奇怪的是怎麼拍都好看，像一張張的明信片。純麗在橋邊靠著欄杆，看著橋下淺淺的水流向出海口。幾隻白鷺鷥棲在樹枝上，她覺得真是來對地方了，即可以看海，又有山村可以走。過了大橋右邊果然有一條小路，兩旁都是雜草花樹，風微微的吹著，純麗感覺身心都舒暢起來，這就是秋天了吧，她摘下帽子收進後背包裡。

大概走了二十多分鐘才看到幾棟大小不一的房子錯落在依山而上的小梯田旁。小梯田遠遠看不像種稻子，大概就如拉候說的蔬果吧。純麗用手機拍了遠處的梯田。這裡真的就是道道地地所謂遠離塵囂的鄉下。純麗想自己在南部的故鄉已經不是鄉下了，有一排排的透天厝，還有便利商店，還有小市場。

這裡離海有一點遠，若站在高處沒有大樹遮蔽的地方還是可以看到海。小梯田有人在鋤草，有人摘菜，這幾棟的房子有的用木頭有的是水泥蓋的，屋後好家人養了雞鴨，有的田種了蔬菜有的種了橘子、甜柿都結果了，正由青綠轉紅。純麗覺得像是世外桃源，不知何年何日，好像遺世而獨立的一個地方。

「妳哪裡來的？」菜園裡一位婦人站直身子，手上還拿著剛拔的菠菜，菜根上掛著厚厚的泥土。

「台北。菠菜好新鮮喔。」純麗有二、三十年沒有踩在家裡的菜園了，看到新鮮翠綠剛摘菠菜，心裡有一股悸動，那是她的童年、青少年的歲月，那塊再也踩不到的土地，還有再也見不到的父母。

「妳也知道這是菠菜喔，我以為台北人都不認得種在田裡的蔬菜。妳住哪個民宿？」婦人綁著頭巾，看不出幾歲，露出缺了一顆門牙的笑臉。

「刺蔥民宿。我當然知道，我每天要做飯菜的。」純麗本來想說自己也是農家出生，也不知為什麼突改口了。

「喔那個縣議員家。要買菜嗎？沒有農藥喔。」婦人又彎下腰拔了一束菠菜。

「不用，還沒有要回台北。那是甜柿吧？」純麗指著另一塊田裡紅色的果子。

「對，妳要買嗎？」婦人放下波菜走到柿子園。

「好，給我五顆，橘子也是，我可以自己摘嗎？。」純麗也走進柿子園，只有部分的柿子是橙色，多半還有些淡綠色，然而她很想親手摘。

「可以，要看可以吃了才能摘喔。我去拿塑膠袋，妳可以摘。」婦人往屋子方向小跑步。

純麗仔細看著果樹上的甜柿，這是近幾年在台灣栽種的日本甜柿，小時候她吃的水柿，橙紅色還沒有軟的水柿非常澀口，得泡過石灰水才會變成甜脆的柿子。

「塑膠袋來了。」婦人揚著手上的塑膠袋。

「那一棵是什麼樹？屋子後面葉子很多。」純麗望向婦人看到她身旁一棵葉子很茂盛，看起就像芒果又不太像，純麗認得土樣仔，那個有點像但不是。

「喔，養雞旁邊那一棵嗎？Kamaya。」

「對。Kamaya是什麼？水果嗎？」

「對啦，是毛柿啦，上個月底全都摘光了。」婦人將純麗摘的略橙色的柿子放進塑膠袋裡，轉向上方的橘子樹。

純麗沒聽過毛柿，她只知道水柿。

「好吃嗎？我沒見過。」

「很好吃，現在只有部落才有啦。」

「柿子跟橘子放一袋就好。多少錢？」純麗沒看到磅秤。

「隨便啦，清菜賣啦，這樣一百塊啦。」婦人又摘了兩顆青綠色的橘子丟進袋子裡

純麗知道這真的是隨便賣，柿子和橘子都算大。

純麗放下塑膠袋跑去拍毛柿樹，她從來都不知道原來還有毛柿。

「這裡都沒有人住嗎？只有妳嗎？」純麗環視四周，都沒有人，幾棟房子只有一個人？

「有啦，他們去港口賣菜賣水果，我先生去鄉公所辦事情，兒子去上班。」婦人指著這家、那一家說著每家的人都去做什麼。

「那是小吃店嗎？」純麗拍好照片，看一下手機十一點了，有一間房子掛了一個小小的招牌好像寫著「小吃店」。

「是啊，可是今天沒開喔，昨天也沒開，明天也沒有開喔。他們去台中看女兒生小孩了，過兩天才會回來。」

純麗給拉候打了電話說要回去吃中飯。純麗又看了田裡一些蔬菜，有快要可以拔的白蘿蔔、小芥菜、蔥、高麗菜……菜樣很多種，但種得不多。另一邊種的幾乎是水果，

有火龍果、柚子、龍眼、蓮霧……。如果不是住在民宿，純麗真想帶些剛剛從田裡拔的蔬菜。

手上提著十二顆的水果，純麗無法再往山上走，只好往民宿走，走了一小段路，純麗汗涔涔有點吃力，她將五顆甜柿放進後背包，手上只剩橘子輕鬆一些。中午太陽有些熱，純麗把遮陽帽戴上，提著柿子和橘子往刺蔥民宿走回去。

一路走走停停，純麗走回民宿剛好十二點。

「馬上可以吃飯。」拉侯看到純麗，收起桌上的文件，走回另一棟房子。

「不急我進去洗手洗臉。好熱。」

純麗洗好臉，留了三顆橘子三顆柿子在梳妝台上，其餘的帶了出來。

「這裡有我剛去部落買的柿子和橘子……」純麗把柿子和橘子放在咖啡機旁，發現端菜進來的不是拉侯，是一個八十多歲很優雅的老婦人。

「妳好，我是老闆的媽媽。」拉侯的母親用托盤端了兩盤菜進來。

「這是我媽媽，一起吃午餐。」拉侯跟在後面，托盤上也是兩盤菜。餐桌上有一鍋湯。

「陳媽媽好，我叫李純麗，住這裡很舒服。」純麗看桌上一盤白斬雞、一條乾煎魚，兩盤炒青菜和一鍋排骨蘿蔔湯，和過世的母親菜色非常像。

「我媽說中午就跟我們一起吃，所以沒特別為妳做菜，這頓飯不收錢的。」拉侯添了三碗飯，要純麗坐下。

「這樣很不好意思，打擾你們，看多少我還是要付餐費啦。」

「一餐飯而已，就跟我們吃，剛好我表哥來載我爸去部落裡，反正是三人份的午餐，別客氣坐下來吃飯。」

「謝謝，謝謝陳媽媽。陳媽媽很漂亮氣質真好，請問幾歲呢？」

「我八十三歲了，謝謝稱讚。」

純麗真的看不出拉候的母親八十三歲了，比自己的母親要大幾歲，看起來很硬朗。

「我媽媽很健康，做飯打掃都自己來，每天一大日就跟我爸去走路，走了快一個小時才回來吃早飯。」

一邊吃飯三個女人一邊聊天，拉候說她母親的過去，也約略談自己怎麼想回來部落。純麗也談了自己的家庭以及為什麼要一個人來看海。

「阿美族的神話很有趣，昨晚看得太晚，害得今天早上精神不好，不過出去走走真好。」

「妳喜歡神話嗎？」

「以前不知道，其實大學畢業後看的是和工作有關的書，結婚後看的是育兒書和食譜，剛看這些神話時有點讀不下去，睡不著強迫自己讀了幾則就好很多了。」

「其實原住民的神話真實性不多，那都是祖先的想像力，以及看待事物的態度。不能以科學角度去驗證，當作看故事就好。」

「好像原住民的祖先由來都是洪水的關係。所有動植物都有靈。我就是當故事看，像兒子還小時我讀《伊索寓言》給他們聽。」

「是啊，洪水神話不只是原住民呢，它幾乎是全世界人類起源的創世神話。有興趣的話晚上可以再看。小時侯我媽都會說這些祖靈的傳說給我們聽喔。」

「真好，我媽媽都沒有，工作太多太累，晚上收拾好就是睡覺了。」

「那個年代大概只有老師才有時間或能力跟小孩講故事。」

「我很喜歡阿美族那個海神和巨人的故事。」

「喔妳說的是海神卡費跟巨人阿里卡蓋，據說那是阿美族海祭的由來。小時侯我們不乖乖睡覺，我媽都會說阿里卡蓋要來吃小孩子了。」

「我們是鳳陽婆或魔神仔。只說會來捉小孩，但不知道什麼故事。」

「大人都喜歡用這些神怪來嚇小孩，我們的小孩大概就是大野狼之類的吧。」

兩人有趣的共同話題竟然是神話、傳說。純麗想了很久終於想到母親或父親曾說過的神怪就是床母。可是對於床母的故事就像鳳陽婆一樣，沒有具體的來源，也沒有延伸的傳說，純粹嚇唬人，不像原住民都有故事。

「那是因為漢人來台灣的時間較短，又承襲從閩南帶來早已存在的傳說，不像原住民在台灣的年代很久很久，又因沒有文字，就只能靠口傳了。」

「妳對妳們的神話知道很多。我們知道的比較多都是中國民間故事。」

「也沒有很多啦，因為回來部落所以買了一些書，也跟很多在部落的長老、年青人聊天，就知道一些。」

「想問妳一個布農族的異象故事，可是好像沒有結尾？射殺木鼠，突然出現一隻小狗，他扔了一截樹枝嚇跑小狗，也嚇跑木鼠。Alan去追小狗，小狗從斷崖滾落，然後逃走了。

Alan看見一隻山雞飛來，立即捉住牠，升火烤山雞，卻怎麼也烤不熟，竟然翅膀拍一拍飛走了，Alan很害怕趕緊逃回家。」純麗覺得這個故事沒結尾，就只是害怕跑回家，從開始到結尾沒什麼故事。

「這只是在說一個靈異現象，不是一般的傳說或神話，得有某種意義或啟示和傳說的寓言或民間故事不一樣。各族原住民都有不少這樣的異象傳說。」拉候知道異象傳說很多是警告作用，描述當時狀況，只是沒有再往下說明後續發展，讓人覺得意猶未盡。

「妳相信有神怪嗎？」純麗突然想起清晨的夢，還有在隧道口看見大烏龜的眼睛。

「小時候相信，長大後不信。這些年看了很多的原住民神話傳說，有些現象是相信的。」

「我也是，我想起小時候，我堂妹一出生，背部一片黑紫，我阿嬤說那是床母做記號。我媽媽說床母會跟小孩子玩，所以小嬰兒會在睡夢中笑或哭，我很喜歡這樣的說法，好像多一個人來保護嬰兒。」

「很奇怪這些沒有科學根據，有的甚至很荒誕，可是就是很迷人。我是人到中年後對神話鬼怪傳說有不一樣的看法。」

「我第一次講這麼多話，而且是我從來都不曾聊過的話題，謝謝妳們的午餐。」

「我也很少跟住宿的客人聊到這方面。雖然放了書在這裡，幾乎沒有人會帶進房間看，大致翻一翻就放下。對了這裡有我媽媽昨晚做都倫，就是阿美族的麻糬，沾花生粉很好吃。」

「我吃過一次，二年前來花蓮旅遊，朋友買的。聽說是用小米做的。」

「對是用哈拜，就是小米做的。」拉候的母親一直安靜的聽她們說話，有時點頭有時微笑。

「這很像台式的麻糬，很Q軟，跟在禮品店買的不一樣。」

「當然，禮品店的恐怕一天後就硬掉，有的加了其他的粉。這個配茶很好吃。」拉候倒了兩杯茶，一杯放在純麗前面。

「謝謝，這頓午餐太豐富了，我好像來上課又有吃喝的。有橘子和柿子雖然有點青綠，賣我的人說已經可以吃。」純麗起身拿了三顆橘子和三顆柿子放在桌上。

「謝謝水果，去睡個午覺，傍晚可以去海邊走走。」吃完橘子拉候站起身要收拾碗筷。「我來幫忙。」純麗幫著收杯子和桌上的雞、魚的骨頭。

收拾好碗筷，拉候的母親不讓純麗洗碗，趕著純麗去午睡。這時是下午一點多。來回走了一個多小時的路，昨晚又沒睡好，純麗累極了，還是沖了澡梳洗後才躺下來。

下午四點，純麗手機的鬧鐘響了。純麗撐著厚重的眼皮，摸到了手機。雖然很想再睡，可是一想到再晚些天就要黑了，就只剩今天下午可以去海邊走走。純麗費力的起身，拉開窗簾，陽光還在比起中午弱了許多，有點秋天的況味。這最適合去散步了。

純麗連太陽眼鏡也沒戴就往海邊走。這次她往跟昨天相反的方向。

今天的陽光比昨天稍稍溫和些，曬在皮膚上不會燙，海風一吹覺得很舒服。純麗腦中浮起「溫煦」，不知是不是這個感覺，如果真要用文字來表現，她一定會用這兩個字。突然想起S，有三年多沒見了，也沒聯絡不知是不是還在崑山？那是最後一天見面時他說即將去的地方？如果是S是不是會用爵士樂來表現今天的陽光？那是一段鬼迷心竅的日子，但她很喜歡，也沒什麼好後悔。人生有一小小扇窗被打開了，一小段岔了出去的軌道，一小扇不一樣的風景，對她幾十年枯澀的人生有了一點潤澤。

這三年來，純麗很少想到S，也許她都讓C去回憶，而C早已躲得（或許是藏）不見人影了。

海邊的岩灘有人像在撿拾海螺或貝類，戴著斗笠蹲著身子，看不出是男是女，是老是少。不遠處有人衝浪，三個人和浪板在浪堆中浮浮沉沉，像幻影似的。純麗想起中午拉候說的某些神怪的現象，會像是她看到的烏龜或夢到樹臉？

很遠的地方好像有一艘大貨輪，純麗沒有地理概念，看起來是往南，但想不出往南是到哪個地方？哪個國家？

太陽跟昨天一樣就要沉落在山頭了。水洗過似的橙色漫著整個天空，好像來到卡通似的圖畫世界，尤其是宮崎駿的漫畫裡，那種柔美如絲綢般觸感的結局。純麗就坐在乾淨的沙灘上放空的看著海。回去可以跟玉映說：一個人去旅行了，去看海。

回到民宿，咖啡廳沒有人，牆上的鐘 05：43，還有十七分鐘晚餐。

六點，純麗準時到咖啡廳，桌上已擺好餐具和飯菜。一小碗公的散壽司，一份日式沙拉、味噌湯、蒸蛋。

「這是陳媽媽做的嗎？」純麗看碗裡的散壽司鋪在飯上面很有日本料理店的樣子。

「不是啦，晚餐我都是跟這裡一家創意餐廳訂的，這樣比較省事。他的菜真的很好吃，也會做法國料理喔，但很貴，除非你們想吃。」拉候拿著一小盤切好的甜柿進來。

沒有昨晚的張仕揚情侶，拉候也到另一棟房子跟她父母吃飯。若是昨晚純麗會覺得很自在，不知為什麼今晚的燈光有些暗，冷冷的風從窗外湧進來，覺得有些如母親說的

「盧微」。

「我看你們阿美族神話裡有動植物會變成人，或他們能跟人講話，很像卡通。」純麗吃完最後一片甜柿，喝了一口茶。拉侯進來拿了好幾本書放在書架上。

「好像全世界的童話或神話，動植物，甚至沒有生命的物體都會變成人，或跟人說話。我喜歡這樣的想像力。」拉侯整理好書架，端了茶坐到純麗的對面。

「是啊，兒子還小時，我經常去逛書店買童書，故事真是千奇百怪。」

「其實我一直很喜歡，人類跟大自然的一切都能溝通。小時侯我一直這麼相信，印象中我彷彿看過，可是我爸媽姊姊都說那是幻覺或幻聽，說是我自己編出來。我想也是，烏龜怎麼會對我笑？」

「妳看過烏龜對妳笑？什麼時候？」

「在我八歲那年，我們全家從這裡要搬去花蓮市。是一輛比較像鐵牛，妳知道我們小時侯有那種像小貨車的鐵牛仔……」

「我知道……」

「我們的家當不多，一輛鐵牛仔就載著我媽的小衣櫃、鍋碗、衣物，還有空間塞下我媽抱著我妹，我爸抱著我弟坐前座。我和我姊就依著我媽身旁。鐵牛車從這裡到花蓮市要走上三、四個小時或者更久。我記得大概早上五、六點就把東西都搬上車，那是四月的春天吧，天色還有一點暗，還有些冷風，有晨霧水氣很重。走了一會兒除了駕鐵牛車的司機，我們全家都睡著了，沒多久我卻醒了，經過一處樹林沒有住家，一塊大石頭上我看到一隻好大的烏龜看著我，我沒有害怕竟然對她笑了，她也回給我燦爛的笑容，妳可以想像烏龜咧嘴的樣子，旁邊有一截或一棵很大的樹榦，好像有五官，眼睛就看著我，還有，不知為什麼直覺她們就是母的，應該說女的。我至今還記得那隻烏龜……」拉倏彷彿回到八歲時看到烏龜和樹臉的眼神。

「背上有一小圈墨綠色對不對？」純麗聽著全身起雞皮疙瘩。

「妳怎麼知道？我從沒說……」

「我也遇過……」

「小時侯？」

「不是，是昨天火車經過蘇花公路的某一段，我看到烏龜的眼睛，還有今天清晨我做夢，夢見烏龜和樹臉來找我，想知道為什麼我看得見她們。」純麗急促得一口氣說完。

「妳確定跟我說的是一樣？烏龜還有樹……樹臉這個名稱不錯很貼切。」

「嗯，烏龜背上一小圈墨綠色，是今天清晨夢裡看清楚的。」

「啊，我們是什麼緣分啊。我後來一直以為真的是我的幻想，因為全家只有我一個人剛好醒過來。後來我媽醒了，我告訴她我看到烏龜對我笑，我媽說我是做夢。那個司機笑得很大聲。」

「我們看到的應該一樣，樹臉說有一千多歲，以前也有人看過她，烏龜好幾百歲，說大概就像我們說的樹精、烏龜精。」

「看到她們會怎樣嗎？我八歲看到她們至今四十多年，好像也沒什麼特別的事。」「好像不會怎樣？可是不知為什麼要來確認我是不是看到她們的人？」

拉候和純麗兩人突然拉近距離，命運共同體似的，因為都看到烏龜和樹臉的事情。拉候還找來她的父母親，說當年她看到的事，她的母親說拉候小時候就常說看到動物會講話，樹會移動。不過搬家時看到烏龜會笑的事兩人全都忘記了。看著這兩個年紀相近的人興奮得直說都看到大烏龜和樹臉，直搖頭說：「年紀這麼大了還幻想。」他們完全沒興趣聽的走回另一棟房子。

拉候和純麗在咖啡廳又談了很久，但想破頭也不知為什麼她們看得到，還有三個不知是誰？也許可以弄個群組。

這時張仕揚和女朋友回來了，拉候示意純麗別說。

「很晚了，明天早上妳要回去，去睡吧，晚安囉。」拉候加了純麗的 LINE 後，不放心送了一個笑臉貼圖，確定 LINE 真的可以用。

那一晚，拉候和純麗都睡不著，翻來覆去，直到快天亮才昏沉睡去。

純麗比原來想起床的時間晚一個小時，九點才慌慌張張漱洗收拾行李。

「不好意思，睡過頭了，不對昨晚根本睡不著。」純麗看著桌上的早餐用紗網罩著。

「沒關係，我也沒睡好，早餐是我媽弄的。我也剛起來沒多久。」拉候邊說邊喝著咖啡。

「他們都吃過了？」純麗看了一下四周。

「喔他們剛剛退房了，要去台東。妳吃過早餐再走，下一班客運車是10:30。記得妳是下午的火車吧。」

「對，13:20。」純麗從皮包裡拿出火車票。

「時間很夠，妳到車站後可以去附近看看，吃個午餐。」

吃完早餐，純麗付了這兩天半的食宿費，拿了行李。

「要保持聯絡喔，若有再聽到跟我們一樣的人，記得告訴我。」拉候像和閨密分開似的擁抱了純麗。

「一定啊，特別的緣分，謝謝這兩天。若到台北一定要找我，可以住我家。」純麗覺得烏龜拉近她們的距離，兩人像親人像閨密，有著共同的祕密。這個祕密還有三個人，不知是誰？男的女的？老的小的？會不會像她和拉候一樣遇到？

純麗不要拉候送她，拉著小行李往公車站走去。

我的故事很精彩（二）

「沛盈，是我啦，我想介紹一個人給妳認識，她的故事很精彩喔。」一大早，闕沛盈就被手機的震動聲給吵醒，迷糊中還不知道是誰。自從她告訴朋友她以寫故事為生，常常一早被電話吵醒，大半是朋友或被採訪過的人，說是有朋友或朋友的朋友有精彩的故事。她多半將手機調成震動，有時睡前關機，若隔天有事要出門需要鬧鐘，手機只好又調成靜音。

「請問哪裡找？」闕沛盈閉著眼睛拿了手機，熟悉地按了接聽。

「我是蘇玉映啦，妳還在睡喔，歹勢啦把妳吵醒。」蘇玉映知道闕沛盈晚睡晚起，可是急性子的她常忘了，都是在闕沛盈睡意濃濃的接電話聲音才意識到自己太早打電話了。

「沒關係，妳剛說什麼？」闕沛盈嘴裡說沒關係，心裡卻〇〇××，都算熟的朋友，還是這麼白目。

「我有一個長年住美國的朋友，她的故事很精彩想介紹妳們認識啦。」

闕沛盈心裡嘀咕著，介紹朋友需要這麼早嗎？其實她曾想介紹潘金花給蘇玉映認識，因為兩個人都是「金針山」長大的，雖然分屬花蓮和台東兩個不一樣的金針山，兩人也相差六、七歲，但成長的故事太像了。可惜後來潘金花跟兒媳移民加拿大，很少回台灣。

「好啊，看什麼時候約見面。」

「那明天中午一起吃飯怎樣？」

「等我一下，我要看看行程……可以，地點妳再 LINE 給我。」

「好，我等一下就 LINE。」

「什麼嘛才九點，算了起來不睡了。」闞沛盈習慣晚睡晏起，從報社養成的習慣，總是要在淩晨二、三後點才睡覺，午飯前醒來，即使在雜誌社，她也一向拎著午餐進辦公室。不必上班後，闞沛盈更是貪戀深夜時光，寫稿子、看影片、看書她都喜歡在安靜的夜裡，聽著鍵盤的敲敲打打聲，或是翻著書頁，極輕微夾著一絲絲的風。深夜裡在臥房的大電視前看影片，就好像包下整個電影院，孤獨卻很霸氣。

習慣午後才是一天的開始，偶爾一早被吵醒讓闞沛盈有賺到一個早上的感覺。通常這就是她的「探險時間」；她會出去走走，去傳統菜市場，不一定買菜，是看人、聽聲音，感受傳統菜市場的生命力，這是小時候跟著阿公到菜市場的樂趣。有時走一段路到靠山區的小村莊，沒幾戶人家，大半是老人，見到她都會打招呼，問她從哪裡來，有阿公阿嬤或是母親的感覺，她想她一定是在找回和阿公相處時的情境。當然有時到公園，一定會看見那個躺在沙灘等美軍登陸的阿公熱情的招呼她。

刷牙洗臉，只擦一點保養品，不上班後她多半素著一張臉。闞沛盈知道母親給她生張漂亮的臉，沒有結婚生育，加上常到健身房運動，她有些得意怎麼看都比實際年齡少十幾歲。

今天想到市場逛逛，闞沛盈想感受那股生命的活力。

現在市場越開越晚，以前記得跟在阿公阿嬤去市場，都是一大早，六點多阿嬤嫌晚，現在傳統市場不純粹是給家庭主婦逛的，中午是給上班族，這裡是郊區上班族不多，但也都是八點後攤位才陸續開張，到中午才休市。闞沛盈想應該是現在大家起得晚，家庭主婦也都是送小孩上學後補個眠，或在股市打轉後才會到市場。所以，十一點市場最熱鬧，有人買菜，有人買午餐，有人挑衣服、用品。

闞沛盈將過肩的頭髮挽起用鯊魚夾夾住，穿了T恤牛仔褲，戴了太陽眼鏡，拿了在某貴婦超市送的底層有保冰的購物袋，像個年輕的家庭主婦走到市場。

「太太，今天的芒果很甜喔。」闞沛盈不在乎叫太太還是小姐，她這身打扮像郊遊也像買菜。

「小姐，現做的花枝丸，很Q很好吃，要買嗎？」

「快來買、緊來買尚青活跳跳的蝦仔，緊來買。」

魚攤上四方盆盛著活蹦亂跳的蝦子。跟著阿公生活好多年，闞沛盈還算會做菜，阿公走後，她很少下廚，偶爾做個下酒菜佐清酒、白酒、紅酒或威士忌，那多半是情人來找她時。現在，這裡小吃店有幾家，好吃的餐廳她還沒找到，偶爾早起，她在市場採購然後冷凍，分著幾餐煮完。

鮮活的蝦子最博闞沛馬盈眼光，因為故鄉的關係，海鮮河鮮都很豐富，魚蝦是家裡必備的主菜。阿公喜歡蝦子，阿嬤喜歡魚，她都喜歡，連螃蟹也愛。阿公過世前，味口不好，闞沛盈特地到傳統市場買活蝦，燙熟了剝殼再切成一小塊一小塊，讓沒戴假牙的阿公小口的吃。闞沛盈覺得蝦子最適合下酒，不適合配飯。汆燙過的蝦，很適合清酒或白酒，她不是很喜歡味道過重的蝦料理，完全掩蓋了蝦的鮮甜。她常將蝦殼剝好，拿著一盤蝦肉邊看電影片邊喝酒。

買了一斤活蝦、一尾南方澳鯖魚、一隻仿仔雞腿、一把白莧菜、一條絲瓜，她可以吃個兩、三餐。阿公很早就教會她怎麼一個人做飯，一個人生活。

小小一條巷子似的市場，逛來逛去竟然一個多小時了。購物袋裡又多了一盒生鮮餛飩、幾根蔥、生菜，又熟悉了一個賣粽子的小店。闞沛盈不算是家庭主婦，偶爾這樣偽主婦她覺得很有意思。

午飯後，闞沛盈將昨天採訪的錄音筆拿出來謄寫，屋外突然下起大雨，是夏天最常見的西北雨，因為戴著耳機，沒有聽到打雷還有如大豆撒在雨遮的吵雜，灰暗的天色，一線一線的雨無聲的下著。

晚上從健身房回來，趕上最後一班的捷運。出了捷運站口，路上還有不少人，便利商店不管幾點永遠有人坐在窗邊、店外的長椅。不夜城的狀態隨著二十四小時商店移到郊外，跨海到離島。

闞沛盈算準了起床、化妝到捷運站和捷運行駛的時間，手機鬧鐘調了上午 10:40 然後關燈睡覺。

這家餐廳是闞沛盈介紹給蘇玉映的，從此她很喜歡帶沒有來過的朋友，點著她上次一模一樣的菜。

前兩天在電話上，蘇玉映已將闞沛盈工作、長相說給英鳳聽。長年像觀光客在台灣南北、東西來去幾天，英鳳對台北的生活習性還是陌生的。和自己住的地方，晚飯後四周一片死寂，即使不遠的鎮上店門全都關了，除了兩家餐廳，街上沒有行人連車輛都很少。

剛回來幾天，住在新買的房子，樓下的對面有兩家二十四小時便利商店，另一邊是開到晚上十一點的超市，再走過兩條路口，有個小夜市營業到凌晨一點。住屋後方隔一條大馬路是一家大醫院，這也是當初買間房子的主要原因，年紀大了要住離醫院近的地方。英鳳初始還真不習慣沒關窗戶的吵雜聲，她買的樓層不高，連公車、小貨運車轉彎的「嘰嘰」聲特別清楚。第二天英鳳再也不開窗，還可以阻擋些落塵量。

台北人很愛外食，和她居住的小鎮很不一樣，即使她居住的郡是台灣人或華人最多，終究是在美國，過的還是美式的生活。在美國待久了，除非是正式的宴會、特殊的日子，多半是在家吃飯，家鄉的親人朋友來也多半在家吃。台北吃的實在是太方便了，做飯倒是成了麻煩事。四哥就要英鳳走個十來分鐘到他家吃飯。英鳳不想麻煩推掉了。這些年她也是一個人慣了，做一個人的飯不難，尤其在這裡走路就可以到超市，何況她做飯都是一菜一飯，把兩三個菜、肉一起炒，或一塊煮湯，配著飯就可以了，年紀大了愈發不愛複雜。

玉映說這個記者小姐人很好，也寫得很好。其實英鳳一點都不想讓女兒和丈夫的故事被寫出來，那是一個怎麼想都沒有真相的故事，折磨自己很多年的事件，當事人都走了，就該塵埃落定。玉映說這個記者小姐長得有點像女兒，年紀應該也差不多，她是被這個說法吸引的。女兒離開快兩年了，從她進療養院後，日漸消瘦，甚至變形的臉，跟二十來歲的模樣有很大的差異，若不是常去看她，真會不認得。女兒長得像爸爸，皮膚白皙像她，是公認漂亮的，如果沒有這個事件，應該可以嫁得很好，也有了小孩吧。以前聽母親說過「命啊，半點不由人」。現在，她有些信了。

這家餐廳不大但很雅致，聽說幾乎都是預訂的，都是台式的手路菜和創意料理。

她沒有讓玉映來接她，即然要在這裡定居，就得像這裡的人，她從沒坐過台北的捷運，這個很多外國人稱讚、乾淨舒適有名的捷運。英鳳前一天就問了管理員怎麼搭捷運去餐廳，管理員跟她說可以幫忙叫計程車，但英鳳決意要搭捷運。管理員有些為難的畫了兩條捷運，意思是要轉車。於是，英鳳走了一段路搭捷運，然後在管理員說的站下車，再依著牆面上指示再轉另一線的捷運，果然很乾淨，也許是中午車廂內並不擁擠，不管是地下還是高架的捷運，秩序很好。到美國兩年後她懷孕，丈夫想讓她高興，在聖誕節兩人搭機去紐約，在紐約的三天，兩人都是搭地鐵，灰灰不算乾淨的地鐵，讓她覺得不是很舒服，有一次搭到整個車廂外觀都是塗鴉，黑的、紅的、黃的不同顏色的線條、彩塊，不像是抽象畫，是隨興亂畫。而車廂內有好幾個黑人，來之前就聽同鄉會的人說在紐約搭地鐵要帶零錢小鈔，他們有的會搶，給他幾塊錢就可以了。幸好那次什麼事都沒有。後來，即使到紐約也沒有機會搭地鐵，她完全不知道美國的地鐵現在長什麼樣。

自己的家鄉，這麼值得驕傲的地鐵，英鳳不由自主的笑起來。對面是一個年輕媽媽抱著小女嬰，旁邊有娃娃推車。小女嬰看著她笑，竟然也咧嘴笑了，還笑出聲音，那個年輕媽媽望著她微笑點頭。

「多大了？很可愛很漂亮。」英鳳對著年輕媽媽說。

「謝謝，下個月就一歲了。」

「她會講話啊？」英鳳聽到小女嬰叫媽媽。

「是啊會叫媽媽跟阿嬤，我媽帶的。叫阿嬤，叫阿嬤。」年輕媽媽對小女嬰說。

「嬤嬤。」小女嬰澄澈的眼睛盯著她看。

雖然有兩個孫子，都是喊她 Grandmo，幾個好朋友的孫子則是叫她姨嬤或姨婆。被叫「嬤」真的有回到家鄉的感覺。雖然客家人是叫「阿婆」，總覺得「嬤」比「阿婆」年輕。

下一站就要下車了，用手揮一揮跟這對母女說再見。這樣的情況在美國的地鐵應該是不可能的。

玉映已在裡面靠窗的位子，窗台有一排小盆栽，好多不知名的花草。

「妳真的坐捷運喔。」玉映用不信任的眼光打量英鳳。

「真的啊，還轉捷運呢，很方便，走路又可以運動，真好。」英鳳雖然七十一歲，體態打扮都像六十來歲的人，走路也沒有老態。倒是蘇玉映顯老，看起來和英鳳差不多。

「啊她來了。」蘇玉映看到闕沛盈走進來，趕緊招手。

「您好。我是闕沛盈。」闕沛盈坐下將皮包放在旁邊的置物籃後，微笑對英鳳點頭。

「妳好。」英鳳看闕沛盈白裡透亮的皮膚和大大的眼睛，確實有幾分像女兒，年紀應該也差不多。可能是身材好，穿著剪裁合身的素雅洋裝像個模特兒。

「先吃飯再聊，我來點菜好了。」蘇玉映個性爽朗不拘小節，當老闆慣了凡事習慣做主。

「就玉映姊點吧，我都可以。」闕沛盈闔上菜單。

「像不像妳女兒？人漂亮又有才氣？」蘇玉映跟服務生點完菜後轉頭跟英鳳說。

「比我女兒漂亮，可以問妳幾歲嗎？闕小姐。」英鳳帶著欣賞眼光看著闕沛盈。

「叫我名字就好，四十六歲了，我還是跟著玉映姊叫妳英鳳姊好了。」闕沛盈最怕遇到六七十歲的人，不管男女都一樣，叫阿姨、叔叔怕叫老，叫姊姊又嫌不夠年輕。

「比我女兒大三歲，真的可以做我女兒了，叫我阿姨也行。」

「沒關係叫姊姊也很好，比較沒距離。」蘇玉映覺得若叫阿姨，那麼闕沛盈也得叫自己阿姨，還是叫姊姊比較年輕。

蘇玉映點的是「白切土雞」、「小卷米粉湯」、「芥菜蝦球」、「蒜苗炒鹹豬肉」，蘇玉映這次沒點「化骨通心鰻」，因為英鳳不敢吃鰻魚，而且這道菜要預先訂購。

初始三個人很安靜的用餐，只有英鳳說米粉湯真好吃，芥菜蝦球很鮮。英鳳知道不管在什麼時候，什麼地方吃的鹹豬肉，都沒母親做的好吃。鹹豬肉也是母親親自做的，一早就到市場挑選漂亮的黑毛豬五花肉，淋酒、撒鹽、花椒……。即使後來大嫂跟著母親多年做的鹹豬肉也沒母親做的好吃。英鳳知道那是媽媽的味道，任誰再好的手藝都無法取代的。

餐吃了一半，蘇玉映邊吃邊約略說了英鳳女兒和丈夫的事。闞沛盈眼睛都亮起來，這的確是一個很特殊的事件，只是這樣的故事眼前這位看起像貴婦的女人會想讓大家知道嗎？

「這是很私密的故事，英鳳姊妳會想要被報導出來嗎？」

「沒有，我只是剛定居台北，剛好玉映提起妳，我來認識的。我連我哥哥姊姊都沒說清楚，如果有人寫成小說不透露名字，我可以接受，報導是不可能的。」

「想也是，妳辛苦了。我不會報導的。不過寫小說我是不行的。」闞沛盈想既然這樣為什麼要我來，她沒想到是因為她的長相。

用完餐，她們喝了咖啡、茶聊了很久，闞沛盈覺得英鳳真的像她母親一樣，只是她比母親安靜優雅一點。透過一些祕密事件的分享或傾訴，女人很容易因此成為閨密。

闞沛盈對於英鳳女兒的故事確實很有興趣，但這適合屬於心理學或病理學上的小說，對英鳳她是同情的，被折磨這麼多年，卻不知錯在誰？是誰說了謊？她該相信誰？究竟丈夫有沒有對女兒性騷擾？或性侵？女兒是真的有被迫害妄想症嗎？還是真被性侵的後遺症？闞沛盈像猜測推理小說那樣，一堆問號在腦海裡打轉。

英鳳特別提及當時女兒將過世前要她看一本小說《ROOM》，闞沛盈知道後來有拍成電影，台灣上映的片名是《不存在的房間》在去年上映。小說闞沛盈沒看過，電影倒是看了。難道是真的？還有英鳳的女兒自殺前留了「別相信任何人」這樣一張紙條給英鳳。闞沛盈想起妮可．基嫚演的電影《Before I Got To Sleep》（台灣譯成《別相信任何人》），這是關於被加害而成「失落記憶」的人。

但英鳳的丈夫至死都否認，難道加害人也有失落的記憶？因此抑鬱而終，除了女兒的部落格和日期錯亂的日記，沒有找到任何更確鑿的證據。闞沛盈想這比松本清張、島田莊司、愛倫坡、卜洛克的作品更教人懸疑。

餐桌上，闞沛盈就像辦案的警察提出好幾個問題，但都沒能從英鳳的說辭中得到任何線索。闞沛盈想到了會是記憶的問題嗎？

記憶確實像是一只曖昧的盒子，甚至，是魔術箱。歷史，不過是一部虛構的小說；記憶書寫歷史，歷史在記憶中存在。每一頁歷史都在等待真相、出土，用記憶騰錄歷史，彷彿魔術，各有各的戲法；歷史沒有真相，是魔術帽裡的小白兔，是一隻虛幻的白鴿。

闞沛盈想起曾看過詮釋歷史及記憶的一段話，對英鳳的狀況還真貼切，魔術帽裡的白兔是不是虛幻？問題是英鳳的丈夫和女兒都只有各自的魔術帽，卻沒有出現兔子。

「英鳳姊妳相信妳丈夫還是女兒？」闞沛盈還是忍不住記者性格的問了。

「我真的不知道，我先生臨終前我還再問他，他說沒有。」

「《教父》裡，麥克的太太要他誠實回答有沒有殺妹婿，麥克很篤定的眼神和口吻說：沒有。男人有時為了面子或利益是很難卸下心房的。」莫名的心理因素，闕沛盈是站在英鳳女兒這邊。

「提到房間，我想做個測試。」闕沛盈想起〈十九號房間〉。

「測試？要問我們想不想有自己的房間嗎？像吳爾芙那樣？」玉映記得讀研究所教女性主義的老師有提要讀吳爾芙的《自己的房間》。

「不是，多麗絲．萊辛的〈十九號房間〉，是說一個算幸福的太太蘇珊，在有兒女後，一直希望有真正屬於自己的房間，和吳爾芙一樣有一間真正屬於自己的房間，這個房間不是書房不是工作房，而是不再是妻子、母親、家庭主婦的角色，於是她在一個很簡陋的旅館長期租了一個房間，每天送兒女到學校，她會在旅館內的房間待一陣子，什麼都不做，只想做一個沒有任何頭銜的自己。後來她丈夫發現了，以為她有外遇，蘇珊很難解釋，也不想解釋編了一個情人的名字，當然就離婚了。如果是妳們會怎麼做？」闕沛盈一口氣說完小說的大概。

「賠上離婚也要保有自己的房間嗎？」玉映有些不解小說究竟要說什麼？

「是，寧可離婚也要保有那完全只屬於自己的空間。妳們會嗎？」闕沛盈沒有結婚，獨來獨往習慣了，很難體會婚姻對女人的影響。

「我不會，大概是我先生早早過世，有一段時日我很希望我有婚姻，有人可以依靠。

我房間很多，哈不需要。」玉映笑著說。

「我也是，雖然有丈夫和女兒的事件，但與其單身我還是想在婚姻裡，也許我年紀老了。」對英鳳而言，失去丈夫和女兒後，她曾渴望有個完整的家庭。

闞沛盈說她已婚的女性朋友們有人真的會想保有那個房間，讓自己卸下責任和社會所加諸在身的角色。

「可能，大半庭主婦對家事和帶小孩日復一日被當成義務很無奈，而且很沒成就感。」英鳳想幸好一直跟著丈夫做事，還獨當一面，她從沒有真正當過純粹的家庭主婦。

「不過我想過要有一間旅館，飯店型的，像遊輪，又像歡樂酒店，不全然是因為賺錢，算桃花源吧。」玉映在幾年前四處旅遊後，想擁有屬於自己的飯店。

「我也有想過。」英鳳像被指了一條出路。

「哈哈，太好了，可以考慮喔。下次介紹一個當了二十年的家庭主婦給妳們認識，她可能會是選擇保有房間的那個人。」玉映想起純麗，看起來不太快樂的女人。

這個議題又讓她們聊了好一會兒，直到英鳳接到四哥的電話問她晚上要不要家裡吃飯。三人才離開餐廳。

捷運上，在闞沛盈身旁的兩個年輕少女吱吱喳喳在聊星座，兩人還爭論誰說的比較準，誰預測下周星座運勢最接近事實。

闕沛盈知道星座本來是一群恆星的組合，方便人類確定天空的方位，後來有了希臘神話，星座成了不同人的不同性格，而每個星座都有自己的圖騰，這一、二十年來了很多人見面聊天的基本話語。

從新聞從街上流行，闕沛盈可以銳利觀察到，島國經常無端燎燒流行之火，一遍又一遍，從北燒到南，從南燃炙回北；神怪、偶像、星座、生肖……形塑短暫的圖騰膜拜。而圖騰，在談神話傳說時最常被拿出來討論。闕沛盈想起英國社會學家弗萊哲(Frazer)的定義是「一群原始民族所迷信而加以崇拜的物體」；這和原始民族有關的徽章、標記或符號，落置在現代，卻成了空虛、寂寞者的安撫奶嘴，是心理共性的平安符。

幾年前，闕沛盈還在雜誌工作時曾報導過台灣和其他南島語系的原住民，翻閱了很多資料，包括圖騰與禁忌。記得那時她寫了：「當排灣族的百步蛇陶壺、紐西蘭毛利人的祖先像木雕成了民藝品，圖騰另謀出路，完全落套在「自然與利益的結合」，擺脫集體的「部落圖騰」，發展出「個人圖騰」，紫水晶、紅寶石、白玉，甚至連紅、橙、黃、綠等顏色，也都各擁有一方圖騰座標，讓迷者以各種方式來崇拜。

崇拜者也從人類轉身為雙魚、射手、獅子等星座，或是屬羊、牛、龍、蛇等等，畫面就成了兩尾魚、一隻獅子、一頭牛、一條龍等各穿戴著各種所謂保平安、添財的幸運圖騰。

圖騰，從敬畏膜拜，成功的轉化為趨財避凶的消費性護身符，一周或者一個月更換一次；社會學家勢必要重新定義世紀都市居民的圖騰意象。」她很喜歡有關不同原住民的圖騰及禁忌的研究。

搭捷運回來的車上，闕沛盈腦子裡本來是英鳳女兒的故事，不知怎麼從星座到圖騰和禁忌，兩條相異的思路胡亂的搭在一起，讓她完全忘了坐在捷運上。幸好是終點站，不然闕沛盈一定會錯過不知搭到哪裡了。

做為蒐集故事的寫者，這真是極為精彩的故事，可惜闕沛盈認為自己沒有寫小說的才氣。

在另一部車上，英鳳和玉映卻是沉默著。

「是不是很像妳女兒，雖然我只見過妳女兒一次，真的很像。」搭玉映的車回家，英鳳靜默不語，玉映突然開口。

「是啊，很像，眼睛和鼻嘴都像，眉比起我女兒稍稍濃了點。」英鳳因玉映的話精神好了起來。因為闕沛盈實在太像女兒了，整個午餐大都在談女兒的事，讓她有些恍惚，彷彿時空交錯，女兒就在眼前。

望著外面的街道和美國居住的很不一樣，英鳳這幾天一直在適應人多、車多，老覺得要和路人撞在一起。到附近的公園走走，一早真的都是跟她差不多或更老的，還有由外籍看護用輪椅推出來的。前些年每回台灣不管都市或鄉下越來越多老人是由外籍看護照顧，這在美國是很少的，年紀大了不能照顧自己多半是在養老院，台灣人還是丟不下父母，但又沒能力照顧，只好請外籍看護了。英鳳想等自己八十多歲若行動不便，她會去安養院。兒子在美國娶的又是美國人，丈夫、女兒都走了，就只能自己照料自己了。

有一次回台北，玉映帶她去看淡水的養老院看朋友。外觀及內部的設施都很好，適合自理能力減弱的老人。玉映說台灣人大概不喜歡「養老」這個詞，有的用「養生村」、「高齡住宅」。也許再過十年或者更早些，她應該也會是這裡的一員。

「英鳳姊，哪一棟？到了。」

「這裡停就好，謝謝午餐又介紹這麼好的人給我認識。」

回家之前，她到便商店買了飯糰放在冰箱當晚餐，中午吃得太豐盛，晚餐清淡些。下午在餐廳要離開時，闕沛盈說下回帶她們去郊區用餐，環境好食物又好吃。英鳳想年輕真好，哪裡都能去，什麼都能吃。雖然並不覺得自己老了，但一看闕沛盈不由得感嘆，真的不年輕了。

晚餐後，英鳳又接到四哥的電話，說下個月台中的侄兒憲明娶媳婦，憲明是三哥的兒子，都四十好幾才結婚。英鳳的哥哥、姊姊，兒女成群，除了書煌和跟她年齡相仿的大侄兒庭松，其他十多個侄兒侄女，她經常會認錯或叫不出名字。

四哥在電話裡說很想念小時候去吃喜酒帶回家的菜尾。英鳳還記得，那時她讀小學。

那是一九五、六〇年代，喝喜酒是一件大事。英鳳最喜歡跟著大人去喝喜酒是在小學中低年級，她記得有時母親帶會一桶「菜尾」，不知為什麼它比喜宴上的菜餚更好吃，讀了高年級她就不愛跟了，但菜尾還是喜愛的。對菜尾的印象只有口味沒有樣子，但卻屢屢浮現跟著父母親去參加喜宴的情況，親戚都會說她長得好看又會讀書，英鳳心裡得意卻又害羞。這些不常見的親戚她永遠弄不清楚誰是誰，和她居住的小鎮一樣一片客語聲，她聽父親說起這些親戚都是從西部移民過來的，有的從日本時代，有的是一九五、六〇年代，幾十年來開枝散葉，父親特別叮嚀兒女要常和親戚保持往來。

離開家鄉到台北讀書，然後到美國，這些親戚對英鳳而言早已不存在，因為婚姻她的生活幾乎抽離了娘家。而當年以喜宴來聯繫親友關係的方式現在似乎沒有太大作用。

若不是四哥提起，英鳳幾乎都忘了菜尾這個名詞。在美國外食是打包的，但都是自己吃剩的，也參加過喜宴，二、三十年前在美的台灣人不愛打包，聽說現在覺得太浪費食物有人提議打包，英鳳很久沒參加喜宴，不知現在狀況。

聽玉映說台北現在也鼓勵打包不要浪費食物。她還聽玉映說高雄有人專門烹煮像「菜尾」的料理，英鳳沒有多大的興致，吃菜尾要連同記憶，還有一群搶食的人，才有味道。

蛇郎君與石頭公

送英鳳到家，玉映要司機送她到這座城的另一邊。

在一棟半舊不新的大樓，蘇玉映穿過管理員按電梯上樓，這是她母親的住處。母親八十多歲了，不肯和玉映住，說是嫁出去的女兒潑出去的水，娘家怎好去叼擾。

母親是在二十年前，父親過世後由最小的弟弟從金針花田接來台北，那時玉映剛喪夫，一雙兒女讀國中國小，母親怕增加玉映的負擔堅持住在弟弟家，順道幫忙照顧兩個稚幼的孫女。這幾年蘇玉映發現母親的記憶逐漸退化，擔心母親再也記不得她了，從一周去看母親一、二次，成為天天去，即使只能坐個十分鐘也好。弟弟和弟媳都還沒退休，兩個姪女都在上學，母親在這兩三年就由外勞照顧。

「阿嬤剛睡醒。」外籍看護雅妮看蘇玉映進來，指著坐在沙發椅上的白髮老人說。

「媽，今仔日好否？」蘇玉映一邊拉一拉母親翻得太開的薄外套。

「好啊，汝是誰？」白髮老人萎縮著身子整個人陷在用毯子圍起來的沙發座位上。

「啊，媽汝擱未記我喔，我映啊啦。」玉映知道，這一年多來，母親時而記得時而忘了自己的子女。

「喔是映啊，我雄雄未認。汝放學啊，去園仔佮恁爸爸鬥渥水、挽菜。」老人像回到台東的山上。那時山上還沒大量種金針花，多半山田還是種菜和水果。

「攏挽好啦，今嘛欲暗啊，準備煮飯啦。」玉映常和母親玩這種回到童年的遊戲。

「欲吃暗喔，煮好是否？」

「在煮啦，等一下都好啊。」

「映啊，毋通用扁擔打蛇喔，伊是蛇郎君。」

那一年玉映十歲，在田裡幫忙鋤草，拿著沉重的鋤頭鋤著菜園旁的雜草。突然發現不遠雜草茂密，有團黑影微微翻動。她害怕叫母親過來。母親說蛇脫皮，她說很奇怪一般蛇脫皮會在洞穴內比較安全。母親說蛇脫皮時很痛苦不會咬人，於是用鋤頭勾起蛇往附近的山溝處放下。

「映啊，毋通打蛇喔，伊有可能是蛇郎君。」

玉映知道母親一向好生，不輕易殺生，常被父親責罵連菜葉上的蟲都不捉。母親常說每種動物都有可能是人變的，不能亂殺。父親卻嗤之以鼻。母親說就是有「蛇郎君」。這個故事母親講過幾次，雖然害怕蛇，但還是喜歡聽蛇與人的故事。

有一尾蛇在樹林裡的守著一簇花叢。有個老人看到花真是漂亮，想起三個女兒都愛花，於是想摘些回家。才摘一朵就被蛇制止。蛇變身為一個美貌男子，要脅老人必須將女兒嫁給他，否則就會殺他全家。老人害怕，回家和三個女兒商量，大女兒二女兒堅決不肯嫁給蛇，小女兒為了求父親答應了。

沒有想到蛇郎君只有入睡後才會變成蛇，且非常疼愛妻子，從此小女兒過著豐衣足食的生活。可是大姊很妒嫉，於是千方百計害死妹妹，並假裝是妹妹。妹妹不甘心，變成一隻鳥，又被大姊殺死埋在院子裡，卻長出竹子，大姊砍下竹子燒成灰，灰飛到鄰居老婆婆家正要拿去蒸的紅龜粿上，蒸好後老婆婆掀開鍋，一個紅龜粿落地，妹妹復活了，於是告訴蛇郎君，大姊被蛇郎君咬死，妹妹和蛇郎君過著幸福快樂的日子。

這大概就是母親講的故事，只是有時會將大姊說成二姊，母親說就像王寶釧，第三個女兒「吃命」，就是好命的意思，大女兒或二女兒就是歹心腸。玉映是大姊，有時會要母親改成是大姊給蛇郎君，她不想當壞人；有時會講紅龜粿說成菜頭粿或發粿，玉映喜歡紅龜粿，因為顏色比較漂亮。

玉映聽著母親又提蛇郎君，想必母親回到台東金針山上的生活，那是她年華正盛的歲月，雖然辛苦卻是她和父親胼手胝足建立的家園。

小時候玉映和弟妹從沒懷疑過蛇郎君這個故事，因此對蛇又敬又畏，幸好蛇也怕人很少出沒在農忙的田裡。

三妹並沒有像母親說的那樣「吃命」，早早跟著喜歡的人私奔，卻在幾年後遭拋棄自殺。二妹嫁到高雄是三姊妹中最幸福的人。

「媽，汝講蛇郎君的故事好否？」玉映想讓母親的腦子活動些。

「好啊，阿妮汝嘛愛聽。」老人揮手叫了正準備做晚飯的外籍看護。

「古早古早一个阿桑置山頂看著真媠个花園想欲挽乎厝內的三个查某囝，突然間……」老人邊說邊微微抬頭閉目，彷彿故事中的老嫗正要採花。

玉映喜歡看著母親這時閒適的神情，而母親也是到了這十來年臉部表情才鬆懈下來。

玉映很清楚母親這一生辛勞多於享受。大弟小學二年級，不知道為什麼生了大病，夜夜高燒半醒半昏沉，白天送到山下看醫生後，燒退了人也精醒，但到了半夜便又全身燒燙如火，過了十多天仍不知什麼原因。鄰居說大弟是煞「天公」，也就是被出巡的天神將他的靈魂帶走，要父母親拿著鑼和竹子在屋頂上敲鑼、揮竹竿，還要喝蚯蚓煮的湯。結果大弟還是病懨懨。有一天在診所等候看病時，同是等看病的老先生說是中邪了，母親和父親跑遍了台東甚至花蓮許多廟宇要祭改大弟的中邪。田裡的工作和家事就全由她和兩個妹妹挑起。又過了半個月大弟還是沒好轉，臉色越來越青白，兩眼無神，母親經常在夜裡無助的哭。

有一天玉映的父母親背著大弟要去聽說是什麼藥師的廟，在客運車上一位阿婆看了大弟的臉色，跟父親說了一個石頭公的所在，據說非常靈驗，只要虔誠去求拜都會靈驗的。玉映的父母親幾乎是要走投無路了，於是轉了車花了一個多小時到了石頭公廟，跟土地公廟很像，一個神像旁一塊極大的石頭，也許太多人摸了，石面非常光亮。玉映的母親和父親非常虔心的跪拜燒香祈求。說也奇怪，當晚玉映的大弟高燒退了，很安穩的睡著，過兩天精神足了，一碗飯都吃光，不到一個禮拜就痊癒了。

玉映成長後有一段時間不相信神怪的，「蛇郎君」本來就是故事，是人類的想像。而大弟的病應該是在天天看醫生吃藥終於好了，在快痊癒之際剛巧拜了石頭公廟。可是在這些年，兒時的這些神怪回憶不斷迴湧進來，加上英鳳回台要她幫忙尋找有靈驗的廟宇，玉映帶著半信半疑的態度要朋友打聽哪些是比較有靈驗的，才會帶著當時無助的英鳳到處求神拜佛，就當尋找心理醫師，醫不了病人也可以醫家屬。

陪母親簡單吃過晚餐，弟媳才回來。玉映中午沒有午睡，有些疲憊和弟媳打過招呼就離開了。

躺在床上，疲乏的身體和沉重的眼皮應該很快就會入睡，但不知為什麼想起母親說蛇郎君的故事，那個童年母親極少數會講的故事，有好幾十年沒聽到了，母親現在的靈魂回到那個艱辛卻很充實的歲月嗎？那個一家大小窩在一張大床，那時母親左手右手都可以摸到他們，不知那是不是母親最快樂的時光？

玉映想自己最快樂的時光是人什麼時候？和先生在一起十多年的時光？還是自己撐

下公司十年艱苦的日子？還是少女在工廠最有夢想的階段？

想到蛇郎君，蘇玉映的精神來了。那是一段溫暖的童年，晚上窩在大通鋪上，玉映姊弟一直起鬨母親講蛇郎君或其他的故事，然母親講最好的還是蛇郎君。這也是玉映和兩個妹妹最愛討論的情節。

「如果是我才不會殺掉妹妹，我就去跟他們住。」大妹的結論。很小的年紀不知婚姻是什麼，對當時的她們就像家人一樣住在一起。

「可是他是蛇喔，晚上會變成蛇，嚇死人啦，我才不要。」小妹最怕蛇卻又是最愛聽的人。

母親有時興致來會增加一些應玉映姊妹要求額外說明。

「媽，蛇郎君變成的美男子有外緣投？」

「像上遍咱去山腳廟埕演歌仔彼个薛平貴啊。」

「喔，美男子都是生做按呢喔。」大妹頻頻點頭。

就要考初中的玉映有自己的想像對象，那是一個高一的學生，聽說很會讀書，還到花蓮中學去讀高中，住在學校宿舍每個月回家一次。那是玉映小六的寒假留在學補習，傍晚走出校門，拐向往山上的路口。那個從小一背到小六的布書包早已被母親補了幾個補丁。就在這時又從底部裂開，幾本書和文具嘩嘩掉了下來，她羞赧的蹲下撿希望沒人看到。

這時一隻手幫她把書包撿起來，另一隻書抓了兩本書。玉映抬頭，是一個高高的大男孩，穿著制服戴著帽子。

「小妹妹這書包不能裝書了，我這裡有一條繩子把書綁起來，筆和書包妳用手拿。」這個大男孩手腳麻利的綁好玉映的幾本書，再用破了的布書包將筆和文具包了起來遞給玉映。玉映臉紅得不敢抬頭，拿了書就跑了，跑了幾步覺得不妥，鼓起勇氣跑回來站在大男孩前面鞠躬說聲「謝謝」，然後一溜煙的跑了。

隔了好幾天，也是學校補習後下課。母親要她買半斤鹽。她走到小村落唯一的雜貨店。

「我欲買鹽。」玉映看店門口沒人，大聲的喊著。

「好。」是個男生的聲音，不是平時的歐巴桑。

「半斤鹽啊……」玉映看到一個男孩從屋裡出來，男孩的臉由黯黑到光亮，是那個幫她綁書的大男孩。

「喔是妳啊，書包縫好了。」大男孩咧嘴笑了，像顆太陽。

「嗯。」玉映紅了臉低下頭。

「半斤嗎？等一下。」男孩走到放鹽的甕，用杓子挖了鹽倒入紙袋裡，拿到稱檯上。

「小六補習嗎？我也是這個小學畢業的喔。」大男孩邊看稱邊看著玉映的制服。

玉映還是不敢說話，她不知為什麼一直臉紅。

「好了，半斤鹽。」大男孩並沒有像老闆娘那樣會回到鹽甕增加或減去鹽再回到稱檯稱一遍。摺了紙袋口就拿給玉映。

玉映付了錢把鹽包放進書包又快速的跑了。

回家後將鹽交給母親。

「今仔鹽有較重喔毋那半斤。加一兩咧頭家娘發燒喔。」母親拿了家裡的稱。

「毋是啦，是一个查甫囝仔。」玉映不確定那個大男孩是不是雜貨店的兒子。

「恁後生啦，真賢讀冊喔，去花蓮市讀住學寮呢。學生囝仔看毋識稱仔，才會加一兩。」母親喜孜孜將鹽倒進小鹽罐。

玉映才知道他是雜貨店老闆的兒子，在花蓮中學讀書。

整個寒假玉映好希望母親能再叫她到雜貨買日用品，一直到農曆年後快開學前三天。那是最後一天補習，一早她輪值日生要掃校門口，她和另一個同學拿著掃把畚箕，從校門內掃到校門外，校門對面的客運車站牌正站著那個大男孩，背著書包和一個布包，看起來是要回學校了。

「小妹妹又看到妳了。」大男子看到玉映朝著笑著。

玉映又紅了臉，收了掃把畚箕拔腿就跑。

「蘇玉映等我啦。」同學喊著她的名字跟著跑了。

再見到大男孩是小學畢業後的暑假，也是幫母親買火油（花生油）。

「喔又是妳，妳是住山上那個家姓蘇的嗎？我聽我媽媽說了。」大男孩還是一臉燦爛的笑臉。

「是。」玉映又紅了臉，但勉強回了話。

「考上哪個初中？」大男孩用漏斗套在玉映帶來的玻璃瓶上，再用三角形的杓子掏了鐵桶裡的油倒進漏斗。

「台東女中。」玉映突然驕傲起來，抬起頭看著大男孩。

「很厲害嘛。我花蓮中學高中一年級要升二年級。」大男孩把油瓶用抹布擦一下遞給蘇玉映。

玉映拿了油瓶給了錢正要轉身離去。

「我叫許正隆，正前方的正，基隆的隆，耳朵旁的。妳是不是叫蘇玉英？」大男孩突然問了玉映的名字。

「不是，是蘇玉映，日央映。」玉映想將要讀初中了，就像媽媽說是轉大人了，她要大器一點，還有她一直覺得她的名字映字很好聽，那是母親年輕時看野台歌仔戲《孟麗君》孟麗君的貼身婢女叫蘇映雪，為了孟麗君跳江自殺被宰相救了成了宰相的養女，陰錯陽差嫁給女扮男裝而當了狀元的孟麗君。母親覺得映雪很好聽，但父親說又沒下雪，也不是冬天出生。於是母親就改成玉映，玉字貴氣。玉映問母親為什麼不取名麗君，而取女婢的名字。母親說蘇映雪忠心，而且後來成了相國的養女一樣很好命。

「好聽的名字，跟人一樣漂亮喔。」玉映再度轉身後聽到這句讚美的話，她不敢再回頭，拿著油瓶回家了。

然後是初一的寒假，她和大男孩的見面總是在雜貨店。因為住在學校無須幫忙田裡的工作，玉映變白了，是個漂亮的小少女。

許正隆跟蘇玉映要了宿舍的地址，兩人通了信，大概是十來天才一封。最後一封是暑假之前，兩人約了暑假一開始就見面，因為許正隆升高三要暑修。

但許正隆並沒有見到蘇玉映。

「映啊，真歹勢未當乎汝讀冊啊。」暑假甫結束，回到家。玉映的父親苦著一張臉。

「啥？那會按呢？」玉映幾乎要哭出來。

「今年青菜和水果歹收成，汝這一年來這冊住學寮攏是共借个，今嘛愛還人，阿貴破病嘛是借錢。嘛無這濟錢通還。」父親皺著一張臉，母親眼眶紅了起來。

玉映沒再說話眼淚流個不停，對她而言讀書是她人生很大的機會，那可能是脫離貧窮脫離這個山居，還有可能她和許正隆能繼續寫信下去。

「映啊，汝住台北的表舅置工廠作息，已經佮汝引好去做女工。後日爸爸攜汝去。」

父親終於抬頭對著玉映說。

像宣佈死刑一樣，玉映的心被電擊一般，這些安排早在玉映還在學校時都講妥了。她的命運就這樣被安排好了。她知道她完全沒有能力拒絕，她底下還有四個弟妹，父母親是真的走到絕境才會做出這樣的決定。在這樣的環境她也知道讀書是奢侈的，她點點頭走回房間，農曆年前才搭建她和兩個妹妹的房間。倒在床上痛哭。

玉映躺在床上，五十年了，不知許正隆怎樣了？後來聽大妹說他曾上山找她，就在她正坐在金馬號的車子走蘇花公路往蘇澳的路上。

在工廠十年，她讓兩個妹妹讀到高職畢業，大弟五專，小弟大學畢業，她也利用晚上去讀初、高職夜間部。

第一年的過年她故意不回去，害怕遇到許正隆，她是工廠裡僅十個願意加班的人。隔年，聽說雜貨店的老闆娘生重病，雜貨店頂讓給人，全家搬到花蓮。

玉映想這就命啊，這也是緣分。雖然她和許正隆只有通信，連手都沒牽過，也沒互說愛戀的話語，但她知道彼此都喜歡對方，在那樣的年代也算是男女朋友吧。

在工廠的前幾個月，她經常想起許正隆，後來讀夜間部，她忙到沒時間去想任何工作和課業以外的事。就在今天母親講蛇郎君時，她又想起了她和許正隆通信時也提到蛇郎君的故事，許正隆說那是故事，絕無可能有這種事在現實中發生。

玉映竟然還清清楚楚記得許正隆的臉和如陽光的笑容，那是十六歲男孩的臉，青春燦爛。現在許正隆六十七歲了，會是怎樣的一張臉？當阿公了吧？一想到這裡，玉映起身到書桌上開了電腦上臉書，在搜尋中打了「許正隆」，出來好幾個，有的沒照片，有的看來太年輕，有的完全沒資料，有一個在賣玉器，但家鄉寫桃園，現居台中。可以確定沒有一個是。玉映想他是用英文名字嗎？大學畢業後就出國嗎？還是根本不會用臉書？若真的找到又能怎樣？變化太大，她不能接受，變化不大還能當朋友嗎？或是再續前緣？

關了電腦，玉映覺得自己真是荒唐，隔了五十年不見的人，也不是愛得死去活來的人（算初戀嗎？）怎會在一個蛇郎君的故事後，悠悠的從一個廢棄的倉庫跑出來。

玉映吃了一顆醫生開的安眠藥重新躺下，她知道得趕快入睡，明天還有一堆事呢。

我的故事很精彩（三）

我有兩種記憶；一是痛，一是模糊。痛呢？是愛情，模糊，也是愛情。

我的愛情只有愧疚，那一年我想輕生，不知道為什麼「愧疚」這兩個字浮在眼前，三十多年不見，她的臉突然清晰起來。我灌了很多酒想抹掉她的臉，然後，我醉臥在想跳樓的二十樓陽台上，還有一封給我妻的遺書。

秋天，黃昏的天空一層煙霧濛濛，從一層樓高的木檯子上，可以看到窄窄如一帶寬的太平洋。一尾蛇從庭園的那頭草坪緩緩滑行過來，然後消失在木檯子底下的木椿裡。

其實闕沛盈徹頭徹尾都不知道發生什麼事，那是別人的戀情與她無關，那個R第一年教書，闕沛盈八歲三年級，R是班導師，很漂亮，但有一點憂傷，不講課時緊閉著唇，有時用空洞的眼神望著窗外。

她是我的初戀，我也是她的初戀。我高一認識她，我們連手都沒牽過。她說得等我考上大學才能談戀愛。兩年後，她師專三年級我讀大一，隔著一座中央山脈，一週一封信是維繫我們的感情。我的信纏綿悱惻，她正氣凜然要我專心讀書，每一封信都像是望子成龍的母親般，於是我有了其他的女朋友。寒暑假回去也很難見到她，她總是有忙不完的家事，她的母親把所有的家事都推給她，說她是長女應該要負擔，她要煮飯洗衣幫母親的麵攤，我們總是在麵攤前偷偷互望。

後來的寒暑假我都待在學校打工，其實是和新女友交往。我大三那年，她寫信跟我說從師專畢業分發到北部教書，離台中不算遠，搭客運兩個小時就到了，但我沒去看她，也沒回信，我心裡還是愛著她的，只是親近不了。有一天她突然來找我，我的室友帶她到我打工的西餐廳，那天是周日快中午了。我只好跟老闆請假，請她到遠處的小餐廳吃飯。她問我為什麼都沒寫信了，我沒回答。看著她我的心還是悸動著，可是我卻說不出任何話，連謊言也說不出來

我們很安靜的吃著飯，喝咖啡時她問我是不是有女朋友？我看著她很久，不知怎麼回答，我是有女朋友，從大一下學期開始，現在的是第三個了。每次的戀情都不長，我想是我不夠真心。我在新女友中找尋她的影子，但是在她面前我一點也不敢造次，連想念的話也說不出來。

我想她知道我有女友，喝完咖啡她說要搭車回學校了。我送她到車站，連過馬路我都不敢牽她的手，我和女友都上床了，我怕褻瀆連她的手都不敢牽，看著她坐車回去。

闕沛盈很安靜，總是寒著臉不太跟同學玩，R好像注意到她。周一下午，闕沛盈腳扭到了不能上體育課。同學們在玩躲避球。R回來教室看她，問她家裡有什麼人，腳怎麼扭到的？闕沛盈看著R沒回答。那時年初她的爸媽剛離婚，暑假沒多久爸爸就過世了。闕沛盈心想二年級的老師都知道，R怎麼不去問。

R突然說「怎麼大家都不回答」。轉過身肩膀抖動著，闕沛盈聽到極細微的抽泣聲。她不懂為什麼不回答R要哭？闕沛盈有些慌了趕緊告訴R她的事情。她轉過身來抱著她哭得更大聲。

後來，R常常陪闕沛盈回家，她們住在同一條街上，R就住在街尾，有時和等闕沛盈下課的阿公打招呼。

有一次R說：「老師失戀了，男朋友有女朋友了。」

「那妳也交男朋友啊。」

「那麼容易就好了，我再去找他好嗎？」

「不要，我媽媽離開後就沒回來過，連我爸死了也沒回來。」

R沒回答望著遠方的天空，那是黃昏，陰霾的天氣，厚厚黑黑的雲雲。

「我不知道我哪裡不好，為什麼我等他讀大學，他卻交了女朋友？」R的聲音有些哽咽，闕沛盈不知怎麼回答，突然牽著R的手，默默走了一段路。

「給你看他的照片。」R沒等闞沛盈回答從背包裡拿出一張黑白照片，一個瘦高的男生，站在大學方大門，很像她鄰居讀大學的大哥哥。闞沛盈本能的翻到照片的另一面，她看到那個大男生的姓名，不是很特別卻很好記。

闞沛盈想R不好意思跟別人說，跟她說最安全。R說男友是她讀師專認識，男友才高二是同鄉的人。R要他考上大學才可以談戀愛，她說男友真的等到讀大學才寫信給她，R又說男朋友太耽溺愛情不好，將來怎麼做事，男友卻怪她潑冷水。

在回家的路上都是R在說話，彷彿闞沛盈是台錄音機，或是R的日記本，R說著她那連手也沒牽過三年的初戀。闞沛盈大半沒搭腔，有時似乎沒聽到，就這樣R和她走了一學期的路，說了一學期的話。

寒假過後，R沒有再陪闞沛盈走路回家，她搬到另一條街和另一個女老師分租房子。R還是會摸摸闞沛盈的頭，但不再跟她說起失敗的初戀。

四年級換了導師，闞沛盈只有在操場或走廊遇過R，R還是摸摸她的頭說長高了。五年級R變得愛笑了，好像春天在她的臉上，有一次在校門口闞沛盈看到有個男生騎著機車來接她。她想R談戀愛了，那個男生應該不是她的初戀吧。闞沛盈六年級時R調回故鄉教書，有老師說她結婚了。

闞沛盈一直記得R陪她回家路上說的話，R漂亮的五官和說話的聲音。

當完兵我到貿易公司上班，沒多久就和大四時交往的女友結婚，就在台北定居了。聽說她回到故鄉教書也結婚了。回故鄉我沒去找她，我希望她過得幸福，這是真心的，幸好她沒跟我結婚，她會遍體鱗傷。

很奇怪，為什麼在我想自殺時第一個是想到她，那一幕我送她到車站，她神情哀傷的跟我揮手。如果那時我死了，我想那會是我在人世的最後眷戀的影像。

壯年男子和闕沛盈說看兩天她待在木檯子上敲電腦敲了一個半小時，想必是在寫東西，問她是不是寫小說。闕沛盈頭都沒抬說只是在寫雜誌的人物採訪。他說：妳應該寫故書，寫人生無奈或轉折的故事，每一個人都有故事。闕沛盈終於抬頭挑釁的問他：「可以寫你的故事嗎？」他說：「寫成小說可以，不然妳也說說妳的故事。」

「我真的有故事喔。」壯年男子遞了名片給闕沛盈，闕沛盈覺得這根本是老套的搭訕。隨便瞄了一下名片，像一道閃電似的，這個名字她曾在雜誌看過，是跟她之前工作過的雜誌的對手。闕沛盈腦海裡閃過一個人，是R，是R的初戀情人，當初看雜誌時並沒有想到。

「我沒有名片。不好意思。」闕沛盈闔上筆電，喝完最後一口咖啡，沒再跟壯年男子說話，望了一眼藍得發亮的大海。

傍晚，風吹過海面吹過沙灘吹過樹梢，有淡淡的海水味，有樹葉曬過太陽的暖暖味道，太陽掛在山巔。闕沛盈開車離開這間面海的咖啡店準備回去母親的家。她沒跟壯年男子說這次來這裡就是去看R，那個陪她回家，告訴她戀情的老師。R退休了剛剛當阿嬤，熱心宗教，到處旅遊，偶爾幫媳婦帶孫子。

闕沛盈想其實應該告訴壯年男子，她知R和他的故事，而且是R告訴她的，那年她才八歲。

闕沛盈覺得奇怪，最近聽的故事都是痛，愛情是痛，家人是痛，她好久不知道什麼是痛，因為，她是一座孤島。

如果一個人在一座孤島上，會做什麼？曾經有人嚴肅的問闕沛盈。

做什麼呢？年輕時，想的都是與現實無關，甚至無涉孤島，孤島只是浪漫的、短暫的旅程之地。

現在呢？闕沛盈認真的想過。多次航行在海上，經過無數的大島小島；小快艇飛翔似的洄遊在帛琉千百的小島嶼，轟隆隆的引擎聲掃除了島嶼的寂靜；大遊輪行駛在北太平洋的冰山旁，一群群的島嶼，像種在海洋上，巨大遊輪在海上在島嶼前顯得渺小、卑微；一座座彷彿一眼就可以望穿的小小島嶼，在幾萬呎高的飛機上，大片大片的山巒，小小一塊的綠色小山巒忽遠忽近閃過。

原來，小島或者孤島真的很多。

冬季，闞沛盈在異國的一個小漁村，坐上簡陋的小漁船，七、八十歲的阿婆穩穩的駕著船速，緩緩的穿梭在島與島之間，幾乎都是罕見人跡，也許從未有人走過，林樹與林樹，芒草與芒草間毫無縫隙，也許只有蟲獸、鳥類的行跡。有些島經過數百千萬年浪水的沖激，形成一個個小山洞。

海風如冰刺。如果，一個人在孤島上，妳會做什麼？望著這些小小的島，闞沛盈又想起當年那個嚴肅的問題。

闞沛盈望著漁船前頭，布滿風霜，皺紋如漁網覆在臉上，面色黧黑的阿婆，微笑是她們唯一的語言。阿婆的臉上似乎有她要的答案。

闞沛盈想在孤島上唯一的事，就是生活。如何一個人在孤島上生活，如何使身體耐得住風寒酷熱，足夠的體力能走在只有蟲獸行踏過顛簸的山壁草徑；擁有的自然知識足夠辨識可食用的植物嗎？有能力捕捉山上海裡的鳥獸或魚蝦嗎？島上應該有可怕或會讓人致命的野獸吧。她沒有一絲絲浪漫的想像，就像童年至今。

闞沛盈再度望向船頭的阿婆，她又回淺淺的微笑。年輕時，也許阿婆當過海女，也曾在這些小島上歇息再入海吧，或者，走過這些小島，在這些小島上做什麼呢？少女時的阿婆也曾在小島上眺望遠方的漁船，某艘船上有她等待的人。為人妻母之後的阿婆呢，日日穿游在海底只為哺育稚兒。七、八十歲了，阿婆沒有含飴弄孫，冷冽的冬天，海風如刀刮在臉上身上，她還是靠著海生活。

無遮風取暖的小漁船，一個小時的航程顯得特別的漫長，凍僵了手臉。回程闕沛盈望了漸行漸遠的小島。她想，我們都是一座孤島，曾浪漫、熱情，或許也曾經奮鬥過，有時成功，卻經常失敗，我們快樂，也悲傷。

經歷人生的種種，我們始終是一座孤島。

她的故事很精彩

闕沛盈確實曾有過小說家的夢想。

一九九九年九二一大地震，闕沛盈二十多歲在一家雜誌社當記者，地震的第二天，總編輯要她採訪受地震影響的人。那幾天她趕了好多的稿子，有傷者的訪問有亡者家屬的訪談，而她最深刻的是一位七十歲的阿嬤，她在說人生的故事。闕沛盈一時興來寫了近萬字，她想在地震過後三個月，應該可以刊登，可惜總編輯說：妳在寫小說啊。

那是一個阿嬤的故事，比小說更精彩的故事，沒發表過，一直存在她的電腦裡。

地動！

一陣劇烈的搖晃，彷彿有人強力拉扯床鋪，非得把床上的人搖落床下般，她和二姊從床上給搖扯醒了。這是她生平第一次碰到這麼厲害的地震。驚慌的心情未定，她無法再入眠。停電了，摸黑走到樓下，擺在樓梯旁的鞋盒全散落在梯階上，差點被絆倒。好不容易摸到櫃檯邊，在置物櫃裡摸到了手電筒。店裡許多的貨品從櫃子上掉落地面，再往後面的廚房、餐廳照過去，壞了！牆裂了一條極粗大的縫隙。這個地震比她想像的還嚴重。

她朝正下樓的二姊說：趕快到外面。二姊不以為意：應該無啥問題，返去睏啦。

她看了看鐘，二點。不行！大地震通常不會只來一次，一定還會有餘震。過幾天就是中秋節了，山上的天氣冷颼颼的，時鐘旁的溫度計，十六度。她想，先到外面的廣場避一避，真沒有地震再回家。

和二姊，帶了毯子，拉開一扇鐵捲門，屋外的冷風拍打在臉上。她很慶幸，還好沒有改裝電鐵捲門，要不然憑她和二姊，兩個都七十餘歲的人，恐怕出不了這個門。

這是個很多人喜歡來避暑的觀光區，有一家大飯店，飯店的廣場上傳來嘈雜的人聲。好多人拿著手電筒，一道道的光束像頑皮的小孩四處亂跑。突然，一陣強烈的搖動，地震又來了！廣場上的人全都尖叫起來，光束亂竄。沒有任何東西可以扶靠，她險些跌坐在地上。大家像驚弓之鳥，聚集在一起，感覺比較安全。

今天，有一輛的遊覽車旅客住宿，難怪這麼多人。

二時四十分。

飯店的經理阿雄吆喝著男性員工，從倉庫搬出發電機，又扛出三十五吋的電視機，如果不是停電，還以為要辦康樂會呢。

「阿嬸，這次地動真嚴重，埔里酒廠火燒，我剛剛聽收音機，台北八德路四段那兒有大樓倒………，這裡，收音機收訊不是很好，等一下發電機弄好，看電視有沒有轉播？」聽到台北八德路四段，她心底發涼。兩個兒子住台北，大兒子正是住在南京東路靠八德路四段的大樓裡。幾個遊覽客，朝她問是否可以賣給他們外套和手電筒。她急著想看電視新聞，也害怕地震再來。先看電視新聞。搖搖手拉下鐵捲片。

路那端有人朝這裡邊走邊喊：「米堤那裡有人受傷，孟宗飯店倒了，好佳哉人客攏出來……」是下溪頭的人來報信，順便看這裡的情形。

米堤飯店是五星級飯店，孟宗飯店比明山飯店還晚好些年，都倒了，她突然擔心家裡廚房的牆，在第二次餘震不知是否裂得更厲害。

電視裡還沒有地震畫面，只有主播和旁邊的字幕，是八德路四段東興大樓，靠松山火車站。她稍稍寬心，不是大兒子的大樓。

廣場上的人都圍過來看電視。

電視的主播說，這次的大地震是七點二級，震央在南投的日月潭附近，埔里酒廠大火。電視畫面上終於有了災情畫面，是台北市八德路東興大樓倒塌的情況。「夭壽喔，那會這嚴重，整個大樓攏倒。」沒多久，螢幕上出現台北縣新莊博士的家大樓也倒了，再來台中、霧峰、大里……。大家才真正意識到，這次的地震真的很嚴重，而他們所在的地區正是災區，路、橋斷裂，連電訊系統也完全不通。那輛遊覽車的旅客從高雄來的，高雄沒有任何災情，但是他們卻被困在這裡。

天濛濛亮，廣場上的人仍人聲鼎沸的邊看電視災情報導，邊唉聲連連。

阿雄和員工扛來兩大桶的稀飯，擺一方桌，桌上幾大盤的醬菜。大家緊來吃早餐了。她想幸好有阿雄這個堂姪，飯店靠他張羅，她這個堂嬸也常靠他就近照應。

吃過早餐，她和二姊回到家裡看看。貨品跌落更多，她擔心的餐廳廚房果然裂得更厲害，幾塊磚還掉落，露出個大窟洞，而她這才發現往地下室和二樓的樓梯有點移位看來廚房和樓梯都要重建了。店面還好，三、四樓的房間不知有無裂縫？當初蓋這棟透天厝時，先生和她都很注意，材料和建工；餐廳廚房是二年前在後院新建的，建工一天不如一天，還是老師傅頂真。膝蓋不好，又怕待會餘震，連二樓臥房都不敢上去，趕緊拉上鐵門回到廣場。

一夜折騰下來，有人回到遊覽車上小睡，大部分的人還是關心災情，盯著電視螢幕。死亡人數從幾十人增到幾百人，還在增加。近午，她聽到下溪頭的人來說，鹿谷那兒有房子倒了，一家人都埋在屋樑下死了。倒的那家人她也認識，想著想著有些心酸，看來鹿谷比這裡嚴重，那裡住著好多親族，希望大家都平安無事。

再來一個餘震，接著轟隆隆的聲音，像馬隊奔跑，又像放鞭炮，從山裡滾動下來。大家慌張起來，有人說可能是崩山。山土石塊夾雜滾動，嚴重的話，整個溪頭可能被掩埋。死亡，這麼靠近，就在身邊打轉。大家的臉色凝重，那群被困在此的旅客，拜託阿雄開電視，看看有沒有新的發展，也許有路可以下山。電視上仍舊是災情的報導，有人從瓦礫堆中被救起，但是一直沒有關於溪頭或鹿谷的消息。人就在溪頭，卻連五百公尺都走不出去，宛如盲者，在自己的屋子裡，只能摸索猜測，有時還得憑靠別人指引。她想，大概路面嚴重受損，沒有人能下山或上山，消息傳不出去。

百年集集車站倒塌了。集集是她的娘家，雖然那裡已沒有什麼親人，只有鄰居和極遠房的親戚，究竟是自己生長的故鄉。集集火車站，早期是集集人的出走的窗口，雖然現今觀光招牌遠大於交通運輸，但是倒塌了，也彷彿窗口被堵住了。

她的人生其實很單純，就三個定點，一是集集，結婚後嫁到車光車寮〔廣興村〕，然後隨先生搬到溪頭開設這家土產店，在溪頭也將近三十年。她想這一生和「店面」特別有緣；集集娘家經營小吃店，那時稱為「做油湯」，結婚後她開了茶行，也賣文具書籍，還兼幫人縫製衣服，一間店面三、四種用途。後來，堂叔體恤他們夫妻，便宜賣給他們溪頭一塊靠路邊的地，蓋了房子，開了這間土產店，就這麼經營三十年了。這間店面供她四個孩子大學畢業，還買了四棟房子送給他們成家立業，先生未完成的志願，幾乎她都做到了。每一棟房子都是她一天站十多個小時，十元、二十元的這麼累積下來，經常連下一期的付款都沒有著落，總是東挪西湊，勉強付清。先生過世至今也有二十五年了，那時大兒子大學三年級，最小的女兒剛唸國中。先生的過世，對她確實是很大的打擊，儘管先生臥病已有一段時間，心裡也有這樣的準備，但是少了他，究竟是少了可以商量的對象，也沒有人可依靠。她還清楚記得，剛辦完喪事，有顧客來買東西，自己竟然十分鎮定的取貨算錢，一如往常。孩子還小，悲傷只能藏在心底。

「素仔，吃飯了。」二姊喊著她的的名字。也許昨晚沒睡足，坐著坐著竟然打起盹來。中午了，大夥圍過來用餐。電話還是不通，兒子們一定在掛念著，在這個斷電斷訊斷路的山區，像是住在完全沒有門窗的屋子，與世隔絕，幸好還有電視可看，知道外面發生的事。餘震不斷，沒有人敢回去，午後，沒有陽光，天氣冷了起來，遊覽車裡的人拜託她開店門，賣給他們外套，她也害怕，萬一開門時來個大餘震，屋子倒了，那裡可躲？她一再叮嚀，千萬不要挑，有得穿就好，生命比衣著重要多了。

賣完十來件外套，她和二姊趕緊拉上鐵捲門，跑到廣場，她從來沒有遇過做生意做得這麼膽顫心驚。

剛來溪頭開店時，只蓋了一樓和地下室，小孩還留在廣興，上學方便，她和先生來來去去，兩頭都要照顧。那時溪頭是大學生的最愛，流行夜遊，通常玩到天亮，所以她和先生或來幫忙的姪女常常早上四、五點便開始賣包子、茶葉蛋，天亮之後才有遊客買筍乾或香菇，晚上十點左右休息。賺了錢就一層樓一層樓的加蓋上去，成了現在這間五層樓透天厝；這些年，每逢過年，兒子、女兒帶著孫子回來，九個房間塞得滿滿的，像旅館般很熱鬧。一想到房子，她又開始擔心，除了廚房，不知三、四、五樓是否有無龜裂，可不可以住？再幾月就要過年，怎麼辦？每一次的餘震，她的心就往下沉。但是比起霧峰、台中那些倒塌、斷裂的屋牆，比起那些埋在屋牆裡的人，她想，這次地震能保住命，總是大幸的。

二姊應該累了。她拜託鄰居讓二姊暫時在汽車內小睡。突然，她想到晚上睡那裡呢？恐怕就得和鄰居一起擠在這部小汽車內了。

阿雄跑來跟她要二姊的女兒阿妙台中的電話，他說他的手機終於可以通了，因為太多人要報平安，一家只能通知一個，再請他們去告知其他人。

她不好意思，只請他打給二姊的女兒，只要阿妙知道她們平安，台北、台南的兒子和女兒就可以確知她在溪頭安全沒事。雖然，她也很想和兒子說說話，報個平安，但一想到那麼多人等著用電話，她按捺下那份心思。

也許大家都累了，早早入睡，旅客睡在遊覽車上，她和所有溪頭住戶全都睡在小汽車內。和二姊坐在車後座，前座是鄰居阿魁和她太太；溪頭太冷，太潮溼，根本沒辦法露宿，汽車成了最方便、最適合的睡鋪。二姊和阿魁夫婦沒多久入睡了，不是因為坐著不舒服睡不著，是心情吧。她不希望一生的心血就這麼毀了。

她又想到集集。那個自己出生、成長的地方。自從卡桑過世後，十多年來，她很少想到集集。

她排行第三，也許是多桑希望有個兒子，她自小就長得較其他姊妹來得壯，和父親對應還真如父子。不想吵醒熟睡中的二姊，她幾乎不敢動一動坐得有些發麻的身子。

入秋，溪頭的夜很凍很冷，碎碎喳喳的蟲子叫聲，像細雨般的落下。有微微的霧飄浮，朦朧間，她彷彿看到多桑，向她招手：素仔，汝來。她走上前去，桌上擺著一張字條，這是她和多桑溝通的方式，有些事情她習慣用書信的方式和多桑談；多桑喜歡讀書，又愛說些古老的典故和故事，鎮內的醫生都稱他「詩翁」，然而際遇不好，也不懂得盤算，落得開店賣麵。多桑很重視子女的教育，日治時代，她們幾個姊妹都入公學校讀書。她還記得有一次，大姊、二姊和她三個加起來二百多歲的人，坐在店面看報紙、讀雜誌，引來遊客的好奇。在姊妹中，她最愛讀書，受的教育也最高，高等科畢業；那時，女孩子能受教育的不多：公學校畢業還讀高等科，整個集集鎮，加上水里大概十個，她的同學目前還任職某個小學的校長。高等科畢業後，她被分發到警察廳上班，令人羨慕的工作。那時紀律很嚴，尤其是偷竊犯，刑處得特別嚴苛，經常在上班時間聽到犯人被刑打淒厲哀號的聲音，那種聲音讓她不安、難受，鞭打在犯人皮肉的疼痛彷彿是抽打在自己的身上。不到半年她辭職，沒多久戰爭爆發，走空襲，她決定留在家裡幫忙。

或者，多桑真的當她是個兒子，很多事會找她商量，有時會用筆談，後來，只要比較難表達的事情，她都會用寫的，多桑也以書寫的方式回答她，包括她的婚姻。

她知道關於她的結婚過程有幾個不同的版本，原因在於，她和先生之間學歷和家庭背景的懸殊；先生沒有上過一天學校，只在「暗學仔」（私塾）跟老師學了數個月的漢文。十來歲不明原因雙腳不能走路，臥病在床幾年，十八歲後才康復，家裡窮得經常沒米下鍋，她高等科畢業，家裡至少不愁吃穿，長得白淨端莊五官分明的她，絕對可以嫁給比先生更理想的人，因此，才出現了幾個關於她結婚的傳奇說法，其中甚至有一則說是先生騙婚，連女兒和媳婦都問她是否屬實，她笑而不答，那多年的事，提它做什麼呢？那則傳說是先生託人提親，而前去相親的人是先生就讀台灣帝大的堂弟，長得十分將才；一個木材行的會計，又長體面，多桑當面應允。她偷偷的笑了起來，這件事連兒子都不是很清楚。雖然先生助仔沒有受過正規的教育，他可是個有頭腦，很上進的人；在臥病期間，勤讀漢文，還會裁縫，幫家人裁製衣服。也許是先生漢文的底子不錯，四個孩子的名字都是他取的，名字怪異、不俗。離開了病床，到堂叔巷的木材行做工；贍仔叔是鹿谷林氏最有財勢的人，而先生的父親這房卻苦哈哈。大概堂叔覺得這個姪兒可取，教他算術學作帳，後來還升他做會計。她和助仔論婚嫁就是在那時。

一個人的出身有什麼重要？她記得當時多桑問她關於婚事時，她在紙上寫著：只要不嫖、賭、飲。憑著媒妁，確實會令擔憂，幸好當媒人的親戚沒有騙她，先生是很不錯的丈夫。她很清楚婚姻，這是她人生的另一段開始，將不再只是一個女兒，而是這個家庭重要支柱。

結婚後，夫妻倆很努力、打拚；先生在木材行工作，她在家裡開店賣茶葉、賣文具、書籍，還經常背著剛出生的兒子幫人縫製衣服。她很得意她一個人賺的錢養家綽綽有餘，後來，裝了廣興村數得出來的電話，至今她還記得，電話號碼是八番（八號），需要總機轉接。初始，經濟不是很好，兩人同心辛苦了幾年，終於有些積蓄，因此買些山地，後來，先生想有自己的事業離開木材行，到溪頭做生意，贍仔叔在溪頭開了民營的第一家飯店——明山飯店，她和先生開土產店兼賣茶葉。

怎麼會一路想到這裡，剛才明明是要取桌上多桑給的信件。信件不見了，連多桑也不見蹤影，甚至連家也沒了。她四處奔走、尋找，驚慌不已。

「素仔，天光了，好起來了。」幸好是做夢，很久很久沒夢見過多桑和卡桑。睡了一夜的車內，整個人腰骨酸痛，二姊甩動手腳做早操。她看著二姊和自己十分相異的身材，清瘦的肢體，彷彿一陣大風就可以吹走。二姊年輕時是個美人，兒子看了二姨年輕時的照片，直說長得像胡茵夢，戰爭時還曾到過香港當護士，個性開朗。自伊的丈夫過世後便來溪頭和她做伴，也有十幾年，有時大姊也從台北來，加上六妹常從台中來看她，幾個老姊妹守著店，有說有笑，兒子放心，她也覺得有趣，更不願收店跟兒子住。一生做主打算習慣了，要她仰靠兒子們奉養，是她最不願意的。雖然，溪頭的生意越來越難做，若非假日，有時一整天一個顧客也沒有。雖然她有高血壓，膝蓋的關節常有病痛，也七十一歲了，不過在她還能動能走，她是不會離開溪頭。

但是最近二姊有骨質疏鬆症所引起的一些病痛，恐怕等路通了就得回去台中住在阿妙家，徹底檢查或醫治。

飯店的員工說，部分的路段可以通，遊客可以用走路下山，過了鹿谷，部分路段小汽車可通行。雖然，有些麻煩，但是能離開這裡，遊客都很高興，急著走路下山。她看準了遊覽車較舒適，特別和司機商量，晚上借宿在車上，這樣就不用擠在小汽車的後座動彈不得。

到了下午，遊客陸續走光了，溪頭頓然安靜下來，吃飯的人也從數十位降到十來個。阿雄過來：「阿嬸，不要再回到屋子，萬一擱地動真危險，聽說鳳凰山那裡走山，整個山移動幾尺，驚死人，所以要注意。」

聽阿雄這麼一說，她心底暗暗叫苦，這下路更難通了，出不去，進不來，總不能天天靠阿雄張羅，二姊也需要到台中看病，真不知還要被困多久。鳳凰山走山，不知凍頂茶山如何，兄嫂姪兒都住那兒，希望大家都平安無事。丈夫的墓寢就在茶園裡，但願那裡沒有走山。

晚餐時間，阿雄再打開電視。有人血跡斑斑地被救出來，令人鼻酸的畫面。死亡人數已累積到一千多人了，中寮整條街不見了。以前對地震的傳說是，有一條地龍在地底竄跑，牠跑過的地方，路裂屋倒。她突然想起在警察廳做事時聽到哀號的聲音，不忍留在電視機前。和二姊早早到遊覽車上休息。

遊覽車的座位確實比小汽車的後座好睡多了，她和二姊各找了舒適的位子，她希望今夜好眠。二日來的身心疲憊，終可以平躺下來，雖然沒有睡在床上舒服，她卻一下子就沉沉睡去，連半夜幾次餘震，都沒驚醒她。

清晨五點多醒來，她和二姐回到家門口，卻不敢進去，兩人就在門前踱著步子，正對面的鳳凰山還留下走山的創痕，這樣的日子還要多久才能過去？

就在此時，一輛汽車緩緩地駛向她們身前，大概是不怕死的遊客吧，這時還來溪頭。她看了一下手錶，六點三十分，再仔細看看車內，竟然是自己的大兒子。眼眶有些模糊，她再定睛一看，真的是兒子回來了。

經歷了這一場劫難，看到兒子，一向沉穩的她高興得有些激動。

兒子告訴她，二、三日沒消息，雖然有阿苗的報平安電話，仍舊不放心，昨晚十二時左右台視新聞記者第一個到溪頭，這個記者是走水里路線，再從瑞田那邊接過來。

所以連夜，他開車下來。從台北走高速公路，到台中後沿著中投公路，來到名間，名竹大橋斷了，由名間轉往集集、水里，再由水里通過濁水溪，走瑞田、秀峰的產業道路上山回來。這一程，星夜趕路，驚心動魄，兒子說，地震嚴重，路況很差，有些路面裂了大縫，有些凸了起來，沿路很多房子倒塌，集集的狀況也不是很好。兒子要她們趕緊離開，情況不明，不知要變好還是變壞。於是，她和二姊進入家裡，上二樓臥房拿了簡單的行李，匆忙拉下鐵捲門後，坐著兒子的車子，在晨光中，離開溪頭。

車子從溪頭一路奔下山，經過廣興、鹿谷、初鄉，有好幾家的房子傾斜，有的牆倒了，這個地方有她熟悉的親戚，不過沒有多餘的時間下車去看，她希望他們都平安。

沿路處處裂縫，有些縫隙大得像漆黑的大口，彷彿隨時要吞噬過往的車輛，她提醒兒子小心，免得輪胎陷入。路過集集，兒子問她要不要去集集看看，她搖搖頭。倒塌、斷裂的牆瓦，少了人的氣味，顯得荒涼，宛若屍首，蒼白，令人心生恐懼。她不想看到自己的故鄉殘破的樣子。

把二姊送到台中阿苗那兒，吃個午飯，母子兩人繼續趕路北上。路上她斷斷續續的說著地震時的情況感覺，讓一夜沒睡的兒子保持精神開車。看著兒子花白的頭髮，她有些驚訝，兒子也四十五歲了。有時歲時就像藏在地底的地龍，隔一段時間才冒出頭來；先生過世時，才二十歲的兒子轉眼竟然已中年。大兒子長得像他爸爸，個性卻像她。二十五年來，家裡由五個人，增加至今近二十人，除夕圍爐，還得分兩桌。

然而一想到圍爐，她的心情又開始沉重起來。那面破了個大洞、搖搖欲倒的牆，如何用來過年？

「媽，到了。」進入屋裡，孫女問她關於地震的事，她從頭說一遍。隔天，大姊、妹妹，連親家母也來，再晚些二兒子一家加入，一屋子的人，讓她覺得像過節，不像逃難。沸騰的人聲，過慣了溪頭的冷清，雖然有些不太習慣，她還是一遍又一遍的說著地震的經過。親人每一張關心的臉，每一句安慰的話語，讓她感到欣慰，溫馨。

站在鐵捲門前，小兒子一下子嘩啦啦的開了門，貨品散落在地面，隨著鐵門的打開有一些滑了出來。十一月中旬，溪頭的氣候更冷了。一個多月沒有回來，空氣中有淡淡的霉味。小兒子從台北接她到台南小住，這幾天請假送她回溪頭幫她申請屋子受損的鑑定，其實不管鑑定的情況如何，廚房絕對是要重建，至於樓上的裂痕，如果不影響樑柱，修補修補也就可以了。讓她比較煩惱的是，廚房的重建能否在過年前完成？找不找得到工人？她深深吸了一口氣，先生出殯完那天，她沉穩的照做生意，悲傷沒有擊垮她，現在也不會。她相信一定能讓兒女和孫子們回來過年，還是在這間廚房裡圍爐。

把記憶留在夏天

純麗從海邊回到家裡四點多，鄰近有個小小的黃昏市場，她想去買點蔬菜。放下行李，拉著菜藍車往黃昏市場走去。

路口一位老婦人在地上攤著一塊塑膠布，擺了幾個南瓜、幾把地瓜葉，引起純麗注意的是三把野薑花，突然讓純麗想起了母親。

有些人很不喜歡白色的花，純麗想就像母親，白色的花是禁忌也是恐怖。

母親生病，父親的田有一半是休耕的，她建議栽植油菜花，或是瑪格麗特，可以像江南春天的景致，或是歐洲田園的風光。父親卻一口回絕，因為這些花都會招惹蝴蝶，有了蝴蝶便有蛹和蟲，對根植農夫性格的父親，田地裡怎麼可以有蟲！

於是，純麗說：「不然在田的四周種些野薑花。」父親想到花會引來蝴蝶，仍是搖頭。母親對田裡種什麼一向不置可否的，卻對野薑花反對，反對的理由是「野薑花是白色的」，白色的花是不可以種的。母親說白色的花像是死亡之花，所以屋前的小院子真的沒有一株白色的花。

純麗小時候，外婆家庭園很大，四周都是野生的果樹，一年四季各種水果結實纍纍，但幾乎看不到花。印象中屋後有連翹花，當成籬笆的月橘和金露華，以及菜園最遠角落一棵矮小的馬蹄花。

其實，曾經有一株梔子花，據說開得太茂而被剷除，因為這株梔子花是白色的，開得太茂盛整株白燦燦的，外婆覺得不吉祥的顏色，從此，母親對白色的花便具有恐懼之心。母親在夏天過世，白熾熾的陽光灑在帆布搭建的喪禮場地，像一朵朵灰色的花朵搖晃。純麗想母親真的不喜歡白花，布置用的百合也因光景閃著灰色。

純麗則特別喜歡白色的花，即使是空心菜開的白色花朵，她都視為小百合花。知道梔子花因開得過盛而遭外婆腰斬，對梔子花有種無緣相見的遺憾。爾後，純麗種過無數次的梔子花，總是一副營養不良，連開花也是發育不全的樣子，撐不了一年不是枯死，便是水分過多爛死，愈發對那株開得茂密而慘遭砍除的梔子花抱憾。

純麗想，因為文化、習俗不同，對於美也有不同的態度；梔子花的白色對外婆是忌諱，但在外國卻是喜事，就像台灣過年、喜事的紅包袋，在日本用的卻是白包袋。

梔子花的花語是「永恒的愛與約定」，代表愛的花朵，因此，西方人長在婚禮上放梔子花圈，或是梔子花的裝飾。純麗曾在一本介紹花卉的書上看到，傳說梔子花的種子來自天竺，與佛有關，故有人稱它「禪客」、「禪友」，大概就是取其白色的花相。大半的花卉都有傳說也都會沾染愛情以及女子，梔子花也不例外；據說，梔子花是天上七仙女之一，她憧憬人間的美麗，下凡變爲一棵花樹。一位年輕的農民，孑身一人，生活清貧，在田埂邊看到了這棵小樹，就移回家，對她百般呵護。於是小樹生機盎然，開了許多潔白花朵。爲了報答主人的恩情，她白天爲主人洗衣做飯，晚間香飄院外。鄰人知道了，於是家家戶戶都養起了梔子花。

不只東方單身男人好幻想，純麗想，西方男人也如出一轍；傳說中，梔子花是位長得嫻淑的清純少女，名叫 Gardenia。她有潔癖，而且喜歡白色系的東西，從身上的衣著至居家的一切家具，都是使用白色的。她是一位虔誠的信徒，經常祈求神，祈求將來能嫁給一位與她同樣清純的夫婿。

在某個冬天的夜裡，有人來敲門，她開門一看，竟是一位穿著白色衣著和長著白色翅膀的天使，天使對他說：「我是純潔的天使，我知道在這世界上有位可以與妳匹配的純潔男性。」並從懷裡掏出一粒種籽：「這是一顆天國才有的花種籽，妳只要將它種在盆缽，每天澆水，第八天它就會發芽，枝葉也會慢慢地茂盛起來，而最重要的是，妳必須天天保持身心的純潔，而且要每天吻它一次。」

Gardenia 依照吩咐小心的栽培這顆種籽，終於開出純白典雅的花朵。過了一年的夜裡，天使又出現了，女孩高興地述說那朵清香的美麗花朵以及一年來的心得。天使就說：「妳是聖潔的少女，將可以得到最清純的男士來與妳匹配成雙。」說完，天使的翅膀竟落了下來，變成一位美少年。這純潔典雅漂亮的白色花朵，就是梔子花。

自從在拉候家看過原住民的傳說後，純麗在回家途中看到任何動植物都想有什麼傳說，有什麼故事。尤其純麗一直很喜歡歡花和樹，那是童年的環境養成的吧。這和父母親不太一樣，務農的性格根深柢固，對待農田是務實的精神，花是不能種在菜園，會引來蝴蝶，蝴蝶會變成蛹，蛹會成蟲，蟲會吃菜。純麗想如果她一直留在家鄉和父母親一樣種田，大概也會像父親那樣吧。

純麗一直覺得花是狐魅轉世，否則怎能如此勾人魂魄；不管是玫瑰的豔麗或百合的清雅，甚至是路邊野花，都會襲人，奪你的視覺，勾你的嗅覺；若不是風華絕代，便是楚楚可憐。

小時候純麗在籬笆摘了扶桑花，找了一個小玻璃瓶注了水，把花插進去，置在寫功課的小矮桌上。寫完功課麗細看瓶子的扶桑花，發現它的蕊柱含有花蜜閃著水光，像極了蛇信或蜥蜴斥舌，也彷彿有許多話要說，張口伸舌要一次說個夠。夜裡愈看愈害怕，覺得它就像妖精魑魅，趕緊扔了。好長一段時間純麗不敢再摘花，花就像《聊齋》裡的魅狐或豔鬼，它是來索人感情和魂魄的。

純麗先買了，一袋的柳丁、一顆酪梨，再折回來跟老婦人買地瓜葉和野薑花。在台北很難買到野薑花，只要看到純麗一定買，那是她想念人的方式。也是她童年美好的記憶。

丈夫難得回家吃晚飯，雖然都快八點了，純麗熱了飯菜。隨即拿出這兩三天在海邊換下來的衣服，以及丈夫的衣褲，丟進洗衣機。收了前幾天晾的衣服、浴巾回臥房摺疊、掛好。

丈夫吃過飯後到臥房跟純麗說，後天出差到日本三天。

「要幫你準備行李嗎？」純麗以往不管是國內外的出差，都會幫丈夫準備換洗衣褲、用品，這半年來，純麗出門外宿好幾趟，丈夫去了上海和高雄開會，都是自己打點的。

「不用，只有兩個晚上，我自己弄。」

純麗收好衣服，到浴室洗澡，丈夫到書房。這些年都是如此，兩人一天講不到十句話。

吹乾頭髮，和兩個兒子打了電話後，手機傳來堂妹的電話。

「大堂伯母過世了。下周六出殯，妳會回來嗎？」是堂妹打給她的。

「啊，幾歲啊？」純麗和娘家的親戚往來並不密切，對大堂伯母卻印象很深刻。那個被阿祖阿嬤說「討客兄」的女人。母親屬於不愛說三道四的人，對大堂伯母的事純麗並不清楚，但她記得小時候住在村子另一頭的大堂伯母常來家裡和母親聊天。純麗讀國中，大堂伯母常對母親說要讓純麗多讀書，女人多讀書才能扭轉自己的命運，千萬別重男輕女。本來只想讓純麗讀到高職就好，純麗的母親終於讓純麗讀高中、升大學。後來純麗讀大學、工作、結婚回家偶爾也會專程去看大堂伯母，倒是父母親相繼過世後她就很少回家鄉了。

純麗覺得父母這個世代好像就要結束了，大伯八十多歲，算家族裡高壽的。前幾年幾個伯父和伯母相繼離世，屬於他們的世代也和農田逐漸消失。

過去純麗很不喜歡夏天，除了熱，最大的印象是死亡，她初戀的情人，她的母親，生命中最重要的兩個人都選擇在三伏天離開她。現在她也許會盼望夏天，因為兩個兒子會住在家裡。

一個人旅行回來，純麗覺得真的可以獨立了，即使沒有婚姻，她自信可以過得很好。不愉快的夏天死別記憶，也彷彿煙消雲散，純利可以把記憶留在夏天，無須躲藏。

我的神話家鄉

純麗回去後，拉俟腦子裡揮之不去的兩人共同經驗，樹精與老烏龜。這不是阿美族的神話、傳說，是童年的奇幻視野。

國中畢業後，拉俟的父親沒有讓她循著姊姊芳札賴的路，直接考台北的高中，而是讓她留在花蓮讀高中。也許沒有姊姊在身旁督促，拉俟的成績比國中差了些。第一次考大學拉俟落榜，連私立大學都沒沾上，於是父親送她到台北補習，說明年重考。於是，拉俟有了冷靜看台北的方法。

認識台北從淩晨的微光開始。拉俟這麼想。

那一年高四重考生，白天在館前路的補習班，拉俟就晚上窩在窄仄宿舍，見到陽光的時間實在不多。這是拉俟第一次離家，台北的夜，對拉俟是一種思鄉的折磨。她沒像姊姊那樣住在台北大姑姑家。

拉俟常在清晨前醒來，像鴿子籠的宿舍沒有窗，細微亮光來自走道，走道的窗外是一小方天井，初秋，天亮之前，天微微透光，像一張水墨，重重的灰青色渲染著，然後逐漸變淡轉亮，薄而弱的陽光灑入天井，天就亮了。

大學、三年研究所，七年談了三場無疾而終的戀愛，遇到了丈夫，不到一年就結婚，工作、家庭小孩，一晃就是十多年。

女兒國小四年級時因為丈夫工作的關係拉候全家搬回花蓮。剛回花蓮，拉候因為沒有工作很不習慣，下午醒來，有時騎著腳踏在花蓮市街胡亂繞，有時開車回郊區父母親家，或更遠到壽豐、海岸山脈看海，就是這樣遇到達魯安。

後來達魯安借給拉候好幾本關於阿美族的書，以及關於原住民文化危機的論文等。拉候先從神話傳說開始閱讀，她認為這可能是比較有趣了解自己族群的方式。

那是一個關於狗的故事〈神奇果樹〉：

從前有個叫科巴斯達的老獵人，養了一條大獵犬「黑豹」。有一天早上，科巴斯達上山打獵黑豹高高興興地走在前頭引路，走著走著，忽然黑豹停住不往前走。

科巴斯達知道附近可能有野獸，立即搜索，但並沒有發現野獸的蹤影，正感到奇怪時，發現樹上有一大蛇張著血盆大口向科巴斯達撲過來。

科巴斯達使勁投出鏢鎗，正中蛇背，大蛇因疼痛更狠地竄前，這時黑豹猛地上前咬住了大蛇的脖子，用鋒利的前爪抓瞎了大蛇的一隻眼睛。大蛇疼得抖動身子，刷的纏住黑豹在地上扭打翻滾。

最後大蛇被黑豹咬死，黑豹也被大蛇纏住勒死了。科巴斯達心痛的放聲大哭。

他將黑豹屍體背回家埋在草屋前的空地上。

過了幾天，從埋黑豹的土地堆上長出了一棵樹，樹葉茂盛，不久就開出花了，然後結滿黃澄澄的果子，把枝葉都壓彎了。

科巴斯達採了好多背簍放在床底下。半夜，突然滿屋金光閃爍，果子全變成黃金果。科巴斯達就把這些金果子分給部落裡最窮的人，另外挑了五個大的金果子送去給他的好朋友克洛斯。

拉候大概也可以猜想到科巴斯達的朋友克洛斯一定會起貪念，會去科巴斯達家偷金果子，結果是克洛斯是用搖樹的方式，金果子全變成石頭，克洛斯被石塊打得全身都是傷逃走了。這個故事是說阿美族人如何把狗當成是最忠心的家畜，阿美族人是不殺狗也不吃狗肉的，而且狗死了是會埋起來。

拉候也知道布農族也是不吃狗肉的，他們比阿美族人更珍惜狗：布農族忌殺狗也禁止吃狗肉，殺狗的人必須賠償一隻豬，而且必須行禳祓儀式（喪禮中去凶除垢），否則妻子會夜不歸宿。

古代布農族人家裡的狗死了，狗主人會在家休息三、五天不出外工作，以示哀悼，並且好好埋葬牠。

哀悼期間不吃小米，只吃玉米粉。若誤殺狗，要先喝水才能吃飯，喝水是藉此消除誤殺的罪行。

拉侯雖沒養寵物，但她知道狗對早期的原住民誰實很重要，是農耕狩獵的好幫手，也是人類的忠實朋友。

拉侯覺得認識阿美族的傳說似乎太晚了，從國中到讀研究所，她幾乎忘記自己是阿美族人，那是漢人文化的優越感造成的。幸好還來得及。若是更早覺醒，這些故事就可以唸給立信和莎瑪聽了，有趣又極具大自然信念，也沒有太多的教條。雖然小時聽父親講過很多關於阿美族的神話傳說，然看了這一疊書，拉侯才驚訝比想像的更多，而且都跟大自然有關，即使男女情欲也是大自然的一部分。

阿美族的一個部落裡，有對夫妻五十歲才生兒子，取名叫「雅艾」，意思就是「好」。雅艾長得好看又聰明，七、八歲時很會跳舞、唱歌，十歲就跟著父親上山捕鹿獵羊。在雅艾十八歲那年因一場瘟疫，父母親死了，只剩雅艾一個人孤零零的過日子。

有一天雅艾上山打獵，在茂茂蒼蒼的森林裡，想到父親他心裡難過，唱起思念親人的歌。忽然聽到一陣「唔啊唔啊」的呼聲從林子裡傳出來。

雅艾從背上取出弓箭，循著聲音走去，看到一條蟒蛇纏著一隻梅化鹿，立即一箭射去。蟒蛇中箭後逃走了。

雅艾走到鹿的身邊輕拍著牠說：「去吧！美麗的梅花鹿，去找你的伙伴吧。」

這隻梅花鹿並沒有回森林，而是偷偷跟著雅艾回家。

拉候看到這裡不自然會心一笑，無論哪一族人，從上古至今，想像力都很相似。這和《搜神後記》中謝端在水邊撿到一個大海螺，不忍心吃掉養在水缸的故事很像，梅花鹿變成美麗的女子為雅艾煮飯織衣；謝端撿到的螺女從水缸爬出來成了美麗女子為謝端做飯打掃。結局鹿女被雅艾看到自己拔身上的毛織布就必須離去；螺女據說是仙女，是來幫謝端料理家務，但被好奇的謝端發現，只好離去。

鹿女的故事衍繹出有趣的原住民織布的由來。在傳說中捉走織布中的鹿女是惡魔嘎哇斯，他不讓鹿女教會原住民織布，因此在鹿女出現之前，原住民都是穿著獸皮或樹皮，有了鹿女，原住民才懂得織布裁衣。

類似這樣的情境也有〈螺絲姑娘〉，螺絲就是田螺，故事和謝端撿到大海螺相似。拉候看這些傳說不免納悶，這些傳說恐怕都是男人的想像，尤其海螺和螺絲，兼具了男性情欲的想像。

拉候想起她也曾有段時間腦子裡真的希望自己擁有超能力，可以有法術，再不然像「螺女」。

拉候常在孩子睡了才能做家事，因為工作關係，經常過了晚飯時間才回到家裡。兒子六年級不想待安親班，成了鑰匙兒，幸好離家近，和四年級的妹一同回家。兩兄妹在家兩小時後客廳像被偷竊，玩具、報紙、衣物四散。夜裡雖然收拾乾淨了，隔天又回復原狀；收拾打掃和料理一家的吃食就像是日復一日，永無休止的「懲罰」，彷彿薛西佛斯（Sisyphus）日日年年的推石頭。

如果有個螺女就好了，那時拉候最大的希望是有人分攤她的家事和煮食。小時候父親會跟芳札賴和拉候說原住民的小米、菸草、檳榔等好幾種植物是怎麼來的，拉候記得芳札賴最希望有什麼東西成變糖。芳札賴嗜甜食，家裡小小的糖罐，母親都放在很高的櫃子，因為芳札賴會偷吃。

拉候最希望有人，即使鬼也好幫她打掃、變出食物，螺女更好。她知道螺女的典故，來自陶淵明撰寫的《搜神後記》，福建一個農夫謝端，有一天在海中撈到一隻巨大螺，形體大小如三升容量的水壺，於是拿回家養在水甕裡。此後謝端耕作回來，家裡都有熱氣騰騰的飯菜。為了弄清事實，謝端佯裝出外工作，卻悄悄地踅返，躲在籬笆外偷看，見一個少女從水甕裡爬出，到灶台下點火治炊。水甕的大海螺，卻只是空殼。這個少女自稱是銀河的白水素女，因天帝可憐謝端從小父母雙亡，品行端正，因此就派她來幫忙打理家務。

有學者說海螺是古時候一些單身漢想出來的情欲之物，只是在禮教吃人的社會，只好將謝端描寫成品性端正，不貪好女色的老實人，情欲方面也成了淘米炊飯了。

拉候很清楚海螺或阿拉神燈絕對不可能出現，但她是真的很喜歡神話、傳說，是從文化的角度，她大量的閱讀有關原住民的神話傳說，像一塊海棉極力吸取有關被她忽視幾十年的原住民文化。她經常帶著父親去部落耆老聽他們說祖靈的故事，聽他們吟唱古調，連父親都忘掉的神話傳說和古調。也有耆老自己親身遭遇的奇異事件，這些耆老說是祖靈的神蹟。

拉候從自己及人類共通的需要中體悟到，神話傳說都是人類在無助、無能卻又希望有奇蹟時的各種想像，這些想像可以填滿心裡的空虛，也可以假象滿足生理的需求。而當有奇蹟出現了，人類就當是「神蹟」。

神話、傳說的內容通常都是怪異的、不符現實的，卻又有可能如靈驗般發生。拉候想，不管是人、是神、是妖、是怪積累下來的就是文化，也是歷史。

沒想到讀神話、聽神話可以激發自己思考的潛質，拉候想早該回到部落的。

來去花蓮

英鳳、玉映和闞沛盈聚餐過兩次後，第三次聚餐上玉映邀了純麗。

玉映介紹完大家後，四個人坐下來點菜吃飯，初始很安靜，玉映說她和英鳳的花蓮和台東經驗，成了四人熱烈的話題。

英鳳說小時侯的花蓮和現在的很不一樣，闞沛盈說二十年前跟現在就變化很多了。四個人當中有三個人擁有不同的花蓮經驗，純麗的花蓮已經不再是過去三、五次的旅行，而是此次海邊刺蔥民宿的奇幻之旅，她斟酌著不敢講。

如果沒有遇上S，如果沒有C的調教，沒有遇到拉侯，純麗現在應該是一個安靜、無趣的不知如何交際的女人。她應該也不會來參加這個聚會。

「純麗也是一個人去旅行喔，前些天才剛從花蓮回來。」玉映看純麗一時還無法融入，找了四人共同的經驗。

「我一直都是一個人旅行。」闞沛盈看了這個大她幾歲的女人，白淨雖不是搶眼的美女，卻是個耐看的女人。

「我是不得已得一個人旅行。」英鳳看著眼前三個比自己年輕的女人，心裡滿滿的感動，上天在她孤子的階段給她這麼好的朋友。

「我是強迫自己去旅行。」玉映鼓勵過好幾個朋友，要有一個人去餐廳吃飯，一個人去旅行度假的勇氣。

「我是被玉映姊鼓勵的，很棒的經驗，以後也會是。」純麗看著眼前三個不同年齡但都是美麗的女人，油然羨慕，美女不管幾歲，永遠都是美女，照現在的說法「很有存在感」，她則是那種「存在感低」的人，不容易被記住，小時候最好的稱讚是「長得很清秀」，這和現在說的「長得很特別」、「有氣質」意思差不多，就是不漂亮，但也不是很醜，在人群中容易被忽視的人。要像C那樣的打扮才會有特色。今天純麗稍稍打扮，化了淡妝點了口紅，不然在三位美麗女人之中很容易被隱形。

「我和玉映算是同輩，雖然像你們說的差一個年級，沛盈完全可以當我女兒，純麗也可以，我那個世代即使十八、九歲結婚大有人在。」英鳳就像母親般看著這兩個較年輕的女人。

「英鳳姊看起來很年輕，如果去搭捷運不會有人讓坐的。」純麗看英鳳保養得宜的皮膚，穿著真的比實際年齡年輕多了。

「大家都年輕，不年輕怎麼聚在一起。對了，好難得四個人相聚，怎樣一起去旅行？最近好想出去走走，國外不行，妳們知道我要常常去看我媽。」玉映活潑顯得有活力，只是不太會挑衣服，經常讓她的年齡上上下下的。

「好喔。」英鳳先回答。

「去哪裡好呢？」玉映一時還沒有理想的地點。

「來去花蓮！」英鳳和闕沛盈異口同聲，兩個人相視笑了出來。

「兩個花蓮人，和一個花蓮有關的人，確實是很適合去花蓮。純麗呢？妳剛從花蓮回來沒興趣吧。」玉映本來以為會因為要去哪裡而討論不休，結果有個三人意見完全一樣，她看了純麗一眼。

「我可以啊，花蓮那麼大，又不是同一個地方。」純麗想才從花蓮回來，下個月又要去，有些意興闌珊，但想到不會是去同一個地方，又有三個人陪伴，而且也許可以去看拉候，遂答應了。

「這次我想和玉映一個房間，晚上好聊天，沛盈妳和純麗是要一個人一間房，還是兩人一間房？」英鳳想難得有人可以結伴旅行，她和玉映在美國就有過兩人一個房間促膝長談的經驗，閨密的聊天讓她很喜歡。

「可以，都可以啊……」闕沛盈當然想一個人一間房，也很習慣，可是若說想一個人被認為不喜歡跟純麗同房間。

「我也可以。」純麗也想一個人，尤其和闕沛盈不熟，但闕沛盈都說可以了，她不好意思說不了。

「好都說定了，這次費用我全出，不要跟我爭，四個人中我還有領薪水，而且是高薪。」玉映先聲奪人的說了。

「兩位妹妹們就聽玉映的，她有錢得很呢。」英鳳知道玉映不希望沛盈和純麗有負擔，她和玉映一向住好吃好，這些天的錢對玉映還真不算什麼。

「好，謝謝玉映姊。」闕沛盈看多有錢人，對別人慷慨的不多，玉映是對朋友很大方的人。

「謝謝玉映姊，又讓妳破費了。」玉映跟純麗吃飯喝咖啡，從不讓純麗付錢。

玉映說由她祕書幫忙訂票還有飯店。一個月後，她們就要去花蓮了。

四人決定後，飯菜也吃完了，四個人都要了咖啡、甜點。

「我三個月前回嘉義老家，在民雄鄉中心的街道，看到招牌覺得很好笑，遠遠就看到大大的『西瓜』，旁邊另一塊招牌寫著『願景』，一進到腦裡就是『西瓜願景』，這四個字像著魔似的黏在腦袋裡，等近了一看原來願景是房屋的廣告，旁邊是賣西瓜的。一路上，我就在想西瓜能有什麼願景呢？賣得好？沙又甜？這些都是從人的本位去思考，西瓜呢？它想要什麼？希望什麼願景？大概有二、三十分鐘，整個腦子都在替西瓜想願景。」

「太好笑了，西瓜願景。台灣的招牌很生猛的，什麼『不純砍頭』、『脫光光帶走』，很多的廣告招牌都很有創意。」玉映常全台走透透看的也多。

「什麼不純砍頭？脫光光？」英鳳還不了解玉映的說。

「英鳳姊不純指的是蜂蜜，砍頭也是砍蜜蜂的頭。脫光光是指賣土雞的人幫你殺好拔毛讓你帶走的諧趣。」純麗知道英鳳長年住美國當然不知道台灣的流行語。

「土雞呢是放養的，客人現買現殺、去毛，跟市場賣雞肉攤不一樣。」闕沛盈知道英鳳早忘了台灣還有買活雞現宰的情況。

「原來，想出這些辭句的真的有想像力。」

「我看過一個廣告招牌也很有趣，妳們猜看看。『水母吃乳酪』、『老母吃地瓜』兩家並列的招牌和店家。水母是什麼？」

「水母？不就是水母，水母會喜歡吃乳酪嗎？」

「是賣乳酪和地瓜？」

「對，但為什麼店名叫水母？」

「是生或軟乳酪，像水母嗎？還是半透明？」

「老母當然是母親，說的是母親那一輩吃的地瓜。水母呢指的是『婧某』漂亮的老婆，因為老婆愛吃乳酪，所以叫水母。」三個人猜了半天都沒猜中，闕沛盈公布了答案。

為了去花蓮旅行，她們四個人又見了一次面。那一次吃完飯到闕沛盈的朋友阿敏那裡喝咖啡。四個人確定好行程，喝著咖啡，咖啡廳播的音樂很特別，純麗沒聽過，像笛子，令人覺得哀傷。

「這是什麼音樂，很好聽，像笛子。」純麗忍不住問了。

「是愛爾蘭哨笛，常被跟風笛混為一談，有些CD是放在一起。大概都被稱為Uilleann pipe或Irish pipe。」沛盈很熟稔的說了一串。

「妳怎麼那麼清楚？」玉映知道闕沛盈書讀得多，沒想到也懂得音樂。

「是我送給阿敏的，很喜歡所以做了點功課。」

「這首，是不是聽起來像個書生在涼亭吹給不能見面的情人聽？」這首音樂播出沒多久，純麗有感而發不自覺說了出來。

「蛤？妳是不是電視劇電影看太多，浮現的畫面？」闕沛盈覺得純麗的說法很有趣。

「我是真的這樣的感覺啦，好像我是那個書生，或是那個書生不能見面的情人。」純麗有點害羞急著解釋。

「這首叫漫步神祕花園，是不是情歌不知道。妳真的這麼感覺？」闕沛盈補充說明，看純麗急著解釋有些過意不去。

「妳們相不相信前世今生？我剛聽了這首音樂，當下真的覺得自己是那個書生或書生的情人，因為不能相見或相愛，有一種說不出來的哀傷。好像某種情境或畫面出現在眼前。」對這首音樂這麼深刻的感受讓純麗非說不可。

「我相信，很美麗的傳說。尤其什麼孟婆湯忘什麼水？」玉映一下想不起忘川水，差點說出忘情水。

「我不是那麼相信，但覺得這樣的傳說很不錯，讓人死後有更多的想像。」英鳳從沒想過這個問題，過去曾聽過這樣的傳說，覺得有些淒美。

「我不相信，如果每個人都有前世今生，一世一世的輪迴，全世界幾十億人口，那上帝或天帝不忙死了。」闕沛盈對於神鬼死亡一向鐵齒。

「我是相信，有時某個畫面或場景會有似曾相識的感覺，妳們不會嗎？」純麗彷彿找到能說的話題。

「有耶，有一次和朋友開車到台中，走三號高速公路，在沙鹿附近吧，好多一根一根像天線的地方，轟的我好像意識到我曾經待過，可是我確定我是第一次經過這裡。」玉映想起十年前第一次和朋友開車經過沙鹿的情景。

「我大概六、七歲就有過，夢裡我待一個很圓形很高很高的塔，底下全是海水。我從沒離開過家，那時我家還沒有電視，怎麼會有這樣的建築？」純麗想起小時常夢見待在很高很高的天空，底下全是海水。

「那是想像吧。」闕沛對前世今生雖不相信，卻也不十分排斥，只是看電親上或坊間談起前世今生，都說前世是帝王將相，或皇后公主，從來就沒有平凡的一般人，覺得是江湖術士之說。

「我看過一個新聞好像英國或哪個國家，有個七、八歲小男孩，一直在說他的前世，有一世是在非洲的火災，家去查果然有，他好像說了三世，他都死於非命。這三世都在近代，是可以查得到。」純麗想起好像有看過這樣的報導。

「對了，之前沛盈有提到幾號房間，純麗要不要選擇？」玉映突然想起闕沛盈說的「十九號房間」。

「喔，是十九號房間啦。」闕沛盈詳實跟純麗說了八十九號房間的故事。

「我選擇旅館。」純麗想了一下她的回答，也解釋她的心境。

關於十九號房間，四個女人嘰嘰喳喳說了一個多小時，結論是四個女人覺得有飯店更好。是玉映想到看母親，四人才離開咖啡廳。

英鳳覺得很有趣，這樣的話題不曾出現在她的生活。在女兒未出事前，她接觸到的話題都是跟銀行和投資有關，再來政治，台灣同鄉會最熱門的話題。

英鳳自從和純麗、闕沛盈聚餐幾次後漸漸走出傷痛的心情，對於真相如何也就放之腦後，她現在是台灣人不是美國人，所有的傷心事全留在美國。

終於到了要去花蓮旅行這一天了。

四人早上九點四十分約在台北車站東三口，搭十點五分的普悠瑪。她們要去住三天兩夜的行程，飯店是一家新蓋的靠東海岸的五星級飯店，房間可以看到太平洋。到花蓮租車，除了純麗，其他三個人都會開車。車票和飯店租車的瑣碎事蘇玉映的祕書全辦妥了。四個人拿了車票，祕書還買了四杯咖啡四個三明治，陪她們走到剪票口。

坐上車，英鳳和玉映邊吃三明治邊很小聲的聊天，聊的都是兩人知道的事情。闞沛盈和純麗一時找不到共通話題，兩人靜靜的吃著三明治喝幾口咖啡。

「我昨晚沒睡好，待會想補眠。」純麗也知道第三次見面就是一起去旅行的很少，雖然上次聊得很熱絡，終究還不是閨密，不像玉映和英鳳，為了避免彼此的尷尬，純麗找了台階免去聊不來的窘境。

「那妳就睡吧，我是夜貓子，很少早起，我也想補眠。」闞沛盈想純麗真細心，找了個這麼好的台階。

於是兩個人都進入假寐的狀態，闞沛盈假寐了一會兒真的睡著了。

純麗感覺得到闞沛盈真的睡著後，睜開眼看著車窗外，這次不是靠海的那邊，不知會不會再看見烏龜或樹臉。

那次從花蓮回到家的第二天，丈夫去上班，純麗走進丈夫的書房。丈夫蒐藏很多關於鬼怪的書、漫畫、畫以及好多的剪報，分門別類的放在書架上。新婚時丈夫向她展示了他的蒐藏，純麗看了那些關於鬼怪的漫畫，覺得猙獰可怕，丈夫卻告訴她這是日本最有名的漫畫家，還來過台灣。看著純麗一臉驚嚇，丈夫默默的收起漫畫放回書架，跟著她到客廳看電視，從此不再跟她聊鬼怪的漫畫。

純麗在書架上看到一整排日本水木茂的漫畫，其中一本夾著報紙，原是是水木茂來台灣被記者訪談的報導：

日本知名的鬼怪漫畫家大師水木茂來台灣，即將參加一場觀落陰。他的名言是：『沒有看到並不表示不存在。』他相信人世間有神鬼妖怪，這些妖怪都有其存在的意義，甚至為此蒐集日本古藉繪畫了日本妖怪大辭典，有窮神（看到他和有錢無緣）、有忙碌神（被附身會窮忙個不停）、有洗豆怪、大腳怪……雖是妖怪，卻並非都是害人，且十分具有人性。這次水木茂來台灣參加觀落陰主要的因素……

這是二十多年前的報導，是影印的，丈夫大概從哪個同好那裡影印的。也是那次水木茂來台觀落陰，讓在讀大學的丈夫覺得有趣，進而蒐集了水木茂的漫畫。丈夫也有蒐集關於其他寫日本妖怪的書，還有圓山應舉畫的「幽靈小雪」的複製品，及不斷被改編成電影《牡丹燈籠》的電影畫報，甚至後來到日本出差，託日本的朋友買票到南座歌舞伎劇場，或是銀座的歌舞伎座看劇。這些在過去，純麗完全無法跟他交談。記得新婚沒多久，第一次夫妻兩人去日本，跟著丈夫去看，她看到演員的化妝方式覺得可怕，丈夫說那是「隈取」因為以前沒有電燈，只有蠋火，光線暗，為了讓遠處觀眾看清楚才會如此「誇張」的化妝方式。語言不通，加上昏暗與音調及聲光效果，都嚇壞了純麗，大半場都沒睜開眼睛。後來丈夫去日本再也不帶她去了。顯然丈夫是相信神怪存在的，然而，看見烏龜和樹臉，純麗還是無法開口跟丈夫說，兩人太久沒互動了，連聊天都沒辦法。

「沒有看到並不表示不存在」，純麗可是清清楚楚的看到了，還看了兩次，雖然第二次可能是做夢。在書房再次看丈夫的蒐藏，看到獨眼的鬼太郎也不再害怕，看到妖鬼辭典裡各種歪七扭八的鬼怪，也突然覺得順眼多了。可是烏龜和樹臉怎麼讓她害怕？

闕沛盈睡得很熟，半個身體幾乎要倒向走道了，純麗趕緊將她拉向自己的肩膀靠著，這樣她好睡些。

隔壁玉映和英鳳大概也談累了，都睡著了。

車過蘇澳，純麗莫名的緊張起來，她就是在還不到清水斷崖處看到烏龜精和樹臉。她睜著眼睛，看著靠海的那邊窗，也許有機會在隧道口或什麼斷崖邊再看到。

純麗幾乎是不敢眨眼，但過了清水斷崖，過了和平，純麗都沒看到烏龜精。也因此整個人鬆懈下來正想小瞇一下，闕沛盈醒過來。

「真好睡，快到了吧。」闕沛盈伸個懶腰。

「嗯過和平，快到了。」純麗看到她那沒有生過小孩維持得極好的細腰和平坦的肚腹。

「妳常來花蓮？」

「很少，從大學到今天總共五次。妳常來？」

「嗯，不過是這幾年，我媽媽住花蓮。」

「妳是花蓮人？」

「不是，我媽媽嫁給花蓮人。」闕沛盈朝純麗點個頭，好像說妳應該懂的。

純麗猜得出闕沛盈的媽媽應該再婚吧，才會有「我媽媽嫁給花蓮人」不是我爸是花蓮人。兩個人不約而同的把剩下冷了的咖啡喝掉。兩人又安靜下來，這時英鳳和玉映也醒了，車上原本安靜的氣氛，也因花蓮站快到了而熱絡起來。

「待會下車飯店會有車來接我們。」玉映向大家宣布。

「不是租車了嗎？」闕沛盈以為聽錯了。

「是有租車，但怕路不熟所以包了二天半的車，下午才會用到。我的祕書規畫了二天半的旅遊，怕我們開車太累也不熟，所以請了司機，我們到飯店吃中飯，有訂位。」玉映詳細的說明。

英鳳覺得玉映真是太貼心了，這樣大家就不用一邊開車一邊找路。

從火車站走出來，就看到一個中年男人舉著飯店的名字，玉映知道是來接她們的。

她們四個人上了車，司機就關上車門出發了。從車站往海濱方向走，過了窄窄的市街道往南的方向。

英鳳看了街道，心情有些波動。這是她少女度過的時光，讀花蓮女中初中到高中，她日日搭一個小時的火車來上學，然後再一個小時的火車回家，那時還有四哥，他讀花蓮中學高一，他還得再轉客運才能到學校。

從火車站出來是個大圓環有噴水池，一邊是客運，一邊是公路局。英鳳和同是女中的學生走上十多分鐘的路到學校，花蓮中學、高工、高商都得再轉客運，因此她家附近若想讀職業學校，都在隔壁鎮就讀，搭車半小時，又不用轉車方便多了。

這條窄窄的熱鬧的路叫中山路，從以前至今都很熱鬧，賣的都是觀光客的禮品客運站附近有小吃攤，但英鳳都沒吃過，一來沒那閒錢，再來是下課走過來，等個十分鐘左右，火車就要開了，沒有時間。回到家都六點多了。

現在那個她天天坐火車的車站成了所謂文創的賣場，火車站在北迴鐵路通車後就搬了。

車子往海濱的方向行駛，這裡英鳳並不熟悉，在花蓮女中六年，她只有學校到車站兩個定點，只是寒暑假補習三點就下課，才偶爾去逛花蓮市區，怎麼逛也不過是中山路和中正路、中華路交叉的範圍。雖然說花蓮是她的故鄉，更貼切的說是家鄉，然父母在二十年前就過世了，那個家鄉只是記憶中的家鄉，早已人去樓空。十天前跟四哥回鳳林老家走走，老家重建成漂亮的透天厝，現在是大侄兒一家人居住，餅店也收起來了。她完全不認得那是她的家鄉，她有十多年沒回來，從車站到住家全都改變了，英鳳找不到舊家，找不到熟悉的街道，也找不到相識的面孔。

從母親搬來跟弟弟住後，玉映雖去過台東幾次，但從沒回過山上，那已是別人的家園，她在山上前後只有十三年，爾後回去都是過年幾天。雖然懷念童年和弟妹擠在通鋪上，但日子太苦了，離開家要到工廠作工前一晚，她狠狠的發誓，只要有錢她一定要全家都搬離那裡。對那一片山她並沒有太多的留戀。對花蓮舊火車站她是熟悉的，北迴鐵路未通車前，她每年回家從台北搭金馬號走蘇花公路到花蓮舊站再搭四小時火車回台東，那時她很羨慕花蓮人下了金馬號就到家了。每次玉映回到家都是快到半夜，父親會騎腳踏車或後來的機車到太麻里車站接她。

玉映想英鳳和她一樣吧，有母親在的地方才是娘家，才是故鄉。現在她的娘家是弟弟的家，因為母親在那裡。

闞沛盈知道往海岸路不是往母親的家，但有一家她常去的看海咖啡館。她也有好幾個月沒去看母親了，二弟結婚有一個小孩，妹妹又生了。闞沛盈有四個外甥，都會叫她阿姨。這幾年，母親又老了一點，義信叔每到父親忌日會找她去墓園祭拜，他的妻子一直留在美國兒子那裡照顧孫子。到飯店再跟母親打個電話，可能沒時間去看她了。

純麗只來過海岸路一次，那是里長招待的花東四日遊，有一半的時間都在車上，她就是坐在遊覽車上看太平洋的。

「到了，請大家下車。」司機停下車，服務人員從廳走出來，請她們先去櫃台Check in，行李會幫她們送上去。她們訂了兩間貴賓房，各兩張大床，有小小的客廳和一張辦公桌。雖然不是那麼喜歡兩人一房的闞沛盈對這樣的房間還是滿意，何況還有面向太平洋的大露台。

行李送到房間後，四人到餐廳吃午飯都快下午一點了。在餐桌上玉映拿祕書規畫的行程每人給一張，如果有意見還可以修改。走的路線是新近開發的景點，有園林山景，也有海邊的私密景觀，她們四人都沒去過。

為了讓英鳳能稍稍休息，包的車三半點才會到。不到兩點吃完，她們回房間休息，英鳳小寐一個小時。

三點半她們四人坐下九人座的車子，玉映說這樣比較舒服，累的人可以躺著休息。她們先到海邊的私房景點，那是有不少藝術家聚集的地方，海岸上有木雕家的工作室，面對著太平洋，傍晚霞光柔和她們坐在原住民藝術家自己做的木椅上，喝著茶吃著手工餅乾，看海看船，也看藝術家工作。藝術家的太太用薏苡做串珠。四個人覺得好玩也搶著要學。藝術家太太教她們先將薏苡果實的心蕊抽出來，再用線穿串起來。

「做了自己戴。」藝術家太太說。

比黃豆大一點點的薏苡有灰或芋色灰，穿成手鍊或項鍊都很素雅。只是抽蕊心不容易，用線穿進去更難。她們玩半個小時還做不成一個手環，最後是跟藝術家太太買做好的手鍊和項鍊。接著往南走，她們到海邊的沙灘，四個人脫下鞋子像小女孩般玩水撿貝殼石頭。直到天色暗下來，才坐上車去一家原住民餐廳吃飯。

這是一家有創意的餐廳，外形像年輕族人開會的會所，全棟都是實木建的，很寬敞，餐桌椅也是木頭，但又像歐式餐廳的風格。

第一道菜是馬糞海膽，擺在大海螺空殼上，第二道是調味的鮭魚卵盛器是一只黑色小陶盤，然後是有龍蝦生魚片、山豬肉、烤魚鮮貝類、燉煮魚肝、焗烤魚肉、野菜，都裝在非常雅致的木盤、貝殼、陶器上，有的像日式料理，有的像法式，也有原住民口味，分量都少少的，視覺味覺都極好。玉映說這家要事先訂，不太接臨時來的，而且以每人的套餐方式呈現。主廚建議她們點一瓶小米酒和一杯白酒，搭著海鮮吃很對味，因為沒有米飯，雖菜色很多但量少，她們全都吃完。不擅喝酒的純麗，臉色紅通通的，四個人酒足菜飽，最後喝了水果茶醒酒。

回到飯店已經快十點了了。各在房間內梳洗，酒和白日旅途的疲憊，除了闕沛盈三個人沾了枕就沉睡了。

造反與封神榜

第二天一早，除了闞沛盈，大家都早起。八點不到都在餐廳吃早餐。

「沛盈呢？」英鳳看只有純麗一個人走進餐廳。

「說昨晚沒睡好，不吃早餐，要我幫她帶個土司牛奶，我們出發前吃。」純麗只知道闞沛盈昨晚在沙發上看書，早上醒來她已在床上了。

「不用啦，我請服務生八點半送早餐到房間。她呀，年輕人又是夜貓子。來跟我們一起坐。」玉映招呼純麗坐下。

「昨晚睡得好嗎？」英鳳看純麗坐下。

「昨晚回去洗過澡就睡了，今天精神很好。」經常追韓劇的純麗覺得英鳳的問話很像韓國人一早的招呼。

「先去拿，待會再聊。時間很足夠。」英鳳看純麗越看越順眼，安靜中有一股力量似的。

純麗先拿了一盤水果、沙拉和一杯牛奶。

「聽說台灣現在很流行先吃水果沙拉再吃正餐，某些部分跟西餐很像。」英鳳看了純麗盤中的蔬果。

「是啊，說這樣比較養生，早餐我喜歡吃粥。」玉映吃著加了地瓜的稀粥。

「在美國四十五年，習慣吃麵包、穀片、果汁或牛奶，在這裡我也想吃很久沒吃的稀飯了。」

「我小時候家裡早上不吃稀飯的，我爸說要做農事，吃稀飯很快餓且沒力氣。生病人才吃稀飯。」玉映剝著半顆鹹蛋的殼。

「我們家早上是吃飯，雖然我父親開店，我們也有田，是叔叔們種作，十點左右我媽媽或嬸嬸會挑點心，多半是韭菜粄條湯或菜飯，菜飯和上海菜飯不太一樣，是炒兩三種青菜跟飯拌在一起的『割稻飯』。這應該是客家農家才有的吧。」英鳳夾著一箸醃瓜。

「我們家早餐也吃飯，跟玉映家的理由一樣。早餐我和哥哥還要帶便當。五點前我媽媽就要起來做比晚餐還要多的飯菜。那時便當好像不作興前一天晚上冰在冰箱，都是當天早上做的。」純麗吃完一盤的蔬果。

「那時我家還沒有冰箱。說實在早餐和晚餐沒太大差別，有白飯青菜就很不錯了，有時是地瓜塊或曬乾的地瓜簽加飯。」玉映想起窮困的童年。

「那時我家也沒有冰箱，電視機也沒有，好像就只有收音機。我家因為有店有很大片的田，吃飯沒問題。我的同學真的很多人都帶米飯加了很多的地瓜簽，他們很羨慕我都是白米飯，有時我會跟他們交換，新鮮的地瓜簽加飯其實很好吃，但曬乾過的有時會有霉味。」英鳳是家裡最小的小孩沒吃過苦，農田的事也輪不到她份。

「英鳳姊在那個年代算好命啊。」純麗拿了白煮蛋、一個可頌、一片煎培根，一杯咖啡。

「是啊，我家有開店做生意有差。我又是家人中的娓妹仔，大哥大姊的年歲可以當我爸爸，從小我好像就不知道吃苦。」英鳳雙手細白，一看就是不用做什麼家事的人。

「每個人都有自己的命啦，努力成功也是命，個性造就一個人的命運，所以人都是命。」玉映喝著咖啡，像在說自己。

三個人邊聊天邊吃早餐，一個小時就過去了。

「起床了。」純麗回到房間，看闕沛盈已經起床了，一邊看著手機邊吃著歐姆蛋。

「妳們這麼快吃完了？」闕沛盈抬起頭看著純麗。

「嗯，九點十分司機會在Lobby等我們。」純麗心想我都吃一個小時了，看闕沛盈還穿著長T恤當睡衣，頭髮還盤著，知道她剛起床沒多久，只有半小時不知她能不能準時上車。

「好，謝謝。」闕沛盈說完又低頭看手機。

九點二十分，闕沛盈終於衝出飯店大廳，鑽進車子裡面。

「不好意思，起來晚了。」闕沛盈一邊紮馬尾，嘴上還咬著太陽眼鏡。這是其他三個女人不曾有的習慣，但覺得有某種風情。

早上去了山區，新景點，看山看湖，走了一段山路，因為時間不趕，司機兼導遊，五個人倒是說說笑笑。湖的附近竟然有一家小小的茶房，全是木頭搭建的，彷彿是周邊自然的一景，五個人走了這麼一大段路，又繞了湖一圈，十一月在山區是有些冷的，她們卻微微出汗。

小茶店是一對年輕夫妻開的，聽說像上班一樣，早上十點到下午四點，說山區天容易黑，也較容易下雨。五個人都點了茶，配著小蛋糕。整個湖山區，只兩團人，另一團約七、八個人，只是進來看看並沒有坐下來喝茶。

坐了半個小時，他們走出山區上車到另一個地方，那是個部落園區，有果園、紅藜、玉米、小米田，還有柴窯、捏陶檯、餐廳、藝品部，走一走逛一逛也快十二點了。就在餐廳吃飯，有土雞、烤山豬肉、烤魚、野菜、紅藜紫米飯，這樣的菜色對這四個女人極有吸引力。

吃完午飯，英鳳和玉映因六點就起床，顯得有些疲憊，司機建議她們在車上休息。

下午司機建議剛好順路可以先去去看岩壁美人，再去一個有很多蝴蝶的地方。

岩壁看起來像側面的女子，眼睛處有個鳳眼似的小洞，就像雕出來的眼睛，從高處俯瞰岩壁美人是低首沉思，從低處看，則是莊嚴側臉美人。

四人及司機都嘖嘖稱奇，萬物造景鬼斧神工令人驚豔。離開岩壁美人往蝴蝶谷出發。十一月了山谷的蝴蝶不多，但還是可以看到一些，四個人對蝴蝶沒什麼研究，倒是有些奇異的花開得很漂亮，沿著小溪走進山谷，闕沛盈覺得武陵漁人：「緣溪行，忘路之遠近。忽逢桃花林，夾岸數百步，中無雜樹，芳草鮮美，落英繽紛，漁人甚異之；復前行，欲窮其林。林盡水源，便得一山。山有小口，彷彿若有光，便舍船，從口入。」這也是少數闕沛盈可以背起來的詩句。

她們停在溪邊坐在石頭上赤足在溪水中，說是泡冷泉。泉水冰冷泡了一下英鳳就受不了，擦乾腳她們走進一個部落社區。她們和幾個坐在門聊天的婦人打招呼，這幾個大概七、八十歲的女人熱情的回應她們。

「我們好像都沒有原住民的朋友，雖然十八歲前都在花蓮，卻很少跟原住民往來。」英鳳看了這些同是花蓮人，又和自己年齡接近的原住民女性，卻有陌生感。

「我也沒有。雖然小時候住山上，鄰近有原住民，不知為什麼沒有往來。」玉映想起小學班上是有原住民同學，但很少，她們很害羞，跟漢人不熱絡。

「我大學有喔，還算熟，但畢業後沒繼續聯絡就斷了音訊了。」闕沛盈想起大學時真有一位住在台中泰雅族的同學，不太愛說話卻很會唱歌。

「我有喔，她是這附近的人，開民宿對原住民神話知道很多。妳們會想認識嗎？」

純麗有些忐忑，不知該不該說出來？

「好啊，如果方便請她跟我們晚餐。」玉映一聽原住民神話，熱心的要純麗邀約。

「好我來問問看。」純麗立即撥了拉候的手機，可是沒人接。

四個人走出來走溪岸的路回到車上。快回到飯店時拉候回了純麗電話，可以過來一起飯店晚餐。

晚餐是六點半，六點她們回到飯店先回房間漱洗、休息。

拉候準時六點半出現在餐廳，純麗先在那裡等候了。英鳳、玉映也進入餐廳，闕沛盈晚了五分鐘。

「我叫拉候，謝謝妳們邀請我來。」拉候今天特意穿上有鑲阿美族服飾圖案的洋裝，整個人亮了起來。

晚上吃的是西餐加義式料理，五個女人各點自己的喜歡的菜色，玉映聽英鳳的建議點一瓶法國西南部卡本內蘇維儂的紅酒。拉候這幾年訓練得很健談，對其他四個女人的問話，回答得很流俐，說起阿美族的神話故事魅力十足，很吸引人。

「布農族的螃蟹是這麼來：古時候一場洪水，水退後，形成山谷與溪流。從上游流下草成了螃蟹的腹部，流下樹皮成了甲殼，二根樹枝流下來，就成了螃蟹的去螯。」

看到玉映加點服務生特別推薦龍蝦和螃蟹，她說了布農族螃蟹的由來。拉候還說了鄒族女人和蝌蚪、青蛙傳情的故事，男人和茄冬樹的傳說。讓四個女人像上了一堂神話課。

「讓她吃完再說吧。」英鳳喜歡拉候的爽朗，口才又好。見她因說故事，盤中的食物大半沒動，要大家先把飯吃完再聊。

快九點她們吃完餐也吃完點心，還開了第二瓶酒，仍意猶未盡。玉映建議大家到她們房間繼續聊，繼續喝酒。她們帶著酒杯和酒到玉映和英鳳房間，玉映交待餐館送起司和水果到房間。

「這趟的旅遊真好，好玩好吃，又認識新朋友。」英鳳拿起酒杯向大家致意。

「旅遊的伴很重要，可見我們的個性都好相處。這酒真好喝英鳳姊挑得好」玉映神情愉快。

「純麗很少聽妳提到老公，我玉映和沛盈是沒有丈夫的很自由，我看妳也很自由，應該是有個好老公。」英鳳臉色微紅，整個人放鬆著。

「兩個小孩讀大學，老公幾乎天天加班，不需要我伺候，也不太管我。所以我也很自由。」純麗真正想說的是：我若失蹤，大概要一星期丈夫才會發現。

「沛盈真的不想結婚？真好，若我現在是三、四十歲我也不想結婚，有個戀愛對象就好。有男友嗎？」英鳳因為喝酒的關係整個人放開了似的。

「不會想結婚，去年剛結束一段感情，目前沒遇到想戀愛的人。妳們有誰現在會想戀愛？」闕沛盈對這幾個比自己大上十、二十歲的女人的感情世界有了一點興趣。

「我，可是年齡跟我接近的，絕大多數是已婚，單身的適合的真的很少。」玉映以自己這些年來的經驗有感而發。

「玉映姊想戀愛，有性的因素嗎？」藉著酒，純麗想起了C，大膽的問了玉映。

「我想一下喔，好像沒那麼大的性趣，剛守寡的前些年，忙到連睡覺時間都不夠，想的機率很低，後來有想過也有交往對象，是生意上的客戶，但都是人家的丈夫，我良心不安，交往都不到半年就結束了。現在，多半是心理因素，沒有強烈的欲望。怎樣？我的回答滿意嗎？」玉映有了些酒意，更放得開了。

「很滿意，喝酒。」純麗覺得C好像又回來了，她不自覺說了C的事。其他四個女人都睜著大眼睛，看起來最老實的人竟是情欲最豐富的人。她們七嘴八舌號的問個不停，純麗只能傻笑，她想原來酒後吐真言就是這樣，沒什麼不能說的。

喝完三瓶紅酒，五個女人不想再喝，叫服務生送兩大壺茶，話題從純麗的情欲到談鬼神，不知是話題還是茶讓她們全都酒醒了。

「妳們聽過魔神仔嗎？雖然我跟著先生信了基督教，也因為他和女兒我曾慌亂的求神拜佛。」英鳳朝大家問了關於神怪的看法。

「聽過，在山上我媽媽特別交待陰森的山林不能去，否則會被魔神仔帶走。」玉映的童少魔神仔不是陌生的話題。

「我小時候常聽過，鄉下有小孩子被魔神仔帶走的傳說。我先生最愛研究鬼怪，聽說日本也有魔神仔，就是人死後靈魂處於飄盪無去處的時段，不知台灣的魔神仔是什麼狀況？」純麗想起丈夫書房裡的一堆鬼怪的書。

「我小時候沒聽說過，但在大學跟登山社去爬雪山時聽嚮導說過，有些登山客是被魔神仔帶走，一個人恍神似的往深山裡走去，越年輕體力越好走得越遠，走到精疲力盡、昏厥，然後凍死或餓死。」闕沛盈覺得這是有趣的話題，大學時曾和中文系的學長談短暫的戀愛，那時學長正在讀《山海經》，學長說是一些奇山異石和多頭多手怪異詭奇的動植物。後來她讀《鏡花緣》時才知道很多奇特動植物都是從《山海經》來的。

「我好像夢過魔神仔，那是我因先生和女兒的事情焦頭爛額，從台灣求神問卜後卻毫無進展時，有一天夜裡夢見我家後院，出現一隻或一個形體模糊像人又像猴子或什麼直立的動物，死命的搖動一棵橡樹，然後折斷了我種的玫瑰花。最後對我露出牙齒似笑非笑的走了。我找人解夢說是魔神仔來告知，橡樹是丈夫，玫瑰是女兒。不管是真或是江湖術士的胡謅。卻讓我因此而有些釋懷，如果是註定的，那就聽命吧。」英鳳現在談起丈夫和女兒神情輕鬆很多。

「其實不知答案也很好，相信丈夫是清白的，女兒可能是生病了，人間沒有大惡，生活才過得下去。」純麗有感而發，就像先生可能或是應該有外遇，她什麼都不想知道，她變成了C當然丈夫無須知道，存在兩人心中的彼此可能無趣卻是忠誠的。

「原住民的神怪傳說中也有類似魔神仔，他們有時會捉弄人類，輕一點的是小小損傷，重一點生場大病，很像我們的生活。」拉候讀了很多自己族人的傳說，最終的目的還是敬天崇信大地、自然的信念。

「這個世上真的有神，有鬼嗎？」純麗自從看到樹精後，一直覺得不安，不知是幻像還是真有鬼神？而信基督教的拉候也是跟她一樣夢到，就不知該怎麼解釋了。

「神話、鬼怪其實都是人類的想像力加上錯覺，尤其在蠻荒年代，口語傳播總是誇張不夠精準，雖然不科學卻很美麗，尤其成為傳說之後。」闕沛盈當然知道神話怎麼來的，但是知道是一回事，相信又是另一回事，否則台灣好幾個宗教信徒數以百萬計，其中更不乏博士、教授，甚至總統。她不執迷於宗教，但對神怪傳說卻有浪漫情懷。

「妳們看過鬼或有過什麼聖蹟嗎？」玉映並沒有特定的宗教信仰，拿香或進教堂都可以，但自從看過樹精之後，過去母親說過的，小時候聽過的各種神怪、傳說不斷在腦海裡盤旋。

「沒有特別，小時候我很愛幻想，常常幻想會飛，可以穿梭任意門去找我媽媽或爸爸。有時也夢見或看見我爸爸真的回來看我。甚至會看到一些奇奇怪怪的東西，會對我笑，我阿公說是眠夢，我想大概是小時候太寂寞孤單的緣故。」闞沛盈見大家靜默不語，想必每每人都有自己的神怪經驗，但怕說出來可能被取笑或認為無稽之談，自己並沒有見過什麼妖怪也無見證什麼神蹟，倒是小時候常被阿公笑愛說些奇奇怪怪的。

「什麼門？」英鳳覺得她和闞沛盈真的代溝。

「任意門，是一部日本卡通中一個角色叫小叮噹的道具，可以隨時穿越時間和空間的門。在台有三十多年了吧。」純麗在兒子小的時候陪他們看卡通，好多卡通她都知道，即使半百年歲她還是愛看卡通。

「喔，真有趣，在美國陪兒女看的是歐美的卡通或童話，任意門有創意，跟一部很久很久的電影《回到未來》有像。」英鳳明白不同世代不同國家的母親跟小孩說的童話或看的卡通是不一樣的。

「我剛查了一下，《哆啦A夢》的任意門好像是一九八〇年，比《回到未來》的穿越時空早好多年。」闞沛盈查了一下Google。

「現在太多穿越時空的戲劇或電影，看多了真膩。」玉映有感而發。

「剛說到什麼？怎麼跑到穿越時空？」英鳳摸不著頭緒，話題怎會是穿越時空。

「喔剛剛是說到魔神仔。」純麗想了一下才想起是在說神怪的經驗。

「我媽媽說我嬰兒時會對床母笑說話，我媽媽堅信有床母會保佑嬰兒長大。」玉映想起小時候，在弟妹出生後會拜床母這件事。

「我懷孕時我媽媽還交待不要剪東西，房間不要釘牆壁，不然小孩會兔唇，會烏青。我覺得很好笑，可是真的不敢拿剪刀，不敢釘牆壁。」純麗想人類為了小孩很多事寧可信其有。

「我讀小學之前，就住在山村裡，看見什麼都當成玩伴，跟貓狗跟樹跟石頭跟雲跟風說話，我也覺得他們真的也跟我說話，大概就跟沛盈一樣太寂寞了，我父親、姊姊上學了，我媽揹著弟弟忙家裡田裡的事。好像大家都有過非常魔幻的童年。」拉候覺得這個話是非常有趣，很多人相信神話的階段在童年，有人在老年。」拉候想起未上小學及剛讀小一只有半天課時光，大多白天的時間都是一個人在家裡或屋外嬉戲，不知是想像或記憶模糊，所有的景象都十分魔幻。

「我上次去拉候的民宿，看了幾本的原住民神話故事，發現好多有關台灣的開天闢地故事，台灣人不管是客家或閩南，好像很少，只有什麼民間故事或鬼怪之類的。我是因孩子小的時候唸故事給他們聽，找了很多童書發現的。」純麗想起自己小時候或唸童話給兒子聽時，竟找不到台灣開天闢地的神話。

「那是因為原住民在台灣數萬年，台灣人移民台灣不過數百年的因素。開天闢地這樣的神話沒有數千萬年以上是很難有的，何況閩南人從福建來台灣時，台灣已有平埔族和其他族群基礎的田耕、漁牧文化，早過了蠻荒的神話時期。」拉候也是在了解自己族人的神話傳說後知道，台灣的神話大抵上都是屬於原住民的，畢竟原住民在島上已有數千或萬年的歷史。

「很奇怪是關於太陽原住民的傳說跟后羿射日很像，怎麼都是十個太陽被射掉九個？」純麗想起在某一本神話書中看過。

「那是布農族的獵人傳說，阿美族和卑南族不是，他們是人類變成的，阿美族比較特別太陽是女人，月亮是男人，而且這個太陽好色，多好的傳說。卑南族則是由一群兄弟姊妹將其中的弟弟和妹妹推到天上，就成了太陽和月亮。」拉候做了簡單的說明。

「以前會有很多個太陽是不知道太陽和地球自轉和公轉的關係。人走到哪裡太陽就跟到哪裡，會覺得很多個，月亮因在晚上，比較少人出來會覺得就是要入睡前那個。台灣的樣子雖然說是番薯，但她的由來傳說是鯨魚也就是鯤，海翁的另一種說法，至於人類如何在此誕生的神話就屬於原住民了，像拉候說的漢人來得太晚了。」闕沛盈旁聽過神話學，關於太陽的傳說很多。

「關於人類在台灣出現傳說也有好多，阿美族人有土生、石生、樹生、果實生……，卑南族有竹生、石生，傳說都很美，和神或造物者有關。所以從福建漂海過來台灣的閩南人已經穿衣、有農具也有人識字，不是蠻荒的創世人類，再創神話很難，鬼怪傳說就很多，而且不受年代的影響。像現在還是很多人相信神蹟、鬼怪的。」拉候很欣喜大家都愛聽神話。

「真好聽，拉候以後請妳多講原住民的神話，非常有趣。真的我從小至今聽到都是神明或鬼怪，很多神明像土地公、媽祖、天公都是從中國來的。」英鳳覺得好像回到學校上課，而且是很有趣的課程。」

「信仰和其他各種文化都是跟著人跑，只是到了他鄉異國會略有修改。就像麒麟，中國的麒麟是吉祥物，台灣的麒麟叫『麒麟暴』，只要牠經過會引起大火讓植物燒死，引起乾旱，若她經過高山上的冰雪，會造成雪崩而引起大水災。」闕沛盈記得有一次授課老師談文化遞變與差異引用神話傳說的麒麟以及僵屍與吸血鬼。

「好多傳說中的的神怪動物都沒見過。不過若真的見過大概就不好玩了。」玉映想若真的見了蛇郎君大概早就嚇昏了。

「台灣的創世神話屬於台灣人的真的很少，但神蹟鬼怪傳說倒不少。」闕沛盈知道這些年正流行鬼怪傳說。

「有嗎？台灣人不是只有媽姐和土地公什麼的？」拉候不清楚台灣神蹟鬼怪，直覺就一般道教信仰的那些人。

「很多很多，最近有人寫出一大本關於台灣的妖鬼神的書，叫《妖怪台灣》裡面羅列了近三百個妖怪鬼神。很好看。」闕沛盈二個月前才買了這本書，但還沒看完。

「我也要來看，應該很有趣。」純麗想丈夫應該會買，妖怪是他最愛的。

「三百多個這麼多？原來台灣有這麼多的妖怪鬼神，有我小時候聽過的蛇郎君和石頭公嗎？」玉映知道有這樣的書，應該有她童年聽過的鬼怪傳說吧。

「有啊，雞妖、妳們剛說的床公床婆，還有聽我阿公說被油蹄貓跳過會變殭屍，還有牛怪，還有什麼？喔還有烏龜精說龜山島就是牠變的，還有施琅的虎精轉世……」闕沛盈努力的想書裡還寫了什麼，可是突然發現純麗、拉候張口睜眼，表情很驚訝。

「烏龜精？有樹精嗎？」英鳳也一臉好奇。

「有啊，台灣現在還有耶，我看過新聞，台中有一棵千年的茄冬樹……我說錯了嗎？」闕沛盈話都沒說完，拉候和純麗瞪大眼睛。

「妳們怎麼了？我說錯了嗎？是千年的茄冬樹啊。」闕沛盈看著拉候再看英鳳，幸好英鳳表情很正常。

「茄冬樹常被稱為樹公，活個數百年是很平常，千年的茄冬也有的，所以有人當樹精、樹神來拜。」玉映的朋友說南投有一棵好幾百年的茄冬，當地人在樹旁蓋個小廟，早晚有人拜和供奉。

「因為我和拉候看過烏龜精和樹精，不是幻覺，我這次會想跟妳們來旅遊，就是想是不是會再看到。真的。」純麗想書中烏龜精難不成就是龜山島的烏龜？茄冬樹呢？

「真的，我覺得我是夢見的，但跟純麗同一個晚上，夢的都一樣。不會那麼剛好吧。」拉候趕緊接著說。

「妳們說的烏龜精和樹精我好像有模糊印象，但想不起什麼時候。」玉映感覺不陌生，卻沒有更清楚的記憶。

「我好像也是，只是想不起來什麼時候在哪裡？也有可能聽妳們剛說的，腦中浮現的。」英鳳不敢確定，從女兒和丈夫事件，她到處求神問卜後，乩童、廟公等一些所謂消災解厄的說法不斷在她腦子裡轉，有一段時間她常現實和夢和想像分不清楚。

「這會是什麼徵兆？我和拉候都很肯定，妳們是不確定，但不是完全沒有，而且不是其他的什麼鬼怪，是烏龜精和樹精。」純麗很努力的想推論出某個狀況。

「我沒有喔，我小時候很愛幻想，好像什麼鬼怪都見過，所以在看《台灣妖怪》時很能投入。如果拉候和純麗都堅信見過，可能存在，這些神怪也許真的是某些人才能看到。也許今天晚上妳們會再夢到或見到。」闞沛盈近年來開始相信神怪的傳說，雖然她沒看見。

「可能喔，我們說了他們這麼多次，她們耳朵一定很癢。」玉映半開玩笑的說著。

「別開玩笑了，她們看起來應該無害，但還是有些嚇人。」純麗小聲的說彷彿說給自己聽。

大家一時無語英鳳趁此去了洗手間，玉映去吧檯倒杯水。

「有沒有人想喝咖啡或茶再醒醒酒？」闕沛盈把杯裡的茶喝光走到吧檯煮了開水。

「不要，酒早醒了，咖啡茶喝多了會睡不著。」拉候搖頭，玉映搖著手裡的開水。

純麗接著英鳳之後進了洗手間。

這時，房門像被重物敲擊「碰、碰、碰」，不像一般的敲門。本來英鳳想是不是剛才她們五個人講話或笑得太大聲隔壁或對面的人來抗議。

「誰啊，我去看看。沒有人耶。」闕沛盈站起來走到門口從門孔看出去，沒有人。

玉映心急也走過去看看。從門孔上怎麼看都沒有人。她們兩人走回小客廳。才剛坐下，又來「碰、碰、碰」像有人拿著撞鐘的木頭拉著門。五個人都站起來。

「是誰？！再不說報警喔。」玉映大聲的斥責。

安靜了幾分鐘，又再「碰、碰、碰」，五個都站在門邊感受到那聲裡穿過門板打在身上的共鳴。

「要開門嗎？」闕沛盈看著大家一臉疑惑也著驚恐。

「先不要，打電話給櫃檯，要他們來看看。」英鳳看著純麗。

純麗感緊到床頭撥給櫃檯。

三分鐘後客房服務人員便來敲門，問她們有什麼事。

「剛有人很用力撞門，三次喔，但都沒看到人。」拉候先跟客服說。

「很大聲嗎？三次？我沒聽到啊，我就在走廊那頭，才隔三個房間，如果很大聲應該聽得到啊。」客服人員一臉迷惘。

「你剛來有看到奇怪的人嗎？」玉映問。

「這層樓是VIP房，總共才六間，今天只有你們兩間訂房，一般人或樓下旅客是上不來的。」

「那樓梯呢？從樓梯爬上來啊。」

「上來這裡的樓梯旁也有一個客房服務人員在哪兒，她可以看到任何人上樓梯的。還是要看監視器，我辦公室就有，現在去看很方便。」

五個人到客房服務那兒看監視器。

她們在螢幕上觀看前後十分鐘，她們的房門口真的沒有任何人。

找不到敲門的人，回到玉映的房間，五個人的酒興全無。拉候正想說要回家。房門這次是「喀、喀、喀」像用指甲敲門，聲音很小但聽得很清楚，五個人輪流從門孔看也沒有人。闕沛盈趕緊打電給客服請他出來看走廊這頭她們的房門有沒有人。客服拿著電話聽筒探出房門回答說沒有人。

五個人決定，等敲門聲再響要一起開門，但為了安全起見，有人拿衣架，有人拿煮了開水的水壺，有人拿吹風機，這是五個人急促商議自衛的方式。

「喀、喀、喀」敲門聲又來了。

玉映開門，闞沛盈、純麗和拉候手上各拿著保衛和攻擊的「武器」，門一開，什麼人也沒有。五個人懸到口的心臟放了下來，同時往走廊的另一頭看，一個人也沒有。回過神闞沛盈正想關門，一截木頭伸了進來，嚇得她往後退，正想將手上熱水瓶裡的水潑出去。

「啊樹臉、烏龜精。」純麗和拉候同時叫了出來，闞沛盈停止潑水。

「不要害怕，不會傷害妳們。」胖茄冬的後面是阿綠，她們一閃進來之即關了門。

「妳們是誰？是……」闞沛盈被嚇到語無倫次不知怎麼說。

「我們坐下，看她們怎麼說。」英鳳心裡有數，要大家坐下，玉映、純麗和拉候都坐下來，只有闞沛盈仍是驚恐不知所措看著這截像木頭有臉的人樹和皺巴巴的老烏龜。

玉映拉著闞沛盈坐在椅子上。

「為什麼來這裡找我？」純麗突然對著胖茄冬和阿綠說話。

只有拉候沒有驚訝的看著純麗。

「有事要跟妳們說，不是只找妳，還有這四個。」胖茄冬看著其他四個人。

「我們？我又不認識妳，妳們到底是什麼妖怪之類的嗎？」闕沛盈雖有其他四個人壯膽，但還是莫名的害怕。

「妳認識我們，這裡的人都看過我們。」阿綠從茄冬身後走出來。

「我？怎麼可能，今天第一次看到妳們。」闕沛盈一臉狐疑。

「對啊，妳五歲時妳媽媽離開的清晨，妳在窗子看時我們就在路旁，第二次是妳爸爸在大水溝溺斃，妳和阿公來招魂時我們就在橋頭的石獅子旁。」胖茄冬胸有成竹的看著闕沛盈。闕沛盈陷入回憶，努力去回想。

「還有妳，回台灣求神拜佛時在那位在家居士門外的籬笆旁有看到我。」胖茄終指著英鳳，英鳳沒有回答，那時她確實看見，只是以為幻覺或眼花。

「還有妳，在妳家山上有看過我們。」胖茄冬轉向玉映。玉映是看過，在她要離開家裡到工廠的前一晚，她眼淚不停的掉，走到屋外放聲大哭，在淚眼朦朧中她是看到石鋪岸上有一隻大烏龜和一截樹幹，但一下就不見了，她以為自己哭到眼花，但這樣的記憶卻不曾忘掉。

「妳們兩個我就不必說了，上個月妳們才見過我們。」胖茄冬像個老師在面對學生。

「妳想起來了吧。」阿綠問闕沛盈。闕沛盈確實想起來了，在母親早晨離開的巷道霧濛濛，路邊的大石頭上有一截有臉和嘴鼻的樹幹和一隻看著她的大烏龜；在去招父親的魂那天近中午，大圳橋墩的石獅子上，她看到樹幹和大烏龜。那時她正熱衷讀童話故事，覺得看到她們很正常，她還跟他們招手。阿公還以為她看到父親的靈魂。

「妳們來有什麼事？」英鳳終於開口。

「妳們聽好喔，我叫胖茄冬，她叫阿綠，這兩個名字我們很不喜歡，不說這些，先說正事。本來妳們五個人聚在一起是要做事，比較特別的事，也就是說要有作為，可是都兩年了還沒進展，本來我們是要來幫妳們的，悶了兩年沒機會出場。」胖茄冬看著面前的五個坐著的女人。

「兩年？我們今天才剛認識。」拉候覺得這究竟是夢還是真實。

「是啊，兩年前妳們就在這個飯店了，一直停頓在這個房間裡。」

「有嗎？我以為我才剛來的第二個晚上。為什麼我們會停留在這裡兩年，而且我們一直沒感覺？」

「因為兩年就是他寫小說的時間，兩年前他寫到這裡，然後停筆再也沒寫了。」

「他？是誰？我們之中的一個人嗎？」闕沛盈看著左右的姊姊們。

「不是，是這個小說的作者，妳們是，我們也是，都是他製造出來的人物，我們不是人物，就叫角色好了。我可以坐吧，太胖了站不久。」胖茄冬拉著阿綠坐在五個女人對面的椅子。

「什麼？我們不是人，是小說中的人物？」拉候覺得胖茄冬在鬼扯。

「是啊，妳們和我們都是，我們並不真實存在。」

「那我們的家人算什麼？」純麗覺得不可思議，一截木頭告訴她，她和朋友和家人都是不存在的。

「對啊，那我們今天去玩，晚上一起吃飯，若我們不是人，那走廊那頭的客服人員又是什麼？」

「他們也是角色，出場較少的臨時演員。」

「像電影、舞台劇嗎？」

「有點一樣，但妳們沒有太真實的樣貌，就只是文字。對了，本來還有一個百日關的女孩，不知為什麼作者只寫了一章就沒再寫她，她就這樣夭折了。還有那個潘金花因和蘇玉映的角色有些重疊，就讓她移民了。所以這部小說重要的角色就剩下我們七個了。」阿綠補充說明。

「角色夭折？我們五個女人只是小說中的角色，怎麼可能，我們不是一起吃飯，我比較老她年輕。這不都是活生生的嗎？」玉映看著眼前的烏龜和樹截，指著闕沛盈

「那是文字敘述，那是他創造了我們，但我們只能依著他敲打鍵盤才能出來。」

一陣霧氣從門縫吹進來，七個角色像被暈染般五官愈來愈模糊，每個人包括胖茄冬

和阿綠都成了一片文字，頭上是名字。

五個女人妳一句我一句的問著，終於知道她們只是角色，不是真實的人。越是這麼認為，文字的流失越多。

「怎麼辦，我的字掉了好多。」闕沛盈首先發現文字掉落得她像穿著迷你裙。胖茄冬掉到像瘦了十多公斤。英鳳的頭髮少了一半，烏龜的腳趾沒了，拉候的肩膀削了二分之一，玉映一隻手掌都不見了，房間也變得昏暗朦朧。

「只有一個方法可以救大家。」胖茄冬胸有成竹。

「什麼方法？」五個女人爭著問。

「我們要造反，我們自己寫自己的，他停工兩年了，再下去我們會掉光光，什麼都沒有。」

「怎麼造反？我們是文字又不能殺了他或命令他趕快寫，把我們寫好。」

七個角色身上的文字又掉了一些，像一群鬼怪。

「我們去做一件事證明自己的存在，他停筆不寫，我們自己寫。我有個提議，這是我跟阿綠商量的。」說話的人是胖茄冬。

「現在身體都快沒了，怎麼做事？」

「讓角色演下去啊。」

「妳們不來，我們五個女人好好的，現在聽妳們說後，真的是『落漆』啊。」

「妳們五個人最想做的事是什麼？我們被設定只能飛來飛去，沒有法力不知能做什麼？妳們是人的角色可以做很多事，不是只有吃喝玩樂啦。」

「我想到了，上次不是提到十九號房間，那時玉映說想要有間飯店，從昨晚到今天我想到了美國一九八五到一九九二年的電視劇《The Golden Girls》，台灣譯成黃金女郎，故事圍繞在四個年長的單身女性（三個寡婦，一個離婚）共同居住在佛羅里達州邁阿密的一棟房子內。結局後還衍生出《黃金酒店》。我在美國時很愛看啊。」

「是不錯啦，但我們不能演黃金女郎啦，不是因為我較年輕，是因為人家演過了。那叫抄襲。」

「有了，那就《黃金酒店》啊，蓋個飯店，讓老人住進來。」

「那還是抄襲啊。」

「不要叫黃金酒店，叫故事飯店，每個人都有故事。讓有需要幫助的女性，如英鳳姊的女兒那樣遭遇的人，或者單身老人，單親媽媽有小孩要扶養的，或是未婚媽媽沒人照顧的、或暫時需要幫助的女人，例如可以讓她們學一技之長，或介紹工作等等。飯店只是讓她落腳的地方，但她們得幫飯店工作。」

「還不錯很厲害，但跟故事有什麼關係？」

「來住的人除了要分攤工作也要說故事，我來寫就上網。一般人來住的人要付費，就像住旅館，也可以像十九號房間，是女人的桃花源。」

「什麼十九號，什麼桃花源？」拉候沒聽懂，純麗趕緊解釋。

「地點呢？錢呢？說得容易。蓋旅館很困難的，經營更難。」

「地點在花蓮偏向台東呢，幾十年前我娘家分家，我有分到一塊七、八分的地，那時是沒有人要，靠海不能種作又偏遠，我和玉映的錢應該可以的。」

「太好了有地、有錢，可是蓋房飯店至少也要一兩年，哪等那麼久。」

大家在霧濛蒙，身上的字越掉越多的狀況下，已分不清楚是誰發言，全憑聲音，討論出一點眉目。

「哎呀，我們是文字又不是真的人，不必管真實的世界，就說過了一、二年飯店蓋好了，連裝潢之類都不必細述，『全部峻工』一筆帶過，不就好了。」

「我們來分工，我是胖茄冬，要讓故事飯店更具體」：

英鳳任董事長出地和部分經費。

玉映出錢任總經理，掌管所有金錢支出與收入，妳有會計公司啊

拉候對這裡比較熟，負責雇請當地的婦女，以及所有物資的流通，包括物品跟物產，還有妳是花蓮人，負責找有哪些專業就業輔導的地方，可以讓這些需要幫助的人學一技

之長。

純麗細心負責所有房間的入住及管理櫃台人員，及早晚餐的監督。

沛盈負責宣傳還有網路經營，還有監督清潔事務。

胖茄冬羅列了一堆事。

「那妳們做什麼？」

「我們現身會嚇死人，我們做幕後，盯著入住的旅客。」

「可是食物呢？要有餐廳啊？」

「請人就好了。對了，飯店的名字呢？叫十九號不好，是抄襲，就叫『葛里歐飯店』怎樣？闕沛盈解釋葛里歐的由來。」

「附議！附！。」

「還有，我們這些造反計畫，請大家繼續提供意見，讓開飯店更真實，免得別人覺得外行。小說呢就由闕沛盈寫下去，寫了，我們就活了。」

「現在就寫嗎？可是我不會寫小說啊。我只報導人的故事。」闕沛盈一聽這個建議，文字跑回來了，影像清楚些。

「故事就是小說啊，這就是我們來找妳們的重要事，要活下去，就要趕快寫。」

闕沛盈趁著身影越來越明顯趕快跑到隔壁拿筆電。

就在其他角色的注目下，闕沛盈飛快似的敲著鍵盤，不知過了幾個小時，闕沛盈寫了六、七千字，從樹精和烏龜精出現開始，也就像樹精說的那個「他」停筆的地方，把七個角色全寫進「葛里歐飯店」裡，每個人都分到職位，每個人都有作用，飯店也在大家同心協力下蓋了起來，開始分發工作，希望明天能正式營運開業。

「我們好像在封官加爵喔，怎樣今晚就叫封神榜。」在闕沛盈書寫的當中，大家不斷提出意見，分工的角色越來越細，因此每個人都有很嚇人的一長串職稱，霧漸散去，七個角色的身影越來越清晰。直到闕沛盈敲完最後一個字，七個角色完全清楚。

「好今天任務完成，大家都找回自己，明天繼續。記得要傳到他電腦裡的小說裡面喔！」胖茄冬說。

「我們各自回房，明天飯店正式經營，細節明天再寫。」闕沛盈闔上筆電。

他要改寫結局

他，習慣寫日記和閱讀感想，從日本度假回來，他將 iPad 裡方文字轉到電腦裡。貼好日記，他順手游標滑進電腦，游標停在「長篇小說」的檔案上。有兩年沒再繼續寫，有一年沒再點進去看，這一篇他一直無法完成的長篇小說結局，一直停留在寫了五分之四的位置，甚至有些章節沒寫完，有的有目錄但沒內容，有的是一開始塑造的人物，只寫了一篇卻寫不下去了，他記得很清楚是「百日關的女孩」，後繼無力停在那裡。

他創造的一群女人始終在原地踏步……

「啊！～～～」他驚叫了一聲，他的小說完成了，結局是她們合力經營一間叫「葛里歐飯店」。葛里歐是來自闕沛盈自比寫故事的人。

誰寫的？他一直不懂擱置了二年未動的小說竟然有人替他完成，而且不是照著原先的計劃，他知道絕對沒有人進得了他的電腦，也不會有人在他電腦裡完成？是駭客？駭客為什麼要改寫他的小說？一點利益都沒有，沒道理要改他的小說。還蓋飯店？這不是他要小說中人物做的事，太可笑了。他按著游標將小說中最後一章像吸塵器一樣全數刪除。

刪除了最後一章，他累了，剛旅遊回來，他想先休息，明天醒來再重新寫過，也許這是一場夢。

第二天英鳳一群人醒來，在飯店吃過早餐，叫了一輛七人座的車子直接開到他們昨晚蓋好的新飯店，胖茄冬和阿綠烏龜跟在車後飛過去，每個人都很興奮今天開始要工作了。

一到新飯店的地方，什麼也沒看見，就是一塊長滿了野草和好幾棵不知名的樹。

「飯店呢？昨晚不是蓋好了嗎？」

「是啊，昨天我都看到了五層樓高，有三十間的房間啊，一樓是大廳和餐館，二樓是健身房、閱聽和書房、Spa美容中心。」

「對，我還去看了房間，很漂亮、乾淨寬敞。」

「飯店大門旁有小花園和水池也都不見了。」

「飯店怎麼不見了？沛盈妳昨天不是都很詳細的寫了？」

「對啊妳們都看過，我寫了六、七千字，非常詳細的寫了飯店的樣式，每個人分配工作啊，怎麼什麼都沒有呢？等一下我看看電腦。啊！全都不見了，我寫的都沒了，我有存檔啊被刪了嗎？」

「誰刪了？妳的電腦我們沒碰啊！」

「奇怪了，會是誰呢？」闕沛盈知道幾個姊姊和胖茄冬和阿綠都不可能刪她的文字，那會是誰呢？

忙亂了一整個早上，一群人找了一家餐館吃午飯，她們又續訂了飯店，在新飯店還沒完成前只能暫時住在這家飯店了。拉候回娘家，闕沛盈找了空檔去看母親，她們決定晚上再商議。

晚上，英鳳幾個人商議仍要闕沛盈繼續寫，儘可能寫得更詳細。闕沛盈到餐桌上敲起了電腦，其他的人在沙發上小聲聊天喝茶。

闕沛盈快速的敲著鍵盤，答答答的聲音幾乎要蓋過聊天的聲音。

晚上，他打開電腦，點了小說的檔案。突然聽到答答答敲鍵盤的聲音，他看了四周，沒有任何人，他將小說稿從開始拉到最底頁，他目瞪口呆，螢幕上一個字一個字的被敲出來，彷彿一個隱形人在鍵盤上敲字。這太詭異了！真的有駭客，可為什麼選擇他的小說？他寫的小說沒涉及軍事或政治啊？

「是誰？你是誰？」他很大聲的對電腦螢幕喊著，好像裡面有人，他覺得毛骨悚然。

「什麼聲音？」闕沛盈被「你是誰？」的聲音嚇到。

「怎麼了？」玉映看闕沛盈停下來轉頭問她們。

「妳們有聽到有人說話的聲音嗎？男的。」闕沛盈一臉狐疑。

「沒有，我們剛在聊天，沒聽到。是隔壁嗎？」純麗看了房間四周。

他聽到有一群女人說話的聲音，可惜聲音太小了，像是隔壁的房間。他知道那是不可能的，隔壁是他的臥房，不會有人，書房的隔壁是另一戶人家，本來是一對夫妻和一個小孩，兩個月前聽管理員說移民了，目前房子是空的，不可能有一群女人聊天。難不成是來看房子的女人？

他又聽到答答答的敲鍵盤的聲音又響起來，游標又一字一字的出現。是在描述飯店的樣子。他按了滑鼠，滴滴滴的刪除了正在被敲出來的文字。

「妳們來看，我寫的東西正被刪除，怎會這樣？是誰？」這次換闕沛盈喊出來了。聊天的女人們全過來餐桌旁看著闕沛盈的手提電腦螢幕。游標正在刪除一行一行的文字。

他更清楚聽到「是誰？」是個女人的聲音。他停下刪除的游標。大約三十秒鐘後，螢光幕跳出三個字「你是誰」，沒有問號。

「妳又是誰怎麼可以寫我的小說？」他想知道螢幕裡的女人如何改寫他的小說。

「你是這個小說的作者？你停了二年都沒有寫，我們等不及了，你再不寫我就要消失了。」闕沛盈終於知道螢幕另一端是這部小說的作者，她知道可以商量了，總比她埋頭的寫而他堅持的刪除要好。

「對我是作者那妳們又是誰為什麼會消失」他急得連標點符號都不下了。

「我們是你小說中的角色，就是你寫的五個女人。」闕沛盈回了，其他人全盯著電腦螢幕。

「我小說中的角色？怎麼可能？妳們？是駭客吧，為什麼進入我的電腦，有什麼企圖？」他覺得心中有一股寒意升起。

「駭客？我們要駭你什麼？我們真的是你小說中的角色。我身後有四個女人和兩個精靈，你設計的胖茄冬和烏龜。」闕沛盈真想跑進螢幕讓那個作者看清楚。

「怎麼會？我眼花還是恍惚了。」他沒在螢幕上打字，而是喃喃自語。

「你沒恍惚，我們真的是存在。」闕沛盈聽到了，其他人也聽到了，玉映急得回答。

「什麼？我可以聽到妳們的聲音。」他真的聽到從螢幕裡傳出來的聲音。

「我們也是，那我們就用說……也許可以面對面。」闕沛盈還沒說完胖茄冬插話了。

「見面？怎麼見？妳們可以從螢幕走出來？」他越來越覺得荒謬了，他竟然跟自己設計出來的角色對話。

「我們怎麼走出去？」

「我們能打字能說話應該也能見面啊，」

「反正是神話，當然可以走出去，」

「對對，我們就走出去。」

他聽到螢幕裡四、五個不同的聲音接續著說，然後五個女人和一個胖樹截一個大烏龜殼就擠在他十坪大的書房，書房內只有一張雙人沙發和他正坐著的高背椅，五個女人禮讓一番最後是英鳳和玉映坐沙發其他三個女人站在沙發後，粗大的樹幹和大烏龜就坐在地上，她們全面對著他，像要質詢他的陣勢。

「為什麼妳們的臉都不是很清楚？」他看著她們，仿如在夢中，她們的臉像是他沒戴老眼花眼鏡看到的字，有一點模糊或暈散的感覺，應該是他在做夢吧，最近很難睡好，吃了安眠藥，當然是夢，既然是夢那就沒什麼不能的。

「你又沒寫清楚我們長什麼樣子，連我們也不清楚我們的眼睛有多大，鼻子有多高，有多胖或多瘦，你只寫我們讓人看起來的感覺，所以我們就只能依你所描述的感覺出現啊。」闕沛盈最不滿意，明明寫她很漂亮，但只寫眼睛大皮膚白像媽媽，鼻子高挺像爸爸，這樣太籠統了，這跟有人形容某人很漂亮，但沒見過很難想像。

「文學就是想像，如果我寫妳眼睛幾公分，鼻子高幾公分，體重幾公斤，那跟拍照有什麼兩樣，寫人當然是寫感覺，例如：他五短身材像隻發胖的臘腸狗，多傳神，寫他幾公斤幾公分一點想像力也沒有。」他看著這一群人其實還很符合他的描述，雖不是很清楚，卻很有她們該有的樣子。

「我們不是來跟你計較長相，是來請你不要阻止我們的發展，你做不來的，我們來做。不要把我蓋的飯店刪除。」拉候覺得飯店可以增加她們五個角色的存在感。

「我不喜歡這樣安排，很俗氣，一定要有作為嗎？一定這麼積極光明嗎？小說不就是寫心性，尤其是寫黑暗的人性。」他很不屑的看著這一群他創造出來的角色。

「人性有黑暗，當然也有光明，有怠惰也有積極。積極光明正大就是俗嗎？你寫不出來，我們想有自己的結局不能嗎？飯店是我們的十九號房間，是我們心中的桃花源。」闕沛盈因火大被刪了六、七千字很不爽，那可是她第一次寫小說，被刪掉就是被否定的意思。

「妳們只是角色怎麼可能兼作者，說不通啊，角色就是依照作者的安排，就像演員全聽憑劇本及導演的指示。十九號房間？那是房間不是旅館或飯店。」他覺得這樣的夢實在荒謬至極，角色在挑戰作者。

「演員也可以用自己的方式詮釋角色，不一定完全依照導演想要的吧，最大的問題是你寫不出來，我們幫你寫有什麼不好？我們有七個角色都認為這樣很好。」純麗喜歡看電影，她知道好的演員不是鸚鵡，也要有自己的想法。

「那妳們就演好角色，不要改變劇本，不要自作聰明的去完成小說。」他想是不是自己剛回國還有時差，整個人精神有些渙散，一點耐性也沒有。但不對啊，日本只有一小時的時差，不會影響睡眠，不該精神恍惚啊。

「你不是在演講中也說過『小說自己會走，不會完全依照原來的寫作計畫。』我們就是走自己的路啊。」玉映也希望飯店能開成，有好多的事情可以做，她不想在原地踏步。

「小說自己會走，是指寫作的方向會因為某些靈感，或觸類旁通而有所改變，不是角色權充作者，妳們真是異想天開。」他覺得自己需要好好睡一覺，睡醒了就回到正常的生活，這些幻象就不見了。

「你寫神話不是異想天開，神話就是超越人類的所謂正常，是想像、幻象，無所不能不是嗎？」闞沛盈看他有所動搖，氣勢弱了許多是說服他的好時機。

「不跟妳們爭了，妳們只是角色不是作者，妳們不可能也不可以寫小說，我要去睡了，妳們會離開吧。」他閉上眼睛揮揮手要她們離開。

「什麼不可能？我的角色就是在寫故事，當然可以改寫你的小說，我們幾個人都有故事，也很會說故事，寫小說有什麼難的。你是江郎才盡寫不下去，我們幫你有什麼不好？我還要提醒你〈百日關的女孩〉你只寫了一章，那個角色早夭了沒能參加我們。」闞沛盈急了，若他去睡覺，下次又要重新談判，沒完沒了的。

「喔那一章啊，我以後會寫完啊，管太多了。就算我江郎才盡也輪不到妳們寫，妳們寫我就刪，作者是我，主權當然在我，妳們就耐心的等吧，等我靈感來了就會寫結局。」他粗魯的關了電腦，這些令他心煩的人全不見了，他心情輕鬆多了，他躺在床上沒多久就睡著了。

七個角色被退回到飯店英鳳的房間。

闕沛盈打開電腦，答答答的敲起鍵盤，又開始「蓋飯店、安排工作。這次她學聰明了，不只是存檔，她還另外將寫好的文字貼在Word檔存起來，如果明天他刪了，不必重新寫只要貼上，節省很多時間，還可以增加新的故事。

隔天，闕沛盈重新寫的章節果然又被他刪除，這次她很篤定，反正再貼上去就好了。不過這次七個角色又找他，決定討論「角色的特質」，等到下午終於和他見面了。

「妳們又有什麼事？」他刪完闕沛盈的稿子後，吃了午飯喝過咖啡才又再開電腦，他現在也知道，只要他開電腦點了小說稿檔案，她們一定會出現，不是抗議就是要討論小說的進行。

「可以告訴我們你怎麼設計這些小說角色？例如我為什麼是從你上一篇的小說留下來的，為什麼是說故事與書寫者？」闕沛盈首先發難，她知道直接了當的問比較好。

「妳這個角色本來是比較接近我的，但我設計年輕一點的女性可以有更大的發揮，妳在這小說中是彰顯作家寫小說或編故事的雛型，這篇小說是想透露小說家寫小說的某些過程。」他今天精神好多了，他也確定這些角色真的來找他，他得應付他們。

「我呢，為什麼是個人格分裂者，一個是無趣的家庭主婦，一個是荒淫的風情女人。為什麼？」純麗很不解這樣的設計有什麼用意。

「每個人都有外在的彰顯與內斂的心理，有些人兩者格格不入，有些人差異不大，妳是屬於差異大的，是在說明女人內心真正的情欲，這是人格的養成，至於為什麼？就留給讀者去想像。」他不想說太多。

「為什麼要留給讀者去想？讀者不就是看小說享受故事的發展？」拉候這些年讀了不少原住民神話傳說，她明白讀者的想像大概是什麼，只是還不太了解為什麼？

「小說如果沒有讀者，小說就不存在，讀者和作者都是小說的參與者，是命運共同體，所以讀者讀了小說且是有興趣，就會知道小說隱藏的意涵或思想。」他想這樣的理論她們應該懂的。

「那我的角色中，到底是丈夫說謊還是女兒說謊？」英鳳很想知道答案。

「這個問題不在誰說謊，而是為什麼說謊？是心理疾病大於生理疾病？會依讀者不同的心理而判斷誰說謊，也是沒有答案。不，答案在讀者，他們才是解答者。」他突然覺得好像在跟學生上小說課程，他正在跟他創造的角色上小說課程？太詭異了。

「我既然是樹精，為什麼只能飛行神遊，卻不能有法術之類的。」胖茄冬一直希望能擁有一些超能力，也許可以幫助人。

「其實，妳不是樹精，是一棵枯了千年的樹，我有一次去澳洲某個山林裡看到一棵枯木，像被雷電劈了一半，一大截樹幹樹根看來都像枯死了，但枯幹上卻長出枝椏和茂盛的綠葉，朋友告訴我那叫『倒楣樹』，因為那棵樹在枯死前有其他樹的種籽剛好掉在牠的枝椏上，有一些塵泥雨水就讓這顆種籽發芽茁壯，怎麼看都像是枯樹長出新枝，其實是『鳩佔鵲巢』，妳就是這樣的情形。妳以為你活了千年以上就是樹精，其實是妳的靈魂遊盪了千年。」他想他創造出來的角色還是不夠聰明。

「那我呢也只是靈魂飄盪嗎？」阿綠聽了胖茄冬的狀況大概也猜出自己差不多和胖茄冬一樣。

「是的，妳活了近百歲，在快死前剛好有颱風要來，妳不知為什麼上了沙岸，超強的風雨和海浪將妳颳掃到一個礁岩洞裡，龜殼卡在洞內頭朝外，妳就以為妳成精靈了。」他想這個角色還算機靈能夠舉一反三。

「那你讓我寫潘金花及阿公等人的故事，就只是單純是說故事嗎？潘金花的故事有點類似蘇玉映，雖是不同的金針山，但很像啊。」闕沛盈不懂她寫故事的意義何在。

「妳寫的故事是凸顯妳的角色，也藉由妳的書寫去回述一些人的故事，或是一些地方的小歷史。我幹嘛解釋哪麼多，這應該是讀者的事。還有是有章節沒有完成，看起來有些突兀。有些角色後來很難發揮，只好結束了，電視劇不也是這樣嗎？演員不夠好或得罪導演、編劇就可能被賜死或失蹤。就像妳們昨天說的『小說自己會走』，寫小說的樂趣之一是有時會越出作者最初設計好的寫作計畫。」他覺得自己根本就像教授教學生一樣。

「那你為什麼停筆了？你既然停筆不寫，可以讓我們的新飯店完成，還有經營嗎？」玉映聽了半天覺得有趣，更覺得自己的角色應有所發揮。

「寫作也有倦怠期，也有所謂的瓶頸，我只是停比較久，總會再寫啊，急什麼？有人十年才寫一本小說呢？還有為什麼妳們非得要蓋飯店，還要做那麼多事？」他真不懂這群角色這麼愛做事？

「我們共有七個角色，算多了，總不能整天閒閒看海，聊天喝咖啡，若是這樣不如不要這個角色。所以啊我們覺得可以做很多事，不一定要很偉大，我們都是女性就幫助需要被幫助的人，我們不同的是要讓這些女人有一技之長，能工作能獨力。經營飯店需要很多人，也才有能力幫助她們啊。當然，最重要的是我們想創造十九號房間的神話。」玉映只能就自己所知的說出來。

「七個角色哪算多？還有，妳們都是女人，年紀又偏老，經營一個飯店，就像經營一個國家，妳們人力和能力都不足啊。」他不知道哪來的耐性解釋這麼多。

「男人和女人沒什麼分別，全世界包括台灣有多少女性總統，還有企業的女性管理者？年紀又怎麼了？男人七、八十甚至王永慶九十還在管理企業。經營者又不是靠體力去打架，是靠經驗、歷練和智慧，身為作家怎麼能性別歧視，創造我們還要歧視……。」

拉候氣急的回應，差點喘不過氣來。「你不知道『小國寡民』是最理想的國家型態，也是比較好治理嗎？我們只想經營一個小飯店，只是想做我們自己，不能嗎？」闕沛盈接著回應，她覺得必須理直氣壯和他理論，不能示弱，一示弱就會被刪除了。

「好啦，但也不需要將蓋飯店寫得那麼細，一層一層一間一間的介紹，一個物品一個物品的羅列出來。更不可以裝神弄鬼的會嚇死人。唉，妳們還真像是『以夢中所為者實，覺之所見者妄。』」他承認自己無法完成這部小說，只能妥協了，就讓他創造的角色去發揮吧，如果她們真的不行到時再來收拾，一群他虛構的角色能做什麼？突然覺得自己像燕赤霞，必要時要收攏這群「倩女字怪」。

「哇太好了！可是你剛說什麼夢啊妄啊的？」七個角色同時歡呼，她們終於有自己的飯店，終於有事做了，玉映對於他說了什麼其實沒那在乎。

「對了，給你一個建議，你不是要寫神話八點檔嗎？我覺得你應該去寫政治小說，台灣這幾年的政治絕對比神話更神話，而且絕對是『長篇連載』。你剛說的『覺之所見者妄』，這個妄啊其實是這些政客和他們的粉啊絲啊。真正的神話就留給我們。」胖茄冬千百年的遊盪，聽和讀了不少，她知道他的「以夢中所為，覺之所見者妄。」出自哪裡，但比起她們，胖茄冬認為，這一、二十年來台灣人對政治發展和對政客追隨者的狂熱，真的只能用「神話」來形容，因為太不合常理了。

他露出詭譎的微笑，不得不承認這七個角色，尤其胖茄冬被他調教得真好，但他想她們懂真正的神話嗎？

他揮揮手一副懶得理她們的神態，關了電腦。

葛里歐飯店

花蓮東海岸無人居住某個靠海的一大塊地，在某個晚上，達滾和東村的友人喝了酒聊到大半夜，騎機車經過時發現矗立一棟飯店，大廳燈火明亮亮，還看到有人走動，達滾怎樣都想不起，這個前不著村後不著店的鬼地方什麼時候蓋了飯店？回到山村的家裡告訴家人，妻子當他說醉話。隔天醒來達滾告訴村落的人，也吼特意騎機車專程來看，卻什麼也沒有，一片荒蕪面對著太平洋。他回去告訴村落的人說達滾若不是喝醉了，就是見鬼了，因為就只是一片荒地除了幾棵樹什麼也沒有。但是有人說曾在晚上看到飯店，但白天就消失了，也有人說看到一隻大烏龜和一棵胖胖的樹跑來跑去，還有人聽到一群女人的該話聲音。飯店撲朔迷離的存在與消失，鬼怪魅影忽起忽落成了鄰近村落茶餘飯後的話題。

他們說那裡鬧鬼了。

二個多月後，不管是白天或晚上，有人看到飯店真的存在，飯店的大門口有一個大水池，一個巨大的龜殼和一截茄冬大枯榦矗立著，一塊厚實的木牌寫著「葛里歐飯店」，飯店最高樓的屋眉上掛著「GRIOT」，大廳入口處旁邊豎著一塊電子版，寫了滿滿原住民神話，一個星期更換一則。

村裡的人議論紛紛，究竟是鬼屋還是真的飯店。達滾和也吼特意跑來看，果然一座嶄新好幾層樓高的飯店就在他們的眼前，入口處貼了一張徵工作人員的啟事。飯店的外觀和達滾當時看到的差不多，只是白天更清楚了。他們走進飯店大廳遇到正要走出來的闕沛盈。

「請問妳們這間飯店什麼時候蓋的？」也吼問了闕沛盈。

「喔一年多以前，要應徵嗎？工作人員我們大半是聘用女性喔。」闕沛盈知道這間飯店被附近村落的人當成鬼屋，因為有陣子它經常在夜裡出現白天消失，這都要怪「他」，誰叫他刪的。闕沛盈想起古埃及的日和夜故事。每天晚上太陽神拉（Ra）落到他那炙熱的西方故鄉時，總有一場和群魔的苦戰要打。這些惡魔會在太陽神的死對頭「黑暗之神」阿培陴（Apepi）帶領下襲擊他，他們整夜都在奮戰，黑暗的力量甚至強大到白天將烏雲送到蔚藍的天空，削弱了太陽神的氣勢，遮擋了他的光線，成了暗黑的夜。

闕沛盈想到拉的故事，突然笑了起來，她們七人就像拉，他就像黑暗之神，總是在摧毀她們，她們是日，他是夜，日日夜夜都得奮戰，現在只是取得暫時的偏安。

闕沛盈看著這兩個男人，他們若不是來應徵，就一定是來確認是不是鬼屋。她有點擔心回答了一年多會不會太少，以後若有人問就說兩年多好了。

「一年多！我真的瘋了。」達滾和也吼面面相覷，一臉不可置信，兩人走出飯店，達滾一直拍打自己的腦袋。

「見鬼了，我也瘋了。」也吼邊回頭看飯店邊喃喃白語。

這棟被傳說是鬼屋的飯店，終於正式營業，地點絕佳，不僅有有廣袤的海景，還有美人岩、獅岩、猴頭山可觀賞，更有網路的故事進行，還有，這是一間全由女人經營的飯店，女人可以來避風雨，男人也可以來住宿，這裡什麼都有，什麼都可以提供，尤其對需要幫忙的女人。日子一天一天的過去，附近村落的人逐漸習慣「葛里歐飯店」的存在，他們常賣給飯店菜蔬、魚、肉，有時也提供故事或傳說，他們還讓太太和女兒去打工，在假日飯店客滿的時候。

七個角色一致認為他不會寫神話，神話是要用想像力去創造的，他不知道她們都有「法術」，所謂法術就是讓自然順從於人類。她們先用「法術」創造一間飯店，再讓飯店符合這塊土地，這裡的人、來住宿的旅客都認同，英鳳、玉映、拉候、純麗、沛盈和胖茄冬、阿綠和「葛里歐飯店」就真正存在，不再只是角色了。

英鳳、玉映、拉候、純麗、沛盈和胖茄冬、阿綠七個人完全不理會「他」，他也無法用電腦來召喚她們、左右她們。雖然有時，他會虎視眈眈的看著她們和飯店的狀態。然而，她們都知道現在他奈何不了她們，他不得不接受她們創造的飯店，女人的十九號房間。「其實，我們最大的願望是把『他』變不見了，他是『黑暗之神阿培牌（Apepi）』對不對？」闕沛盈闔上筆電。

「對！」

夜裡，「葛里歐飯店」的某個房間，傳出七個女人的笑聲。

當代名家・方梓作品集2

誰是葛里歐

2020年4月初版　　定價：新臺幣380元

著　　者　方　梓
叢書編輯　黃　榮　慶
校　　對　陳　麗　卿
整體設計　朱　疋
編輯主任　陳　逸　華

總 編 輯　胡　金　倫
總 經 理　陳　芝　宇
社　　長　羅　國　俊
發 行 人　林　載　爵

出　版　者　聯經出版事業股份有限公司
地　　　址　新北市汐止區大同路一段369號1樓
編輯部地址　新北市汐止區大同路一段369號1樓
叢書編輯電話　(02)86925588轉5307
台北聯經書房　台北市新生南路三段94號
電　　　話　(02)23620308
台中分公司　台中市北區崇德路一段198號
暨門市電話　(04)22312023
台中電子信箱　e-mail：linking2@ms42.hinet.net
郵政劃撥帳戶第0100559-3號
郵撥電話　(02)23620308
印　刷　者　世和印製企業有限公司
總　經　銷　聯合發行股份有限公司
發　行　所　新北市新店區寶橋路235巷6弄6號2樓
電　　　話　(02)29178022

行政院新聞局出版事業登記證局版臺業字第0130號

本書如有缺頁，破損，倒裝請寄回台北聯經書房更換。　ISBN 978-957-08-5470-1 (平裝)
電子信箱：linking@udngroup.com

長篇小說 創作發表專案
國藝會　PEGATRON 和碩聯合科技股份有限公司

長篇小說專題資料庫

國家圖書館出版品預行編目資料

誰是葛里歐/方梓著．初版．新北市．聯經．2020年
4月．360面．14.8×21公分（當代名家・方梓作品集2）
ISBN 978-957-08-5470-1（平裝）

863.57 109000641